不會飛的彼得潘、青草苗

眽眽 著

目　次

CONTENTS

第一章

彼得潘症候群，流行的心理學名詞。

具有成熟年齡的成年人，行為思想仍像孩子般幼稚。他們在心理上保持童心，沉溺在自己的夢幻世界裡，拒絕長大。

他們就像孩子般的成年人，因此，也被世人稱呼為「大孩子」。

一如既往，她坐在窗邊聽著奶奶說童話故事，不經意望向窗外，剎那間，她看見了飛舞的精靈，邊灑下璀璨亮粉，飄落到她的唇邊，使她的嘴角彎起美麗弧線。

霎時，她聽見自己劇烈的心跳聲，思緒無法自我，一股腦的想追逐著那美麗的姿態，卻沒注意腳下的坑，右腳用力一踏，她整個人墜落進大坑洞中。

「譚子媛……妳又怎麼了？」歷史老師站在台上，望著摔出教室窗外的譚子媛，心中感到百般無奈。

「她好像在……抓蝴蝶？」全班同學看見她摔出窗外，原本愣住，聽見坐在身後的同學描述她的舉動，才開始哄堂大笑。

譚子媛緩緩站起身，從手掌和膝蓋傳出的痛楚叫她咬緊下唇，充斥在空間裡大大小小嘲笑聲並沒傳進她耳中，她只在心裡可惜沒抓到精靈。

因為奶奶說，只要抓到精靈，就能向祂許願，就像阿拉丁與神燈一樣。

而她唯一的願望，至今未曾改變。

午餐時間，她一如往常坐在頂樓俯瞰整個校園，將鮪魚飯糰送入口中，獨自將寂寞全數吞下肚。

她想起國小時明明大家都是一樣嬉笑怒罵，每天都在期待玩樂時光，但升上國中卻一百八十度大轉變，同學逐漸成長，唯獨她還站在原地不肯往前邁進。

她不願長大，想要永遠當個孩子，只是抱著這樣單純的願望，卻被當成怪胎一樣。

不長大是不可能的事，何況正值青年的孩子們渴求長大，想要變得成熟、想要獨當一面，在他們眼裡，她就只是個行為舉止詭異的笨蛋，是異類。

人生就像一條河流，槍聲響起，所有孩子一躍而下，順著河流漂流擺盪，人生大概也就這樣了，順理成章。

但她不願意，沒有逆游而上的勇氣，就只是站在一邊發愣，就此與正常人的世界畫下一條界線。

彷彿中間有一條深不見底的大鴻溝。

午餐時間結束，她回到教室，班上同學原本聚在一團，看見她的身影後突然一哄而散，搞不清楚狀況的她並沒有在意。

她將座椅拉開，卻發現椅子變得搖晃不定，貌似被人動過手腳，她蹲下身查看，沒有發現異常，只有椅墊和椅腳的連接處有明顯痕跡，像是剛黏上去的強力膠，將椅子固定。

小小腦袋容不下太多問號，她不敢多問，決定不去多想。一到午休時間，她抱著從家裡帶出來的兔子娃娃陪伴，習慣將外套蓋著自己，不受外界光線干擾才能安心入睡。

「總有一天，小媛會遇到妳的英雄，他願意與妳並肩同行，也會把妳變得更堅強。」

在睡夢中，她看見約莫七、八歲的自己躺在奶奶的膝上，又聽見了奶奶說著同樣的話，像搖籃曲一樣，溫柔的觸感拂過自己的臉龐，令人安心入眠。

她並沒有聽出奶奶話中的意思，認為奶奶說的話只是在給她加油打氣，不管在哪裡跌倒了，只要躲到奶奶的懷中都能馬上痊癒。

即使奶奶不在了，妳的小媛也能遇到願意與她並肩同行的人嗎？

「喂，起床了。」她隱約聽見有人在身旁說話，換了個姿勢，她繼續和周公下棋，直到自己的課桌被狠狠踹了一下，一瞬間將她驚醒。

「什……什麼？」嘴邊明顯掛著口水痕跡，她嚇得魂飛魄散，思路還轉不過來，定睛一看，才發現眼前佇立的人是班上的資優生。

她對這個資優生很不熟，因為他開學後兩個月才進來，就像是剛轉來的學生一樣，一開始無法融入大家，現在倒是跟班上同學都處得很好。對於晚兩個月才來上課的原因，她倒是感到有些好奇。

「上課了。」李想雙手插在外套口袋，面無表情盯著她，IPHONE原廠耳機還掛在脖子上。

譚子媛呆滯了幾秒，環視四周，才發現教室空蕩的只剩二人，原本迷迷糊糊的腦袋瞬間清醒，想起體育老師宛如惡鬼的恐怖面容，嚇得倒抽一口氣，「完蛋了！體育老師超兇的！」她匆忙披起外套，拚命往操場奔去。

正好老師在點名，譚子媛趕上了才免於被記曠課的慘況。所有同學看見譚子媛跑來，全都驚訝得瞪大眼，臉上滿是疑惑，甚至在底下開始窸窸窣窣了起來。

「妳為什麼這麼晚才來？」面對體育老師凶狠的質問，譚子媛不敢告訴他自己睡到沒聽到鐘聲的實話，只好低著頭不發一語。

「妳不說話就算遲到，先去跑操場兩圈！」

譚子媛望向一旁的同學們，裝作沒事的、見死不救的、嘲笑的、看戲的，所有人的眼光掃在她身上，像是無數隻冰柱擦過她臉頰，無情產生的疼痛讓她感到滿腹委屈。

緊抓著衣角，黯然垂下眸，她轉頭準備起跑。

「老師。」李想突然的叫喚讓譚子媛停下腳步，「你可以問問看他們啊，說不定他們知道原因。」他抬了抬下巴指著坐在地板的同學，語出驚人。

全班同學立刻抬頭驚愕看向他，老師也一臉疑問：「為什麼要問班上同學？」

「班上的人故意不去叫醒她，把門窗都鎖起來，故意讓她這節不能來上課——」

「李想！」班上和李想較好的朋友難掩憤怒情緒，李想在班上和同學們關係都很好，甚至是班上的中心人物，沒想到居然會這樣背叛他們！

「別急，我話還沒說完，我是用猜的，你幹麼這麼激動？」李想盯著眾人的目光變得冰冷銳利，「還是你……心虛了？」他嘴角微微上揚，明明知道卻還裝作不知情的樣子來諷刺他們，令人看了惱火。

「李想說的是真的嗎？」老師臉上的青筋多了幾條，背後的火已經燒到頭頂，眼見班上同學都不敢說話，他爆炸般對著大家咆哮：「除了譚子媛跟李想，其他全部人留校察看！」

老師的肺活量真的不是蓋的，怒吼聲音迴盪在整個校園，鬧得整間學校都在今日下午知道這個班因為陷害同學而留校察看。

「都是李想啦，幹麼破壞我們計畫，害我們還要留校打掃跟罰寫！」到了放學時間，看著學生個個幸福洋溢的揹著書包準備歸家，大家卻得被留下來，滿懷的怒氣爆發！

「吃午餐的時候譚子媛都會去頂樓，還以為全班討論不會出什麼差錯，沒想到居然有內奸……」女同學不甘心地嘟噥。

「李想這個叛徒……乾脆全班一起排擠他好了！」

「怎麼可能排擠李想啊？要是他被排擠，你要女生們怎麼辦？學校帥哥就這麼幾個！」見又開始花痴的女同學，男同學自討沒趣繼續擦窗戶。

「李想是我們的中心人物，就像沒有支柱的話，我們再大的房子也會垮啊。」另外一位男同學邊排桌椅邊唸道，他排完最後一個椅子，抬頭一看，發現李想就站在門口，嚇得他倒抽了口氣。

「李想！」與他最好的男同學衝上前去，「你是真的想被班上排擠啊？大家一起計畫要整譚子媛，你為什麼要幫她？你如果站在我們這邊，大家還是一個圓，不是很好嗎？」

「你問這麼多問題，我要先回答哪一個？」

「你，為什麼要幫她？」男同學神情嚴肅，全班同學停下手邊動作，屏氣凝神等待回答，沉默的空間讓人渾身不自在，安靜得感覺彼此的呼吸聲都能聽得到……

李想沉默不語，看似若有所思的樣子讓所有人更緊張，突然，他從容地聳了一下肩：「不知道。」

全班很戲劇性地來個綜藝跌，面對眼前這個我行我素的臭小子，實在束手無策。

「什麼不知道啊！我們以前笑她你也都不會出面幫忙啊，為什麼這次計畫好要整她卻要幫她？

該不會……午餐那時候的椅子也是你搞的鬼？」

「對啊。」他從口袋拿出擠壓過後的強力膠，「剛好身上帶著，不用白不用。」

「什麼不用白不用啊？我們拆椅子拆很久耶！還辛辛苦苦弄得跟原本的一樣！」

「椅子壞了不就要修嗎？」

「你……」李想無所謂的態度讓男同學更怒火中燒。

譚子媛從廁所回來，見班上幾乎四十比一的戰況，她深感罪惡，認為李想幫了自己卻害得他被班上討厭，自己卻幫不上什麼忙的話，豈不是太對不起他了？

希望他可以趕快舉白旗，制止這陣濃濃的火藥味，也是為了他自己好，不要再繼續找架吵了……

她站在後門，眉頭深鎖，滿臉擔憂，清楚看見李想瞥向自己一眼，心跳似乎落了一拍。

「喔，我知道原因了。」李想倚靠著前門，像是課堂上要回答問題般的舉起手，他對著譚子媛空中喊道：「如果連我認為不對的事我都能視而不見，那我比那些嘲笑妳的人還要罪惡。」

「為什麼你認為這是不對的事？只是在整她，又不是霸凌，幹麼搞得這麼嚴肅？明明是很稀鬆平常、很有趣的啊！」和他最好的男同學還不肯諒解。

「你們常笑她幼稚，但你們比她更幼稚。」李想轉身想離開，嘴角勾起了誘人的角度，像是奸笑般讓人又愛又恨，「她幼稚得像孩子，你們幼稚得像白痴。」

聽見李想幫助她的原因，班上沒有人有反駁的話語，有些人甚至沉默低下頭省思，反倒是和他最好的男同學像是做錯事還硬要辯解，「你……你難道不怕被排擠嗎！」

李想轉過頭看向男同學，丟下一句：「無所謂啊，我也滿討厭你的，說話時嘴邊的痣一直動，看了很想吐。」逕自走出教室，隨後教室內引起一陣爆笑聲。

譚子媛呆愣在原地，久久無法回神，彷彿連呼吸也忘了一般，愣愣看著眼前的人，周遭彷彿冒出幾顆閃爍星星，整個人像是被光芒籠罩，閃耀得令人無法直視，昂首闊步，依然泰若自然。

這個世界人云亦云，若是有了自我意識就會變成異類，面對那條應該要隨波逐流的河流，她不想隨著水流漂蕩，也沒有勇氣逆游，所以她更沒有想到……

逆游而上的人……居然真的存在。

李想經過譚子媛所佇立的後門，「妳也要留下來打掃？」

「沒、沒有啊，我要回家！」譚子媛恍惚回答，隨後立刻跟上李想的腳步。

譚子媛不敢相信自己眼睛看到的，李想簡直……超酷！超像電影裡的英雄，完全不畏懼別人的恐嚇，堅定自己的信念，對的就是對的、錯的就是錯的，永遠站在正義的一方！

這是譚子媛對年少時的李想的印象，她並不愛慕他，但她非常欣賞他，像是不留名也不需要回饋的獨行俠，獨自一人伸張著自己的正義。

從那次之後她便追隨著他，就像少林武功剛入門的小師弟跟在師兄屁股後面跑的情況。他是在所有人都用異樣眼光投視在她身上時，唯一不想為了和別人打好關係去做自己認為不對的事。他是在所有人開始轉變成長的時候，唯一一個即使長大了，還願意站在她這邊的人。

她決定主動邁開腳步追逐，只為了他曾經與她並肩同行的那一瞬間，只為了能再和他並肩同行走下去。

因為他正是奶奶說過的英雄。

是願意與她並肩同行的人。

「我要怎麼做才能變好？」

「誰知道。」

「如果我變得跟你一樣呢？」

「……」他嘲笑似地勾起嘴角，「那也要妳做得到。」

微涼的冬日早晨，和煦陽光從窗戶灑了金粉在地上，將室溫調高變得暖和許多。

伴隨著鳥鳴聲，譚子媛一早起來梳妝，穿上白襯衫，再披上西裝制服外套，打上領帶便完成。她格子百褶裙內裡搭了黑褲襪，不習慣直接暴露白皙肌膚，也感覺增添幾分稚氣。

她將廁所窗戶打開，鳥鳴聲傳入她耳中卻變成悅耳的音樂，邊哼著歌邊手舞足蹈的編了小辮子在髮上，最後加上蝴蝶結在尾端。

她撥了撥微捲的及肩中長髮，在鏡子前再次確認OK才肯揹起後背包走出家門。與她同所高中的所有學生都揹著手提肩背包，只有她堅持要揹日本小學生硬式雙肩背包，這也變成學校裡的奇景。

當她一抬頭看見二樓佇立的兩位熟悉身影，立刻展露燦爛笑容，朝氣蓬勃得朝空中大力揮了揮雙手，「方瑀！寧寧！早灣呀！」

她熱情的打招呼引來四周學生的注意，不知該說她是太開朗活潑，還是目中無人，但大家都不至於厭煩。

方瑀站在二樓女兒牆邊，小小舉起手回應她，「今天還是一樣是全校的焦點啊……」

「她這樣很快樂，沒有什麼不好啊。」寧寧也高舉著手回應。

譚子媛目光只顧著注視二樓，邊傻笑邊揮手的同時直直撞上教官，在二樓看到此情況的兩人立刻捧腹大笑，直到一陣怪異的磁場和冰冷的氣息傳來，寧寧不自主顫抖了一下，「這感覺……」耀眼的棕髮映在她眼中，方瑀立刻收起笑容，「又是那個該死的傢伙。」

過了五年，李想與國中時期截然不同，雖然他從來沒有俗氣過，但長越大越懂得打扮。他頂著一頭茶褐色，從容不迫地邁著沉穩優雅的步伐，氣宇非凡。

李想雖是資優生，卻不像大家想像中那種端正高雅的小少爺形象，雖然他冷酷又自我，卻也不是不修邊幅的小流氓模樣，就像是神祕又遠距離，無法形容的精靈。

他精緻的五官宛如細琢後的雕像般完美，高窕修長的身軀，配上西裝制服外套，更襯托出他的英氣。

陽光灑在他的髮絲，將褐色染成琥珀色，只是對上他深邃雙眸都能讓人沉醉，即使從他眼眸投射出的是寒冰，都能讓少女們眼睛冒出愛心。

而唯一不變的，是依然掛在脖子上的IPHONE原廠耳機，和他與世隔絕的自我意識。

「啊、李想！」譚子媛伸出小巧的食指指著他的鼻子，下一秒立刻被他折彎，痛得她哇哇大叫，「好痛痛痛……」

「不要對著別人的鼻子指，這不是淑女該有的舉動。」他面不改色，句尾還補上一槍：「雖然妳本來就不是。」

甩開她的手，李想繼續自顧自的走，就像當時一樣，即使並肩只有一下子，他走了，她也會追上前去。

「你今天怎麼會這麼早來呀？」譚子媛緊跟著他，感覺得出李想並不想在她旁邊多待幾秒而加快步伐。

「等等朝會要領獎，不然還能多睡十分鐘。」

「又要領學期第一名獎狀喔？明明在學校都一直在睡覺，怎麼還會考得比我好哩……」雖然明知道李想是天才，但想到他在睡覺時她正埋頭苦讀，悄悄在心裡感到不平衡。

「因為有獎學金。」他毫不掩飾想得第一名的原因，隨後停下腳步看向她，「還有……我說過了，不要講火星文。」

「這不是火星文啦，加一些語助詞不是感覺比較有活力嗎？」

「完全沒有，很做作。」

「啊，是嗎……」她停下腳步，尷尬地摸摸鼻子。

畢竟在不同班級，她也只是偶爾碰見李想，其實對他並不了解，唯一知道的是李想似乎天天都睡不飽，見到他都是趴在課桌上的模樣，七堂課有五堂課會被他睡掉。

然而會一同到這間高中並不是偶然，前三志願的高中譚子媛從來不嚮往也不認為是自己觸碰得到的境界，考會考的前幾天她沒日沒夜的埋頭苦讀，只是為了想變得跟李想一樣，就是這麼單純。

雖然國中和高中的同學們不是認為她單戀李想，就是認為他們在一起了，但這些都是天大的誤會啊！她很喜歡李想沒錯，但那種喜歡跟一般人想的不太一樣。

她從來不為任何人改變，也不知道自己到底哪裡不好，直到國一李想不經意的伸出援手後，她記得他說了幾句話，就此改變了她的人生。

「學校是用來學習的，學習新知識、學習經營人際關係，妳那副鬼模樣誰敢接近妳？不想被討厭就先想想怎麼交朋友吧。」

於是她改變了，把原本只有自己知道的故事分享給大家、把古怪的個性轉為開朗活潑。不再只跟自己對話，漸漸地能夠融入大家。

曾經大家都用異樣眼光注視她，她並不清楚自己哪裡不正常，在她改變之前，只有李想將她當成一般正常人。

五年前，她問李想自己該怎麼做才能變得更好，是不是和他一樣就是完美？李想的回答是：「那也要妳做得到。」所以，她就拚上前三志願，走在他身後，也離他越來越近了。

他要她不要再自甘墮落，他要她為了自己變得更好。

會拚了命追上他的腳步，就只是那麼簡單。

「李想這次又是第一名耶，全年級第一耶！到底為什麼啊？明明一直在睡覺。」寧寧抱著一盒pocky，將一條餅乾塞進譚子媛口中。

「別說了，那傢伙是天才，沒考第一名才該意外。」方瑀面對筆記本，拿著原子筆在書頁上點了幾下，看似毫無頭緒。

寧寧和方瑀都是譚子媛的同班同學，最一開始是寧寧和方瑀先認識，與譚子媛認識的開端非常奇妙，正準備回教室的兩人走上樓梯時不小心與譚子媛擦撞，上一秒她還笑著說沒關係，下一秒自己踩空從樓梯上跌落……

這就是所謂的不摔不相識吧，每當說到認識時的畫面，方瑀都會笑到眼角泛淚。

方瑀，本名是方瑀昕，寧寧和譚子媛都稱呼她「媽咪」，因為個性較成熟穩重，平時就像媽媽一樣照顧她們。

「媽咪在寫什麼呀？」譚子媛好奇的伸出頭探望。

「社團的筆記啊，在想還有什麼好教給學弟妹的……看來應該要去請教一下學姊了。」方瑀是吉他社的社長，三年級課業繁重，所以社團社長幾乎一律都由二年級擔當。

「好辛苦喔，就連午餐時間都不能放鬆，就叫妳不要生這麼多吧，到處照顧來照顧去的不是很累嗎？」寧寧開個小玩笑，方瑀立刻拿起筆記本往她頭上一敲，「不要講得我好像很鬆弛！」

「媽咪早就認識李想了是嗎？記得好像聽妳說過。」譚子媛雙手捧著臉頰，眨著圓滾滾的杏眼等待方瑀回應。

「從幼稚園吧，雙方父母都是朋友，又是鄰居所以常常來往。」

「從幼稚園耶！那不就是青梅竹馬嗎？」譚子媛驚喜，嘴巴掩蓋不住笑意。

「不算吧，長大後也沒什麼來往了……妳幹麼這麼噁心的笑啊？」面對前方傻笑的女孩，方瑀皺起眉宇，感到詭異。

「應該是覺得很難想像媽咪跟李想對談的樣子，而且少女漫畫中，青梅竹馬都是專屬對方的情人吧，尤其現在又是這麼青澀的年紀呢。」寧寧像看破世間的老人，懷念青春年華般地摸著假鬍子。

「沒有錯！」譚子媛點頭如搗蒜，與寧寧對視幾秒，幾乎是同時比出相互的手勢，你來我往配合得相當完美，最後是以拳頭擊掌動作作為結尾。

做完她們默契交流的連續動作後，兩人對著對方比出槍的手勢，眨一邊眼發出「嘖嘖」聲，代表滿意這次對方的表現。

面對這兩個自得其樂的奇葩，方瑀搖頭不敢苟同，只好無奈地低下頭裝作不認識。

「所以媽咪跟李想……」譚子媛興奮上前想再詢問，話都還沒說完立刻被方瑀打斷：「我很討厭他。」

「為什麼？」

「就是很反感。」方瑀半闔眼，擺出厭煩的神情，要她們不要再詢問下去，她不疾不徐收拾書桌上的文具，「媛也不要靠近他。」

「為什麼！」譚子媛驚愕，才正要哀號的同時，教室前門傳來「叩叩」清脆敲門聲，班上頓時安靜了下來，所有人停下動作望向前方。

「打擾了，我找方瑀。」女學生有禮貌的點頭致意，氣質美貌配上迷人的笑靨，說是傾國傾城一點也不為過。

「學姊！」一抬起頭，赫然發現小綠學姊，方瑀眼睛一亮、笑容綻放，立刻朝她奔去。

小綠學姊是前吉他社社長，也就是她將社長這重職交由方瑀來接手，方瑀很欣賞小綠的負責任，更佩服她的領導力，將她視為模範邁進。

「小媛、寧寧，我先借走方瑀囉。」面對小綠月彎狀的笑眼，彷彿像是春風從正面直撲而來，溫暖和煦，似乎還能聞到淡淡清新薰衣草味。

「請借、請借，不還也沒關係。」兩人邊傻笑邊揮手，一致拿小綠的笑眼沒轍，光聽見她甜美的嗓音就能使人融化。

午休鐘聲響起，寧寧立刻趴下休息，擔任值日生一職的譚子媛雙手拿著掃把、畚箕，走到校園後方角落掃地。她站在兩旁種滿樹的道路，望著滿地落葉，心想就算掃到放學也掃不完吧，但也只能摸摸鼻子自認倒楣。

「你當我是浮誇吧，浮誇只因我很怕……」她自得其樂唱起歌來，嘴型誇張地唱著粵語版《浮誇》，「似木頭似石頭的話，得到注意嗎……」即使邊掃地也能沉浸在自己的世界。

直到發覺一雙腳停在眼前，她抬起頭，只見李想隔著一小段距離，用奇怪的眼神看她，兩人陷入一陣無言沉默，只好互相乾瞪眼。

「呃……嗨……」她尷尬地舉起手打招呼。

丟臉的不是她唱著五音不全的歌被聽到（而且還是粵語版），而是李想沒有給予任何反應，倒是給個台階下啊！她感到無地自容，丟臉到想把畚箕蓋在頭上遮住臉。

「妳在等我吐槽嗎？」李想立刻猜中她心裡所想。

「對……」聽他這麼一說她越來越覺得丟臉，居然還要自己承認需要對方吐槽自己……

「嗯，好難聽。」

真的謝謝你喔……

第二章

「你怎麼會在這裡？午休時間可以多睡一點耶。」譚子媛立刻轉移話題。

「我也想睡。」他晃了晃手中的文件，看起來是去幫老師辦事，資優生被選為老師的小助手也是情有可原。

不過明明走操場會比較快到導師辦公室，為什麼要特地繞遠路，走這條小路呢？

「妳在掃地？」李想注意到她手中拿著竹製老舊掃把，看起來活像鄉土劇裡的古代丫環。

「對啊……我是籤王，這裡是最多垃圾的地方……」面對滿地落葉，掃了三片又掉四片下來的惡性循環，她欲哭無淚。

李想抬頭不語，四處張望了一會兒後，指著前方，「風從那邊吹來，妳可以考慮拿幾個大垃圾袋放在後面，風吹起葉子會直接飄進袋子，妳還可以在旁邊擺張椅子坐著休息，反正這裡很隱密，不會有老師經過。」

哇賽！資優生就是不一樣！雖然好像是個妙招，但成效不大，況且李想時常動用他聰明機智的腦袋，去想一些能讓自己多睡一點的方法嗎？他到底是多愛睡啊？

「雖然很謝謝你動腦替我想辦法，但我想……我還是認命點……」她抬頭看向眼前的建築，望著望著便出了神。

「……」李想朝著她的目光看去，「在看什麼？」

「沒有啦，我只是在想……到現在還是像夢一場，能進到這麼好的學校。」
「為什麼？」
「因為我本來就很笨啊，功課一直都很差，如果沒有遇到你，我現在就不會站在這裡了。」
「不是不能，只是不想。」
「只是不想？」
「我不相信有什麼事做不到，只看妳想不想去做。」他烏黑透澈的眼眸直盯著她，「妳想要活得更有自信，所以妳成功了。」
因為想要對自己的人生做點貢獻，活得更精采，所以將混水摸魚、成天玩樂的自己拋在腦後，煥然一新的是肯努力付出自己，必定得到回報與成就。
譚子媛沒有想到自己竟能聽到李想的鼓勵，就像是努力過後得到了讚賞般，令人感到欣慰，她在心裡暗自竊喜。
「鏘——」突如其來的一聲巨響，清脆響亮，兩人的注意力馬上被引去，轉頭望向聲音來源。
「快！逸哲快跑！」操場上男同學們激動吶喊，一位男同學丟下球棒，立刻從本壘跑向一壘，速度快得嚇人，譚子媛有那麼一瞬間感覺像看到野馬在眼前奔馳。
「Safe!」男同學快速奔向一壘，在外野手接到球的前一秒滑壘成功，引來大家的歡呼。
「哇……是棒球隊啊，午休也在練習，真的好努力。」譚子媛不禁讚嘆，學校的棒球隊很出名，常常出席各大比賽都能得好成績回來，就連剛才那位打手也是學校名人，名字一點也不陌生。
「……」李想沒有回應，譚子媛悄悄瞥向他，發現他的目光絲毫沒離開操場，甚至看得出神。
只見剛才的打手，曾逸哲摘下頭上帽子，撥了撥被汗水浸濕的頭髮，往旁邊掃了一眼，不經意往兩人的方向望來。

「啊！李想！」曾逸哲驚訝，指著兩人的方向大喊，所有人聞言後也朝這方向看來。

「李——想——！」棒球隊隊員全拔腿朝這方向衝來。

李想不疾不徐舉起手中文件對著譚子媛揮了揮，「先走了，拜。」

「他們找你耶？」譚子媛錯愕，一愣一愣開口：「你走了，我要跟他們說什麼？」

「說他們看到鬼。」丟下簡潔的六個字，李想往旁邊草叢鑽，好像是走了大家都不知曉的祕密通道。

不久後，棒球隊幾乎全隊跑來譚子媛面前，用眼睛一掃大約有十位，這大陣仗讓譚子媛嚇得不敢動彈。

「吼，又給他溜掉了！」

「這傢伙實在是……」大家跑得氣喘吁吁，發現找不到李想後開始抱怨。

「同學，妳剛才有看到李想往哪去嗎？」曾逸哲最先開口與譚子媛對話，其他人明顯的在背後窸窸窣窣討論起她。

「喔……好像……消失了？」譚子媛僵硬的動作顯得非常不自在，因為一下子不知該怎麼解釋，只好胡說八道。

她明顯聽見許多人發出「噗」的笑聲，就連曾逸哲也稍稍摀著嘴噗哧一笑。

「為什麼要笑？」大家突如其來的笑聲使她不知所措。

「妳很可愛。」他笑得燦爛，露出潔白整齊的牙齒，稍微黝黑的皮膚呈健康的小麥色，臉頰上還掛著幾滴緩緩落下的汗水，身高目測和李想差不多。

曾逸哲一樣是二年級，據說是靠棒球隊成績才保送來這所學校，這也表示他功課其實不太好，算是頭腦簡單、四肢發達。

譚子媛也不太認識他，很多事也只是聽說，但每次看見他都是笑著和朋友玩鬧，這點就讓她對他的印象很好，是個熱情的陽光男孩，在棒球隊也算是長相出眾，也因此出名。

突然被陌生人說可愛，讓譚子媛一下子慌張失措，「你也很……很有名啊！我知道你叫曾逸哲！」

「妳知道我？那妳叫什麼名字？」曾逸哲問，背後立刻有幾個人整齊劃一的道：「譚子媛！」

「……」曾逸哲愣了幾秒，皺起眉宇，轉過頭詢問，「為什麼你們知道？」

「因為有人喜歡她！」一位隊員指著另一位隊員，馬上遭到對方勒頸。

「她很有名啊，背日本小學生書包的小蘿莉，簡稱蘿莉！」

「根本是抽出主詞而已哪是簡稱啊！」

「而且她都跟方瑀昕走在一起！」其中一名隊員說完後立刻被大家圍毆。

「不要滿腦子都方瑀昕啦！」

「不要整天幻想人家，骯髒！」

看著大家開心的打鬧，譚子媛也不自覺揚起嘴角跟著傻笑，其實棒球隊隊員們的對話還滿戳中她的笑點的。

「……不要理他們，一群癡漢。」曾逸哲趁亂將譚子媛拉到一旁，「妳剛才是在跟李想聊天嗎？」

「喔，對呀，只是我單方面喜歡黏著他啦，他都很想甩開我。」譚子媛搔頭，臉上笑意未減，看來傻氣十足。

「妳喜歡他？為什麼他想甩開妳，妳也這麼開心？妳是被虐狂？」他看起來很訝異。

聽見熟悉的名詞，譚子媛立刻失笑無語，「我不是被虐狂啦，我喜歡他，但不是那種喜歡。那你們為什麼看到李想要追過來？而且為什麼整個棒球隊都認識他？」

「我們從國小就都是棒球隊的，李想也是，我們約好上同一間國中，要繼續延續棒球隊的夢想，只增員不退隊，少一個都不行……」

「喂！在幹什麼！回來練習！」曾逸哲話才說一半，從遠處傳來響亮的呼喊，把大家嚇得冒出一身冷汗，「完了，阿迪來了，快回去！」聽見棒球隊教練的怒吼，所有人像逃難般往操場奔去。

「李想升上國中後退隊了。」

「為什麼？」

「我不知道原因。」他吸了吸鼻子，轉過身準備起步，「目前棒球隊只有他一個人離開，會一起來這所高中也是大家約好的。」

「他毀約了，你們不討厭他嗎？」

他回過頭，正好背對著太陽，陽光映在譚子媛臉龐，耀眼得令人無法直視，如同他的笑容一樣有感染力。

「怎麼可能討厭？我們是兄弟耶。」

曾逸哲跑走後還轉過身朝譚子媛揮揮手，她愣在原地久久無法回神，摸了摸臉頰還有點溫熱，不知道是因為太陽直曬臉龐的關係、還是因為曾逸哲的笑容太有魅力？

尤其剛才最後一句是怎麼回事，太帥了吧！她開始好奇李想是為了什麼理由而退隊，如此神祕的他更讓她興起探索慾望。

想起方才，李想離得遙遠，視線卻始終離不開操場，離不開棒球隊的大家，離不開棒球。

還來不及跟曾逸哲說，從她眼中能看得出，李想一定也很想和他們一起打棒球。

放學後，寧寧相約譚子媛、方瑀一同到鬧區逛街，譚子媛將中午發生的事一五一十告訴她們。

「曾逸哲耶，每次看他打棒球都會有點心動，不過沒想到李想居然會打棒球……」寧寧剛買了吊飾，正準備掛在手機上，試了好幾次都穿不進孔裡。

「李想之前就是棒球隊的重要人物，雖然沒看過他打幾次，但看起來滿有大將之風的。」方瑀搶過寧寧手中的吊飾，一下子就幫她掛上手機。

聽著她們表達各自的想法，譚子媛心中的困惑還是沒有解決，她滿是困擾地喃喃道：「到底為什麼李想不繼續打棒球了呢……」

「反正都不打了，想這些做什麼呢？我看他現在這樣也挺好的呀！」

「可是……我覺得他好像很想回棒球隊，棒球隊的大家也很希望他回去，明明雙方都想要，又為什麼不能實現呢？」

方瑀說：「有些事不是想要就能實現的啊！就算他想回去，選擇不回去的也是他，這是他自己下的決定，妳就別再替他感到遺憾了。」

雖然她認為自己喜歡的事就要去做，但方瑀說的也沒錯，正確得讓她無法反駁，因為有太多現實層面的問題會壓垮一個人、扼殺一場夢。

這件事，她不是最清楚的人嗎？

譚子媛悄悄嘆了口氣，經過麵包店時，剛烘焙好的麵包香直撲而來，她不經意抬起頭瞥了一眼。透過玻璃窗能看見烘焙師傅正在揉麵糰，眼前的人看似熟悉，她越看越覺得奇怪，仔細端詳，才發現居然是李想穿著白長袍，正將一大盤麵糰放進烤箱。

「那、那是李想嗎？」

其他兩人也往玻璃窗望去，寧寧也訝異，「是耶，原來他在這裡打工。」

譚子媛和寧寧佇立在玻璃窗前，李想熟練迅速的動作讓兩人看得目瞪口呆，只有方瑀左顧右盼，擔心路人異樣的眼光。

「我們不要站在這裡盯著他看啦，好像變態。」方瑀將兩人拉走，「這裡是商業區，本來就很多學生會在這附近打工，大驚小怪什麼。」

但是學校附近明明也有很多能工作的地方，為什麼李想會選擇在這麼遠的地方工作呢？

雖然還是很在意李想，但畢竟她不是一個人來，也沒辦法脫隊去找李想說說話。

三人繼續在鬧區內閒逛。直到夜色漸濃，街道上依然熱鬧，穿梭在熙來攘往的人群中，譚子媛開口要求坐在咖啡館休息。

「一轉眼也八點啦，喝完牛奶就要回家嚕，門禁是九點的說！」才剛入座，譚子媛翻著錢包邊自言自語了起來。

「明明就沒有門禁，而且妳都喝牛奶幹麼還硬要來咖啡廳……」方瑀低聲吐槽。

「就算沒有門禁也要自己設定啊，這樣才是乖孩子。當然拒絕喝咖啡，那是大人喝的東西，牛奶才是小朋友的最愛。」

「老大不小了還要裝小孩。」一旁又傳出鄙視的語調，但嗓音聽起來低沉有磁性，不像是女生該有的細膩聲音，譚子媛倏地抬起頭望，李想身著咖啡店制服，腰際上還繫著黑色圍裙。

他彎下腰，將牛奶放置桌上，輕輕抬眸對上她的視線，刻意用微酸的語氣調侃，「溫牛奶，嬰兒最能接受的45度。」

「李……哇！」譚子媛驚訝詫異，嘴巴呈O字型，好不容易在錢包裡翻到的硬幣一不小心又掉回錢包裡，她手忙腳亂再次翻起錢包，李想並沒有理她，打了個呵欠，自顧自走回工作崗位。

「為什麼李想會在這裡?!他剛才不是還……」譚子媛瞠目結舌，伸出食指指著李想的方向，還無法回神。

「媽咪，這不正常了吧？」寧寧指著李想，方瑀學著偵探推測時摸著下巴的動作，「嗯……短短幾個小時打了兩份工……想必，是很缺錢吧！」

「我覺得妳的結論好像很一般，不用裝福爾摩斯啦。」

「……」譚子媛沒有參與她們的討論，靜靜坐在一旁呆滯望著李想的身影，突然想起今早在學校時寧寧說的話……

「李想這次又是第一名耶，全年級第一耶！到底為什麼啊？明明一直在睡覺。」

這樣看來，好像能知道為什麼李想在學校總是在睡覺，一個高二生，上了整天的課後還要工作到三更半夜……

譚子媛無法想像如果是自己會怎麼樣，光上整天課回到家都能精疲力盡，考試前幾個禮拜就預習還是拼不過前十名，李想竟能兩者兼具。

「如果我變得跟你一樣呢？」

「那也要妳做得到。」

難怪他會說那樣的話，因為她真的做不到，做不到像他一樣好。

明明是一直在追隨的腳步，此時此刻才驚覺中間隔著遙遠的距離，自己幾乎狠狠被甩在後頭。

對於李想這個人，譚子媛果然還是摸不著頭緒……

放學的下午，夕陽高掛天空，陽光灑在地上，黃澄澄的像是在閃爍，譚子媛抬頭望向遠方，橘橙色的日落和綠意盎然的高山像是水彩畫，將它們渲染連成一線。

自從昨天見李想打工的模樣後，她開始驚覺自己有多麼渺小不足，她知道另一半的自己逼迫她不要去想這些事，明明只要像個小孩一樣活著就會是最快樂的了，但她還是不受控制去在意。

塵封不動的回憶，就像一間寬大的圖書館，裡頭空無一人，只有一本本回憶高放在書櫃上，不准自己將其翻開。

譚子媛低頭望著自己的步伐，想像空曠的地板上多了孩子的遊戲，跳格子。她抬起左腳，單腳跳了一格，又換雙腳跳了一格，相互交替，就這麼自己玩了起來。

徐徐微風拂過臉龐，吹起她被夕陽光照得橘色髮絲，輕輕闔上眼，彷彿還能聽見奶奶的聲音，能將所有一切療癒的溫柔嗓音。

於是她輕輕哼著歌，與回憶中的奶奶一同合唱。

她沒有辦法再唱歌，不是像之前打掃時刻意唱得五音不全那種，是用心去吟唱，用心訴說一個故事。曾經她喜歡唱歌，但如今，唱歌卻使她痛苦。

「唉呀！」女人的聲音傳進耳中，她睜開眼，發現約莫二十幾歲年輕女子，正手忙腳亂扶著手中大包小包的袋子，兩袋掉在地上，其中的水果全倒了出來，還有一顆蘋果滾到譚子媛腳邊。

譚子媛拾起腳邊的蘋果，邁開腳步走向女子，「我來幫妳吧！」

「啊，不好意思，那就麻煩妳了！」女子莞爾，禮貌地點頭致意。她身穿白襯衫、碎花長裙，看起來就像眷村含羞的小姑娘，婉淑氣質。

譚子媛將散落一地的水果撿進袋子，手中扛著兩個大袋子，與女子走在夕陽西下的街道上。

「妳已經有兩個孩子了？看不出來耶！妳看起來很年輕！」譚子媛震驚瞪大眼，沒想到才剛認為是二十幾歲的眷村姑娘，竟已是兩個孩子的媽！臉上一點細紋也沒有，完全沒有老化現象！

「呵呵，謝謝妳。我大兒子已經二十了，小兒子十七歲。」她笑了笑，「剛好兩個都是兒子，看可不可以跟妳湊成對，我一直想要個女兒，要是能有像妳這樣熱心善良的媳婦該有多好。」

「不、不敢當！」譚子媛急忙做出從古代劇中學來的拱手動作，卻忘了自己扛著兩個大袋子，袋子又隨著地心引力往下墜落。

「糟糕！」她立刻手忙腳亂拾起袋子，沒想到此舉動逗得女子開懷大笑。

「到了，就在前面。」

譚子媛抬起頭望向眼前屋子，一棟平凡不起眼的小公寓，整體色調黯淡，看起來低俗廉價。牆壁上許多土黃色水漬，油漆斑駁，感覺只要一拍就會全部剝落。

她跟著女子走上樓梯，走到頂樓的樓梯口第一間門前，女子放下袋子，七手八腳才好不容易從口袋拿出鑰匙。

「真的很謝謝妳，如果不介意的話進來坐坐吧？」她敞開門，漾起柔和的笑。

「啊、沒關係！我不是為了獎勵才幫忙的……」譚子媛急忙婉拒。

「不用客氣啦，妳幫我這麼大的忙，我可不能欠妳唷！」

「可是……」她露出困惑的神情，還在猶豫躊躇的同時，眼前的女子一聲呼喊使她回神。

「啊，弟弟你回來啦！」

譚子媛轉過頭，抬起首望著眼前高大的身影，當熟悉的面孔映入眼簾，兩人不約合同，驚訝得瞪大雙眼。

「李想?!」

「妳為什麼……」李想慌張的神情只有短短幾秒，突然，他快速邁開步伐，把女子拉進屋內。

「等等……！」譚子媛還來不及反應，李想就準備關上門隔離她，他看著女子，又變回平時一臉從容：「我不是說過門要趕快關，蚊子才不會飛進來？」

「為什麼見到我就跑啊！而且蚊子是我嗎？你是在指我對吧！」譚子媛不甘示弱推著門。

「不要掙扎了……一個女生力氣怎麼可能贏得過我……！」李想使勁力氣，對面的譚子媛整個人趴在門板上，力氣不及男生的她只能用身體的重量壓過。

「臭小鬼！」一旁的女子舉起手，朝李想頭部用力一拍，「她今天幫了我，你還這麼沒禮貌！」

李想唉了一聲，一手摸著被重擊的後腦勺，鬆開擋著門的另一隻手。

譚子媛這下才了解，原來女子剛才所說十七歲的小兒子，就是在指李想。

「妳是李想的朋友嗎？」

「啊、我叫譚子媛，是李想國中同學，現在高中也讀同校。」她這才想起自己沒有自我介紹。

「譚子媛……是小媛啊。」李媽媽輕聲呢喃，自言自語得了個結論。

譚子媛不懂李媽媽話中之意，也不懂她為什麼突然綻放笑靨，如沐春風。

「想，幫我把這些都搬進去。」李媽媽指著裝滿食材的幾個大袋子，「來，快點進來，我削蘋果給妳吃！」她滿臉笑容，拉著譚子媛進屋裡。

譚子媛一個人不自在的坐在客廳沙發上，她盯著只有雜訊的古老電視，黑白色點狀交雜和發出「滋滋」的吵雜聲令人不禁皺起眉，她走向前，輕拍一下電視，黑白點狀消失了，換而代之的是彩色橫條布滿整個螢幕，無計可施的她只好坐回位置。

她低頭髮現沙發角落表面的皮都已破舊綻開，抬頭看見天花板正在漏水，漏水的位置還有桶子在接水。雖然屋子看上去破舊簡陋，但其實很整齊乾淨，感覺一家人都很愛乾淨，只可惜沒多餘的費用整修房子、汰舊換新。

只不過她的確有點意外，外表帥氣亮眼的李想，原來家境如此平凡，甚至可以說是……貧窮。

發呆了一陣子，她決定起身去廚房查看情況，聽見他們在討論自己的事，她立刻躲藏在牆後。

「你為什麼不想讓小媛進來啊？」譚子媛望見李媽媽在削蘋果。

「什麼小媛，妳也叫得太順了吧。」李想正將食材放進冰箱裡。

「這樣叫比較可愛又親切啊！你一個男孩子不了解啦，媽媽當初真的好想生女兒喔。」

「妳現在再生一個也不晚啊，才三十八吧？」

「是三十六啦！女人的年齡可是很斤斤計較的，你給我記清楚你老媽的年紀啊。」李媽媽幫削好的蘋果做造型，「好了！」她將蘋果擺在盤子裡，滿意地舉起雙手歡呼。

李想走到她身邊，低頭看了盤子內，「這什麼？豬？不是一般都是用兔子嗎？」

「這就是兔子啊！」李媽媽哀怨，拿起一片塞進嘴裡，「你還是沒說你剛剛為什麼這麼排斥小媛耶，為什麼不想讓她進來？」

「沒為什麼，本來就不喜歡同學來。」他不以為意，低頭削起蘋果。

李媽媽突然沉默，整個空間變得安靜，譚子媛能清楚看見，李媽媽的表情黯然悲傷。

「幹麼突然不講話？」面對李媽媽突如其來的靜默，李想感覺得到其中的不正常，他抬起頭望向李媽媽。

「是不是因為家裡太破爛，你覺得帶同學回來很丟臉？」李媽媽微微垂下頭，「對不起啦，是我沒想那麼多就把小媛帶進來……」

「……」李想拿起自己做了兔子造型的一片蘋果，緩步走向李媽媽，將蘋果塞進她嘴中，「妳對不起誰？真正對不起我們的是誰？」

譚子媛站在門外，對於李想說的話一頭霧水。

「妳也太會亂想了，為什麼不去當編劇？愛庸人自擾，無聊。」李媽媽的自責引來李想的責罵，李想端起盤子準備走出廚房，譚子媛見狀立刻奔回客廳裝作若無其事。

沒想到只是想看他們在做什麼，竟因好奇聽了這麼多對話，心感罪惡之於她開始沉思，感覺剛才見到的李想，非常成熟，根本不像這年紀該有的模樣和思想。

況且沒想到自己看到他們家的狀況，會讓他們感到丟臉，她感到非常愧疚。

李想走來，將蘋果放置桌上。譚子媛緊張地正坐，輕輕點頭，「謝謝你。」

李想環顧四周，走向電視，按了底下幾個按鈕，再拍打一下電視，螢幕立刻收到訊號，跳回正常畫面。

「哇喔……」譚子媛不禁讚嘆，下意識地拍了拍手。

李想半闔眼無言地看著她，不明白這點小事有什麼好鼓掌，他拿起遙控，原本想遞給譚子媛，突然靈機一動，按下按鍵，畫面一下子轉到兒童節目。

「你怎麼知道我喜歡看這個？」譚子媛覺得驚喜，眨著圓滾滾的杏眼，笑容如花綻放。

「我五歲的時候也喜歡看這個。」他拿起放在沙發上的軍綠外套，抬了抬下巴，指著桌上像豬的兔子蘋果，「我去上班了，妳把這些吃完就回家吧。」

譚子媛正準備詢問李想一些問題，話卻哽在喉嚨，等到李想敞開大門離去，來不及說出的話語只好默默吞回肚子裡。雖然吞下一些想對他說的話，肚子還是覺得很空虛，她拿起蘋果往嘴裡送，目光掃過桌面，頓時被桌面上的照片吸引。

照片中的李想和隊上一起參加比賽，李想站在中間，雙手高舉著冠軍獎杯，隊友們勾肩搭背，顯現兄弟之好交情。每個人臉上盡是燦爛笑容，與背後耀眼的陽光顯得融洽。

李媽媽正好從廚房走出來，看見子媛低頭望著照片，她探頭查看，「啊～那是李想小六時參加全國棒球比賽的照片。」

譚子媛抬起頭看向李媽媽。

「那時候他每天有事沒事都在練球，早上一睜開眼想的就是練球，兩隻手貼滿ＯＫ繃還是不願休息。比賽後，他興高采烈拿著獎盃和獎狀回來給我看。」坐到譚子媛一旁，李媽媽欣慰的望著照片，臉上浮現淡淡笑容，「他那時候臉上的表情真的讓我很難忘，那是他現在每次都拿第一名的獎狀給我看也沒有的，驕傲又感動的表情。」

譚子媛盯著照片盯得出神，她從沒看過李想笑，沒想到第一次看到，竟是在相片上。她也是現在才知道，原來李想笑起來時，右臉頰有個小小的酒窩，看起來十分可愛稚氣。

「為什麼……他要退隊呢？」

李媽媽沉默了幾秒，伸出手，輕柔撫過照片中李想的笑容，「李想他爸是不學好的流氓，我的父母不同意我們交往。當時我意外懷孕了，為了和他在一起不惜忤逆父母，離家私奔，從嘉義逃來台北，不久後就生下大兒子了。」她揚起嘴角，對上子媛的雙眸，「當時我才16歲。」

「16歲?!」譚子媛音調不禁高八度驚呼，不敢置信地瞪大眼。

「當時年少輕狂、不懂事，以為愛情就是全部，以為自己能改變他，以為跟他逃走是幸福的，可是我錯了。」她抬頭張望了一下破舊的屋子，「李想升上國中時，他欠了一大筆債，最後他逃走了，就像當初帶著我逃走一樣，只是這次，他忘了帶走我們。」

故事猶如洋蔥一片片被剝落，裡頭模樣真實的令人不捨去直視。

愣了半晌，譚子媛怔怔開口：「妳一個女人……帶著兩個孩子，一定很辛苦吧？」

「我沒有學歷，只好做苦工，清潔工、搬貨之類的。前年看醫生才知道我的脊椎受傷了，兩個兒子都不准我再出外工作，所以我現在只有在家做一些手工。也是因為這樣……李想才會打這麼多零工。」

譚子媛這才恍然大悟，所有事情終於能拼湊起來。

阿姨認為跟著李爸爸在一起，即使吃苦也幸福，但李爸爸最後卻將苦丟給他們，一個人不負責任的逃跑了。

「妳對不起誰？真正對不起我們的是誰？」

阿姨將自己能給的毫無保留全給了他們，真正對不起他們的是許下承諾卻沒有實現的李爸爸。為了還債和支撐家計，李想才會短短時間內做這麼多份工作。為了讓家人有更好的生活，他甚至捨棄了自己最喜歡的棒球。

「我們約好上同一間國中，要繼續延續棒球隊的夢想。」

「會一起來這所高中也是大家約好的。」

為什麼明明退隊了，還是遵守跟大家的約定上了同一所高中？為什麼明明不碰棒球了，還是偷偷站在角落看大家練球？原因，譚子媛心裡清楚，正是因為太清楚，才感到更加難過。

李想曾經說過自己努力讀書是為了獎學金，想起李想在遠處望著棒球隊的眼神，如此羨慕，如此苦澀，從心底湧起的酸楚漸漸淹沒她的思緒。

有的人能穩穩站在平衡木上；有的人選擇放棄一躍而下；有的人遭陷害而墜落。有的人被迫長大；有的人始終不肯長大。

背著厚重的包袱，步履蹣跚地走在荊棘上，痛苦、煎熬，這樣活著，一點也不快樂。

這世界就是如此黑暗，這社會就是如此現實，所以她才會逃，一直逃、一直跑。

這世界不公平，這世界很噁心，她很清楚。

所以，她才會也想帶著他一起逃走。

第三章

春季尾聲，即將邁入青春玩樂的夏天，所有人期待著暑假的來臨，整個校園充滿了生氣，配合溫熱的天氣和耀眼的陽光，夏天是個充滿活力朝氣的季節。

在這歡樂的期間正好又碰上校慶，所有人殷切期盼的運動會也在其中。

「女生兩百公尺誰要參加？」班長站在台上主持。

「寧寧！」全班異口同聲。

「女生四百公尺誰要參加？」

「寧寧！」

「女生八百公尺誰要參加？」

「寧……」

「你們想累死我啊?!」她爆炸般咆哮，逗得全班哈哈大笑。

由於寧寧體能好，對跑步特別有才能，國中時又是田徑隊，每次只要有田徑比賽都不會缺少她。

等到體育課，許多班級都前後來到操場，參加田徑比賽的寧寧去場上與其他班比賽同學較勁，而方瑀將帶領吉他社在閉幕典禮表演，也趁這時間去了社辦練習。

至於體育永遠不及格，也沒有參加任何社團的譚子媛只能無所事事坐在場邊發呆，怨嘆自己沒有一項是擅長的。她癡癡望著場上的同學，目光漸漸在遠方消散，開始放起空來。

「鏘——」清脆響亮的聲音打斷了她的呆滯，她定睛一看，只見一個穿著夏季體育服的男生朝她奔來，這才發現有顆棒球滾到她的腳邊。

「同學抱歉！」曾逸哲跑到她面前，彎下腰拾起球，抬起頭，兩人對上目光的瞬間，他愣了一下，隨即展開笑靨，「咦？原來是小媛啊！」

譚子媛有些意外，沒想到經過上次，他還記得她的名字，「你在練球嗎？」

他搖頭，「我們一般上課時間不能練習，而且我現在也沒有換棒球制服啊，我們只是在玩啦！因為不想去跑步。」

「你沒有參加田徑比賽嗎？我聽說你跑很快。」

「我有參加啊，可是等一下放學練習前也是要練體能，要跑十幾圈，想到就不想跑了。而且我又對其他球類沒興趣，所以只好玩棒球囉。」他舉起球，又送上一記燦笑。

「喂！曾逸哲在把妹喔？」場中央的同學朝兩人的方向大喊，整個操場的學生全停下動作，將視線轉到兩人身上，整個空間瞬間寧靜宛如凝結。

「……」曾逸哲發覺四周投射過來的眼光，頓時僵住。

「曾逸哲！那是小鐵的菜耶！你這樣不行喔！」場中央的另外一位同學也跟著起鬨，譚子媛這樣聽來，貌似自己就是那位小鐵同學的「菜」？

曾逸哲抬起左腳，身子微微向後傾，做出準備投球的動作，下一秒，他將左腳大步踏出，用身體的力量帶動手臂，將手中的棒球重重丟出，力量大得驚人，球筆直又快速的衝向場中央，同學嚇了一跳，立刻反應過來，舉起戴有棒球手套的左手接住。

「撿球啦！」丟完球後，他隨後替自己洗清冤屈。

「知道你撿球啦！有必要這麼認真嗎?!這起碼有九成力氣吧！很痛耶！」同學哀嚎，脫下手套，甩了甩左手，想舒緩被重擊的疼痛。另一位同學也被曾逸哲突如其來的反應嚇得直冒冷汗。

「不要理他們，體育班沒有女生，他們只是喜歡開玩笑……」怕給她壞印象，他急忙解釋。

「小鐵是哪位呀？也是棒球隊的嗎？」

「妳居然比較在意小鐵是誰？」他詫異，差點被口水嗆到，「女生不是都討厭被這樣開玩笑嗎？」

「我覺得沒關係啊，只是很訝異有人喜歡我！」

「……」愣了半晌，嘴角漸漸失守，他開朗笑了起來，「好像不難理解為什麼會喜歡妳了。」

譚子媛不明白他的話，見曾逸哲直盯著自己的後方，她也跟著回頭張望，發現是李想的班級也利用課餘時間來練習。

李想身邊圍繞了一群男生，全是他在班上的朋友，平時看上去都是吊兒郎當的小混混，但據認識其中幾個人的寧寧說，他們都很好相處，是一群面惡心善的傢伙。

「小胸部妳這次也要比賽？每年當第一名當不夠，今年也要跟別人搶啊？」其中一位帽T男嚼著口香糖，走到寧寧面前。兩人曾是同班同學，非常熟識，把你來我往的嗆聲當做相處的樂趣。

「我還以為是誰呢，原來是假嘻哈啊！你們班女生自己跟不上我的腳步，還要怪我跑太快？」寧寧朝他翻了個一百八十度白眼，假嘻哈這個綽號是寧寧根據他的穿著和行為舉止取的。

「妳是跑太快跌倒才把胸部壓扁的吧？」

「哇喔——這個狠！」其他人在一旁，不禁對他的大膽發言發出驚嘆聲。

寧寧勾起嘴角，點頭接收了他的挑釁，她指著旁邊的跑道，「來，你站我旁邊，來一場嘛。」

「對不起我錯了。」帽T男立刻九十度鞠躬，知道自己對上這個女野馬根本沒勝算，只會讓自己一個大男人顏面盡失。

見到這畫面，譚子媛不禁輕笑。無視帽T男和寧寧持續的鬥嘴，其他人要比賽的站上操場跑道，其餘沒參加比賽的到場邊休息。

眼見李想與兩個朋友往這方向走來，曾逸哲開口：「我先回去了，李想那些朋友我不擅長應付。」

「應付？為什麼？」

「互看不順眼，會打起來，忍不住的那種。」他笑了，展露潔白的整齊牙齒，令人無法相信一臉和善的他竟會和人打架，「先走囉，Bye bye！」

譚子媛點頭，向他揮了揮手。

待曾逸哲走遠，收回目光，她轉過頭，發現身旁突如其來冒出個人影，嚇得她倏地抬眸，仔細端詳才發現是李想，跟著她一起望向曾逸哲離去的背影。

「剛才沒發現他在這裡，不然就不會走過來了。」他看向譚子媛，「有打擾到你們聊天嗎？」

「不會啊，他本來就只是來撿球而已。」她望向他背後，「剛才跟你一起走過來的那兩個怎麼不見了？」

「看到逸哲就轉頭折返了，應該往那邊去了。」他朝右方抬了抬下巴。

譚子媛眉頭深鎖，她不懂，他們到底有多看對方不順眼？

「妳朋友好像跑很快？一聽到她下戰帖，嘻哈直接認輸了。」沒想到引用了寧寧的綽號，大家都簡稱嘻哈了。

「喔~你是說寧寧喔？她以前就是田徑隊的呀，但是她比較擅長短跑……喔對了！你沒有參加比賽嗎？」講到這她才想起李想是到場邊休息的，好奇驅使下才主動詢問。

「妳希望我參加嗎？」

譚子媛不明白李想為什麼要反問她，輕輕皺起眉頭，她用最單純的想法得出這個回應：「如果會得第一名的話當然就參加呀。」

「說的也是。」他怔怔點頭，「難怪妳沒參加。」

「什麼意思啊？」

「妳不是運動白痴嗎？」

「也是……喂！不要引導我讓我自己承認啦！」她氣憤反駁，沒想到引來李想的噗哧一笑。

李想垂著眸，輕輕勾起一邊嘴角，平時就不怎麼看到他笑，自然也沒仔細看過他笑起來的模樣。譚子媛仔細端詳他的側臉，高挺的鼻子、微彎的眼睛和好看弧度的嘴角，瞧著瞧著，就這樣看呆了，原來李想是真的長得很漂亮啊！

約莫過了五秒，李想感覺到譚子媛炙熱的目光，不解地挑起眉，「幹麼一副要流口水的樣子？」

「啊？哪有流口水啊？」她下意識抬起手擦了擦嘴邊，真的沒有口水啊，「我只是很少看見你笑，有點意外而已。」

「我是人。」

「好！」因為不想聽他反駁，她突如其來調高音量，嚇了他一跳。

「妳好什麼啊……」

這時譚子媛才發現，原來李想的右臉頰真的有小酒窩，她沒有想太多，直接伸出食指，輕輕戳向他的酒窩，「你有酒窩耶！好可愛喔。」

被譚子媛碰到臉頰的那一瞬間，李想輕顫了一下，看著眼前的女孩笑著，眼睛彎成月牙狀，燦爛的笑顏將她的純白潔淨表露無遺。李想臉上笑容漸緩，不明白自己是看著她的笑臉失了神，抑或是她越是表現單純的樣子，他就越能感受到兩人之間的差異。

譚子媛沒有發現李想的異常，她心想，這大概是他們認識以來第一次見到李想笑得這麼開心，就連自己都不敢置信能見到他的笑臉，在這麼近的距離，就在她的面前。

即使只是揚起嘴角，只要看到他笑，感覺自己的心情也變得更好了。

「不好意思打擾你們小倆口調情，矮人找你去合作社。」李想的朋友全走了過來。

「我只是在看一個花痴流口水。」李想糾正，立刻遭譚子媛憤怒瞪視，「就說沒有流口水啦！」

「李想會主動找女生根本是不可能啊，除了小綠學姊。」眼鏡男口中的「矮人」也隨後到來，他其實不算矮，目測一六五，但如果這群人排成一排，他站在最中央，的確會變成一個凹字。

「李想認識小綠學姊喔？」譚子媛有些意外，她也以為李想幾乎沒有認識的女生。

「何止認識，熟到不行！」矮人誇張地比手畫腳。

「你不要下一句又說什麼連內褲都知道穿什麼顏色。」李想雙手環胸，半闔眼表示無奈望著他。

「對，我正要這麼說。」矮人用力點頭，下一秒立刻遭李想手刀伺候。

看著李想和朋友間的玩鬧，譚子媛又大開眼界了。

國中時為了幫她而和班上同學鬧不合，後來原本和他最好的「嘴邊痣男」也不再跟他有來往，但李想並沒有因為這個關係變成被排擠的孤獨老人，反而和班上另一群會玩又會念書的男生成為好朋友，也是在那時期，李想慢慢的晉升為校內的風雲人物。

他一直都是她很敬佩的人，即使到現在也依然還是。

炎炎夏日。

烈日高掛空中，熾熱的金色光芒照在地面上，只要赤腳踏在滾燙地板上，都會讓人一跳一跳的像在煎鍋上的蝦子。新聞報導這個禮拜氣溫會直直上升，今天更是創下今年最高氣溫，最炎熱的一天，氣溫直飆攝氏三十八度。

「請全校同學到走廊上集合，由班長帶領到操場，我們將舉行校慶的開場典禮。」

雖然早知道今天是校慶，但聽見主任廣播出的事實，還是讓全校不約合同地哀嚎了。

「天啊……為什麼剛好是今天啊！外面根本是煉獄啊！主任啊～」方瑀趴在桌上痛苦哀嚎。

「別再做無謂掙扎了啦，快穿外套，不然會被曬黑！」比起方瑀，寧寧倒是很認命，「小媛，走了喔？」

「我不太舒服，想去洗把臉，妳們先去吧……」

「妳不舒服？」寧寧和方瑀同時訝異，從進到教室，相處了至少有兩個小時，她們居然都未發覺她身體不適！

寧寧立刻緊張詢問，「哪裡不舒服？很不舒服嗎？要不要去保健室？」

「沒有很不舒服，洗個臉應該就好點嚕。」

寧寧和方瑀面有難色互看一眼，方瑀勉強答應，「好吧，那我們先去，妳慢慢來，如果很不舒服就乖乖待在教室休息！」

「好窩！」譚子媛點頭，硬扯開嘴角，露出傻氣十足的笑容，見她還有力氣笑，應該是沒什麼問題，寧寧和方瑀才半放心地離開教室。

譚子媛感覺得出自己身體不適，應該是天氣太熱的關係，熱得她有點頭昏腦脹。在天花板上努力工作的四個風扇吹出來的盡是熱風，熱氣隨著電扇吹出的風不斷循環，產生熱空氣對流，使得整個空間更加悶熱。

她雙手撐著桌面，緩慢站起身，原地佇立了幾秒，拖著笨重的身軀，步履蹣跚走到洗手台前，轉開水龍頭，雙手碰到沁涼的冰水時感覺舒服了些。

聽見一旁傳來吵雜聲，她往左邊看，望見嘻哈和矮人正在打鬧，班級排隊正準備走下樓梯，果真下一秒就看見李想排在隊伍中間，兩人對上目光時同樣停下動作。

見李想佇立在前方不動，朋友們朝著他視線方向望去，發現是譚子媛，疑惑地互相對望。

「你不走嗎？」眼鏡男問。

「你們先走吧。」

「唉唷～」矮人立刻用手肘撞了一下他，擺出猥瑣的臉，「小綠學姊怎麼辦？」

李想沉默不語，面無表情的轉過頭瞪向矮人，光是眼神就快殺死他。

「嘻哈，帶他下來啦！」眼鏡男站在樓梯間，望見矮人的白目行徑，立刻叫嘻哈把他帶走。

「你可以再白目一點，不會看場合喔！走啦！」嘻哈勾住矮人的脖子，將他強行帶走，全部人都繞過李想下了樓梯。

譚子媛將水龍頭關緊，呆愣指著隊伍離開的方向，「你不跟上去嗎？大家都下去了喔？」李想沒有回答，他邁開腳步往譚子媛走來，直到走到她的面前，兩人的距離近的只剩一步就能碰到對方。

譚子媛對於他的舉動感到錯愕，她瞪大著眼，感覺渾身不自在，「為、為什麼要靠這麼近？」

李想突然向她伸出手，被他突如其來的舉動嚇了一跳，她不自覺聳了一下肩，沒想到下一秒，冰冷的手就覆在她額頭上，「妳不舒服？臉色看起來很差。」

為什麼她什麼都還沒說，他就看得出她身體不舒服？方瑀跟寧寧都沒注意到了，為什麼他一眼就能看出來呢？不，最應該問的是，為什麼他會在意自己呢？

譚子媛怎麼也料想不到，李想竟然會主動觸碰她，並且是如此溫柔地、充滿關心的。而被他這麼一碰，太陽好像又大了些，讓她體溫又升高了。

「有點不舒服，可是現在洗完臉好多了……」她愣愣回答，一直抬著頭望著他，站這麼近才發現，原來李想比從旁邊看還要高很多，整整高她快一顆頭！

「嗯。」李想收回手，低沉有磁性的嗓音此時聽起來特別柔和，「這種天氣在操場中暑的案例很多，妳還是別下去了。」

雖然很想像個孩子一樣依賴別人，但想起李想曾說過的話，要她長大一點，她也不想再像以前一樣被當成異類了……所以這時候，她必須要學著堅強一點。

「沒關係啦！沒有那麼嚴重。」可能是不習慣這樣溫柔的李想，她頓時腦子一片空白。

整層樓的學生都已下樓集合，四周安靜得能聽見遠處操場上傳來微薄的吵雜聲。譚子媛打破沉默，想趕快結束這段尷尬，「你今天也會領獎嗎？」

他輕輕皺起眉宇，不解為什麼要問這個問題，「會啊。」

「喔……其實我不是想問這個，我是想問，為什麼你……」

「喂——李想！領獎人要去司令台後面集合囉！」一樓的同學看見站在三樓的兩人，揮著手示意他下去，李想隨即回應一聲後，轉過身問：「妳想問什麼？」

「為什麼你……」看得出我不舒服呢？本來就有點難以啟齒的問題，被打斷後就更難再開口，腦袋一亂，她隨性指著他的腳踝，「為什麼你要穿墨綠色的襪子啊？」

「……」李想皺起眉間的力道比剛才加深了，感覺上不打算回應她的白癡問題，她反倒感謝他沒有配合她耍笨……一大早的，更加鬱悶了……

「妳的臉色看起來更糟糕了，還是別下去吧。」

「你才是，看起來比我還糟糕。」

他歪頭，表示不解她的意思。

「工作啊！每天都兼那麼多份工作很累吧？你看你的黑眼圈。」她說著，伸出食指原本想觸碰他的眼部下方，他一驚，下意識往後退後一步，見狀，譚子媛愣了半晌才收回手，「啊，對不起……」

他正思考該如何解釋，譚子媛立刻打斷他：「我知道你不喜歡人家碰到你啦！」

「……」他無奈蹙眉，百口莫辯，知道自己現在不管怎麼說都只是藉口，為了脫離尷尬氣氛，轉回剛才話題，「雖然工作很多，但是還能撐。」

「什麼還能撐，幹麼這麼逞強？你不是在還債嗎？」

李想錯愕，臉色一瞬間增添幾分肅然，低沉的嗓音從他喉嚨響起，卻不比剛才的聲調溫柔，

「……妳為什麼會知道？」

「喔……上個禮拜意外去到你家，你去上班時，阿姨跟我提起的……」她尷尬傻笑，見他臉色變了，才發現自己說錯話了，開始戰戰兢兢，「她跟我說了很多，你爸爸的事、還債之類的……」

「……」他始終面無表情，烏黑瞳孔裡深不可測，幽幽開口：「妳還記得國中時被欺負的事嗎？」

「嗯？記得呀……」她點頭，沒想到他會突然提起以前的事，那些陷害她、嘲笑她的異樣眼光，她怎麼可能忘得掉？

「以前妳被欺負時，什麼話都不說，自己一直悶著，就是一種站在原地等人來幫助妳的心態吧？」

譚子媛傻住，笑容僵在臉上。

「妳是不是很依賴人？什麼事都想要別人幫妳完成？」

她瞠著雙眼，原本揚起的嘴角漸漸平行，手不自覺抓緊衣角。

「以前就覺得妳和一般人不一樣，直到前陣子看心理學的書才知道。」

預料到他下一句要說什麼，恐懼感油然而生，能夠清楚聽見自己心臟瘋狂跳動，彷彿下一秒就會停止。

不要……不要說！

不要用那種眼神看我。

我……不是怪物啊。

「妳……是『彼得潘症候群』吧？」

霎時，在空中隨風飄的雲正好擋住太陽，阻擋了陽光的照射，譚子媛看見四周瞬間暗了下來，一陣涼意正從她的腳底攀上，像是千萬隻螞蟻沿著背脊爬到頭頂，彷彿靈魂瞬間抽離。

「我看書上說，『彼得潘症候群』大多數是嬌生慣養的溫室花朵，從小被捧在手心呵護，才會導致長大後也希望像小時候一樣都有人幫忙。妳也是嗎？」他彎下腰對上她的眼，又再強調了一次：「妳也是那種大小姐嗎？」

這一句「妳是『彼得潘症候群啊』？」簡直就像在說——原來妳有病啊？

多麼傷人的一句話，猶如快速的利刃，直接插進她的心臟。

令她不禁想起種種聲音，徘徊在她耳邊，揮之不去的、令人心碎的聲音。

「我是啊，『彼得潘症候群』。」她毫不畏懼對上李想的視線，「那又如何？既然你都說是大多數了，你又怎麼知道我是那樣？」

「如果妳是大小姐，能懂我們這種窮人平民的痛苦嗎？妳是以放學閒晃看我辛苦工作的樣子為樂？還是看到我家破爛的模樣覺得有趣？」想起與子媛的種種回憶，李想無法抑制心中怒氣。

「妳已經是人生勝利組了，大小姐，走在妳旁邊只會讓我覺得自己很可憐。」

「不要叫我大小姐！你了解我什麼了？」她眉頭深鎖，戰火一下子點燃。

「我只覺得一個有錢人老是在我的身邊打轉，就像無時無刻都在嘲笑我一樣。」他像是在嘲諷自己般地揚起一邊嘴角，「在學校是個資優生，表面上看起來好像光鮮亮麗，但真面目是個灰頭土臉的窮小子，知道了這些，妳都不覺得好笑嗎？」

「好笑？為什麼會好笑？我不會用金錢衡量一個人，不會因為你家負債就對你改觀，我從來沒有瞧不起你，不要把你對金錢的不滿怨念都發洩到我身上！」譚子媛也訝異自己激烈的反應，她全身開始顫抖，感覺有什麼在體內就快要爆炸，像飛機一樣失控直接墜入地面。

「不要以為只有你的人生很悲慘，不要以為只有你很痛苦，你太看得起自己了！」她激動得眼眶泛紅，氣憤得咬牙切齒。

一下子高漲的情緒使自己腦袋更不受控，她身子晃了一下，踉蹌了幾步，見狀，李想立刻伸出手想扶住她。

「不需要你幫忙！」她用力甩開他的手，「你都這樣傷害我了，不需要裝好人！只不過是不舒服，只不過是曬一下太陽，我抗壓性不低，我只是不想長大，我不是怪物！」她激動地眼淚奪眶而出，對著李想大吼後甩頭跑走。

明明看見太陽公公就在頭頂上方，學生們還是得站在操場中央受苦，像是在煉獄被火刑一樣炙熱，太陽刺眼得令人睜不開眼，就連吹來的風都是暖流，空氣中沒有一絲涼爽。譚子媛感覺自己快被熱氣蒸發，體內的熱度可能已經快要破表，暈頭轉向的她就連站都快站不住。

李想走上台，從校長手中接過獎狀，臉上卻不見太多的喜悅，而是疲憊。

全場響起鼓掌聲，她站在隊伍排頭，用盡全力勉強舉起手跟著拍掌，一下、兩下、三下，她緩慢地拍著手，發覺眼前景物開始模糊。

砰砰……砰砰……

她聽見自己的心跳聲，很清晰，快速地跳動，彷彿快蹦出身體。

李想領完獎轉身下台，步伐卻不知為何加快了，正當他經過她面前，準備回自己班上原位的同時，譚子媛眼前景物瞬間天旋地轉，剎那間，力氣一瞬間全被抽光，她腿一軟，整個人往前倒。

「小媛?!」

她依稀聽見寧寧驚慌尖叫，方瑀匆忙叫喚，引起整個空間吵雜，好像四周的人全一擁而上，擠得她只能吸到稀薄空氣，簡直快將她窒息。

然後一雙強而有力的臂膀將她抱起，一下子，感覺自己沉重的身軀瞬間像羽毛般輕盈，躺在結實的手臂和胸膛，不知為何的，心情漸漸平靜如止水，感到非常安心。

還沒來得及看看是誰救了她，眼皮已沉重地沒力氣再睜開。

真丟臉啊，原本該昏倒的是因工作而勞累的李想吧。

「妳是不是很依賴人？什麼事都想要別人幫妳完成？」

為什麼會發火呢？明明他全都說中了啊。

也許他沒有那個意思，但為什麼自己會那麼激動呢？

是不是因為曾經有太多可怕又痛苦的回憶，就像滾燙的烙印狠狠燒在心臟上，變成了陰影，使自己變得小題大作呢？

並不是害怕「彼得潘症候群」這個症狀，而是害怕外界投射而來的異樣眼光，四周響起此起彼落的嘲笑聲，彷彿將她當成怪物，在背後嘲笑著她有病。

怪物沒有同類，沒有人願意站在她這邊，她是獨自一人活在這世上。

如果是一個人活在這個世界上，不就代表可有可無了嗎？

「不要以為只有你的人生很悲慘，不要以為只有你很痛苦，你太看得起自己了！」

說了那種話，他一定也不好受吧……父親因為被追債的關係，丟下一家妻小跑路了。從國中就乖巧懂事，偷偷背著媽媽去打一些零工，即使身心俱疲也是會帶著好成績回家讓媽媽開心。

但我呢？只要茶來伸手、飯來張口，只要大哭大鬧就會有糖吃。

他努力不懈只是為了存活，小小年紀就獨當一面，堅韌不拔。

但我呢？只願意躲在自己的世界裡，躲在所有人的背後，當個受人照顧、不想獨立的孩子。

他雖然只剩下媽媽和哥哥，過著窮困潦倒的生活，在那間屋子裡卻感覺暖暖的，好像心被填滿一樣，確確實實是一個家。

但我呢？但……我的家呢？

第四章

「如果妳是花，我就是樹。幫妳阻擋暴風，靜靜在妳旁邊，聽妳唱歌。」

迷迷糊糊中，聽見了好聽的磁性嗓音，好像在訴說著一段故事，一段很久很久、沒有人知道的故事。

花……是個很耳熟的名詞。小時候曾經被人說像花一樣，笑容如花一般美麗、綻放著自己的光芒，同時也很脆弱，風一吹就花謝花落。

我喜歡花，也喜歡唱歌。是誰？是在作夢嗎？還是曾經誰對我說過這些話？為什麼這個人會知道，我喜歡的東西呢？

已經很久，沒有人，想要聽我唱歌了……

「我喜歡小媛唱歌，再唱一首給奶奶聽聽。」

曾經只唱給奶奶聽的歌，在她離開之後，我再也沒辦法開口。

因為只要哼起旋律，我就會想起她，柔和的眼神、布滿臉的皺紋、溫柔得撫摸我的髮絲……

總是會和我一起合唱的，熟悉的優美嗓音。

我努力讓自己承認，奶奶已經離開人世的事實，所以，我沒辦法，讓自己看見早已看不見的奶奶，明知道她已經不在，卻還能感受到她的溺愛。

我沒辦法再讓自己以為她還在我身邊。

那樣的我，會非常痛苦。

譚子媛倏地睜開眼，晶瑩透澈的褐色瞳孔映照出清新俊秀的面容，還沒來得及看清楚是誰，對方先開口了。

「嚇我一跳！才正要幫妳換冰袋，妳就醒了。」曾逸哲拿起她額上的冰袋，還細心的用毛巾包住冰袋，避免太過刺激、將人凍傷。

譚子媛一手托著沉甸甸的腦袋，一手撐在後，緩慢地起身，「你一直待在這裡嗎？」

「對啊，集合時我就站在妳旁邊，看妳站不穩、搖搖晃晃的，我準備問妳是不是不舒服的時候妳就昏倒了。」他不疾不徐摺起毛巾，吸了吸鼻子，「方瑀去後台練習，寧寧去比賽了，因為抽不了身又不安心，所以拜託我在這裡陪妳。」語畢，又吸了一次鼻子。

「……」她皺起眉頭，低頭望著他的臉龐，「你感冒了嗎？」

「沒有啊。」他抬眸對上她的目光，「妳現在感覺怎麼樣？」

「好多了，讓你在這裡陪我待那麼久，應該很無聊吧？」她投射出歉疚的眼神。

「不會啊，保健室有冷氣，我喜歡。」他笑了，輕輕伸了個懶腰，「而且是我自願待在這裡的。」

「謝謝你，明明跟你沒有很熟的，你人真好。」她輕輕揚起嘴角，「我昏倒的時候……是你帶我來的嗎？」

「是啊，怎麼了？」他再次吸了次鼻子，看似好像是感冒前兆。

「因為……」她張開手掌，往他精壯的手臂上輕輕一掐，曾逸哲對她的舉動感到不解，她泰若自然直視他的雙眸：「我第一次被男生碰，都不知道男生力氣這麼大。」

聽聞，曾逸哲眼睛瞬間瞪大，立刻抽回手臂、撇開視線，但移開目光後他就後悔了，他幹麼反應這麼大？明明知道譚子媛是個天然呆，講這些話都是無意的……雖然不知者無罪，但她還是注意點好……

「妳……不要對男人這麼說話，不管是妳多信任的人，只要是雄性，都是危險的動物。」他用著爸爸的告誡語氣，在教導一位高二女同學如何保衛自己。

譚子媛擺出一副有聽沒有懂的表情，「我真的第一次被男生碰啊，除了家人之外。」

「反正妳以後講話要三思。」他低頭看了下手錶，「兩點了，既然妳醒了我們就去看表演吧，等等就要開始了。」

「已經兩點了?!」她像觸電般一下子從床上跳起，激動大叫：「已經要表演了？比賽結束了？」

「對啊，剛結束，現在是休息時間，大家應該已經往體育館移動了吧。」他拿起一旁的水杯，遞給譚子媛，「冷靜點，喝口水。」

體育館是室內的小操場，有表演的舞台，不管是戲劇或舞蹈等表演活動都是在此舉行。

譚子媛沒想到自己已經睡了這麼久，居然已經錯過了比賽時間，雖然自己沒有要參加，但還是很想在一旁幫大家加油，尤其是寧寧，但應該是沒必要替寧寧緊張啦，畢竟她在女子組裡無人能匹敵……

「那你呢？不是也要比賽嗎？」她突然想起，接過他手中的水杯。

「已經比完啦，輸了。」

「輸了?!」她詫異，不敢置信的瞪大雙眼，不禁提高音量，「是誰跑贏你？」一直以來都聽說曾逸哲是有名的跑手，連體育班都派他參加田徑了，一定是體育精英中的精英啊！況且體育班的怎麼可能輸給普通班的呢？

「李想啊。」

「噗——」原本才剛送進口中的水全噴了出來，隨後還被嗆到咳了幾下，「李想？你說的是我認識的那個李想嗎？木子李、相心想的那個李想？」

「對啊，幹麼那麼驚訝？他本來體能就很好，以前在棒球隊就是第一跑手了，我從沒跑贏他過。」

「他、他跑贏你？所以他第一名？」沒想到居然還有比「脫韁野馬」跑得更快的「非洲獵豹」！

見曾逸哲點頭，她依然無法收回因驚訝而張大的嘴巴。

「妳希望我參加嗎？」

「如果會得第一名的話當然就參加呀。」

國中時期從來不參加體育競賽的他，竟會因為她的一句話就真的跑去比賽，甚至還奪冠了！

李想的想法和舉動真的讓人無法理解，她一直以為他只是個書呆子，沒想到不只品學兼優，還文武雙全……

不過令她最驚訝的應該還是他家並不富有，畢竟印象中的李想是光鮮亮麗的，行為舉止都不粗俗，可以說帶有一絲優雅，感覺身旁都閃耀著無數顆星星，走過他身邊都彷彿能聞到淡淡清香，總之他就是一臉少爺樣，「奢侈」、「華麗」都是非常適合他的詞。

雖然最適合他的應該還是「狂妄」吧……

「學務處廣播，全校老師、同學請往體育館集合，我們將進行閉幕典禮的表演活動。」

聽聞廣播，譚子媛和曾逸哲立刻動身往體育館前進，譚子媛決定先去找方瑀和寧寧，與曾逸哲道別後她一人往後台移動。

躲在門後的譚子媛原本打算突然現身，給方瑀、寧寧一個驚喜，但發現休息室裡頭的氣氛不太對勁，有人皺著眉宇、有人扶著額，每個人看起來都很焦急煩躁。

「我們表演順序先對換，舞蹈社先上，再來戲劇社，最後再換吉他社，這樣可以嗎？」小綠學姊拿著表演內容的文件，與其他社社長討論順序。

方瑀往門的方向一瞥，發現譚子媛站在門口，她立刻站起身，「小媛？妳好點了嗎？」

見方瑀往譚子媛方向走去，寧寧也跟著向前詢問，「怎麼樣？還很不舒服嗎？」

「已經好多了。」她輕輕搖頭，「發生什麼事了？」

方瑀和寧寧互望一眼後，由寧寧先開口：「吉他社一起彈奏兩首曲子後，會有媽咪的社長獨秀，原本是有女同學伴唱，但她在剛剛跑步比賽進行到一半時，身體不適請假回家了。」

「所以我現在沒有伴唱，但總覺得沒有伴唱就會少了點什麼，小綠學姊去商量表演順序，我們改到最後表演的話就有多餘時間可以討論和更變。」方瑀長嘆一口氣，「在這種緊要關頭能怎麼更改呢……不然就只能直接取消社長個人表演了……」

「不要啦！妳都練這麼久了，不是一直很期待嗎？」

「我是很期待啊，每屆社長都有個人表演，那是一種榮耀耶！但是現在去哪裡找伴唱？也沒有排練過，就算找到了也只會上台出糗……」

「那媽咪妳不能自彈自唱嗎？」譚子媛開口提問。

「我獨唱不行啦！我只能合音而已……」

譚子媛緊抿下唇，眉頭深鎖，絞盡腦汁想盡辦法，三個人呆愣在原地，陷入一陣焦慮沉默。

小綠急忙處理表演順序問題，商量成功後鬆了口氣，她抬眸發現三人佇立在門口，望見譚子媛的瞬間，彷彿看到一絲希望。她快步朝她們走去，輕拍譚子媛的肩，「小媛，妳上台吧？」

「吭？」不只譚子媛傻住，其他兩人疑惑的神情甚至更誇張。

「我聽方瑀說，妳很喜歡唱歌？小學也參加過合唱團對吧？」小綠綻放著甜美如花的笑容，「合唱團基本發聲都有學過，節拍、音準一定也都能比較準確吧？」

「學姊，小媛她沒辦法唱歌了……」寧寧簡直不敢相信小綠竟會出此下策，雖然她也不是沒有想過，但這想法第一秒馬上就被自己否決了。

「真的嗎？聲帶受傷嗎？還是有什麼病症？」

方瑀和寧寧互望一眼，滿臉為難：「都不是，總之她沒有辦法上台……我們再想想別的辦法吧！」

「已經沒有時間了，雖然我已經協調好吉他社最後上場，但也只延緩一小時，上哪找可以配合的伴唱？」

「再給我二十分鐘，如果還找不到就直接取消社長獨秀！」

「方瑀昕！」寧寧急得直呼她本名。

從頭到尾沒開過口的譚子媛在一旁靜靜聽她們對話。看著小綠學姊興高采烈、彷彿已經找到救世主的模樣，她實在不知該從何拒絕，何況她的確也沒有因為受傷或是疾病才不能唱歌。

況且，每屆社長都有個人表演，那是對社長的一種殊榮，高中生涯就唯一一次，錯過不再。最重要的是……方瑀是她重要的朋友，拿什麼理由不幫她？

「不是不能，只是不想。」

李想說得沒錯，有很多事不是做不到，而是不肯去做，現在的她正是如此。不是唱了就會死，而是她不願意去面對，她依然在與自己掙扎。於是，看見李想望著棒球隊的悲傷眼神，她也能深切體會。

李想喜歡棒球，我喜歡唱歌。他是被現實逼迫得不得已屈服，但我卻……只是在逃。

譚子媛像是被重物擊中頭部一般，剎那間，彷彿拿冰水往頭上一澆，完全清醒了。她倏地抬首，眼神毫不畏懼直視方瑀，語氣充斥著堅定，「媽咪，能配合我、選用我的歌嗎？」

「……小媛？」

譚子媛望向天空，輕輕闔上雙眼。

我不逃了，我可以唱歌了。奶奶，妳要聽仔細，妳最喜歡的小媛唱的歌。

「我喜歡小媛唱歌，再唱一首給奶奶聽聽。」

隨著戲劇社的表演結束，吉他社全員有了充分練習，遊刃有餘，個個面帶自信光采的神情上了台。

我唱，妳最喜歡的歌。

在後台的寧寧則是幫準備上台的譚子媛梳妝，由於她本身就有吹彈可破的白皙肌膚、一雙圓滾滾的杏眼，基本上不需要太大改變，加了細長的眼線後增添了幾分神韻，塗上粉橘色的唇蜜，將她原本就精緻的五官變得更立體，整體走向自然清新的淡妝。

就連梳妝這短暫的時間譚子媛都不肯放過，她始終戴著耳機，為了深深記住每一個正確的音準和節拍，就連換氣的地方都要完美零差錯。

見她低著頭，全神貫注盯著手中的樂譜，寧寧絲毫不敢發一語，也不敢太大動作，深怕影響到她。這樣認真負責的小媛，是她第一次見到。

想起當時大家推薦自己參加田徑比賽，媽咪也要吉他表演，只有小媛無所事事的發愣，還嚷嚷著：「妳們都有拿手的事，真厲害，好羨慕。」

沒有什麼好羨慕的，大家生來都是不一樣的，不管是與生俱來的，或者是後天努力得到的，每個人都是特別的，妳現在專注在曲子上的樣子，不也一樣很帥氣嗎？

當譚子媛主動開口說要上台表演唱歌，寧寧不禁道出一句：「小媛長大了。」

不再逃避而是選擇正面接受，努力去克服的妳，正在成長，將會慢慢的蛻變成大人，只要抬頭挺胸的直走、只要問心無愧，必定不會成為妳討厭的那種大人。

因為妳非常善良、非常純潔無瑕，相信再混濁的汙水，都不會沾染到妳一根髮絲。

即使妳親身經歷過這麼多事，依然乾淨的像一張白紙。正是因為妳的單純，才會吸引到我們，在這個烏煙瘴氣的人群中找到妳。

寧寧俐落地幫她編起氣質自然的側邊馬尾辮，看著鏡子反射的譚子媛，她身著白色長袖小洋裝，裙尾帶點蕾絲，專注的她不動如山，簡直像洋娃娃一樣夢幻可愛。

可能是因為相處了太久，早就忘了小媛其實長得很標緻、很漂亮，不是像小綠學姊那樣的優雅氣質、也不是像方瑀那樣的韓系嫵媚，她是充滿稚氣、像洋娃娃一般，或者說……像天使一樣，出淤泥而不染的純真。

剛好完成梳妝，聽見舞台傳出激昂的刷弦聲，寧寧輕拍譚子媛的肩，「第三首歌快結束了，準備上台了喔。」

「好。」她拿下耳機，抬頭看見鏡子中的自己，著實嚇了一跳，「哇！這是我嗎？」

「媽咪為了配合妳，要彈這麼簡單的曲調，代表她把主角的位置讓給妳，妳真的有自信可以帶動全場嗎？」

「當然，我都變這麼漂亮了！」她用力點頭，站起身，心滿意足盯著鏡子映照出的自己，自信滿滿揚起笑容，「超級有自信！」

「謝謝吉他社全員帶來的演出！接下來的表演是吉他社社長個人獨秀！」

主持人話一說完，台下馬上聽見有人歡呼尖叫著方瑀的名字，美女社長的魅力果然不容小覷。

方瑀依然待在台上，其他吉他社社員全下了台，經過譚子媛身旁都拍了一次她的肩，給予她加油打氣。譚子媛一手拿著麥克風，不斷深呼吸、吐氣，緊張感油然而生。

方瑀搬了張椅子，坐在舞台中央偏左側，將吉他放置雙腿上，調整好姿勢後，她轉頭望向譚子媛點了點頭，接收到她的訊息，譚子媛也朝向她點首。她輕輕閉上眼，開口唱：

只怕我自己會愛上你
不該讓自己靠得太近

聽見從後台發出的歌聲，原本還有些吵雜的現場瞬間安靜了下來，大家開始左顧右盼、探出頭在尋找聲音的來源。方瑀打了四個拍子後開始彈奏，當前奏即將彈完，譚子媛走上舞台，初見舞台亮光照射到她的眼，大口吸氣，全身像是充滿力量般，感覺自己豁出去了！

難以忘記初次見你
一雙迷人的眼睛
在我腦海裡　你的身影　揮散不去
握你的手感覺你的溫柔
真的有點透不過氣
你的天真　我想珍惜　看到你受委屈我會傷心

台下的學生看見譚子媛全傻了眼，簡直不敢置信，竟然是那個校內有名的怪女孩！

打扮起來雖不是傾國傾城的妖豔，卻是清純可人的自然美，聚光燈打在她身上，飄逸的髮絲閃閃發光，讓她看起來更加閃耀動人，一開口更是驚為天人。

譚子媛原本聲音就甜美稚氣，唱起歌來聲調優美圓滑，聽來順暢好聽，歌聲與人同樣清純、清爽，充滿個人特色。

與方瑀的吉他配合得天衣無縫，原本還有點生澀緊張的她，越唱越放鬆、越唱越投入，到副歌時甚至展露燦爛笑容，微笑甜得像一把箭，射進台下許多男同學的心中。

台下觀眾漸漸跟著音樂搖擺，所有人舉起雙手跟著打節拍，讓整個空間與歌曲完全融合在一起。

什麼原因　我竟然又會遇見你
我真的真的不願意　就這樣陷入愛的陷阱

方瑀適時幫譚子媛合音，讓整體變得更有層次，也更加悅耳動聽。

歌曲進入尾聲，有的人甚至也開口大聲唱起副歌，耳熟能詳的曲子、輕鬆可愛的曲調，讓所有人都能融入其中，跟著哼唱，使整個體育館隨著歌曲，一同輕快飄揚了起來。

只怕我自己會愛上你　不該讓自己靠得太近
怕我沒什麼能夠給你　愛你也需要很大的勇氣
只怕我自己會愛上你　也許有天會情不自禁

最後以方瑀簡單幾個和弦與譚子媛合聲做結尾，簡簡單單卻如此優美動聽，結束後台下立刻一陣歡聲雷動、掌聲如雷，所有人拍手叫好，這次台下不止叫著方瑀，甚至有人叫出譚子媛，其他人聽到也跟著喊，整個體育館開始暴動。

「那是……」矮人一愣一愣，轉頭望向李想，「她……怎麼會……」

「怎樣？」李想挑起一邊眉。

「天使……李想！那是天使啊！」矮人激動尖叫，「原來她有這麼漂亮？你為什麼都不告訴我！」見他耳根子全紅了，李想不禁冷冷一笑，輕哼一聲，「白痴。」

「真的是白痴。」嘻哈不停搖頭，覺得好笑，「就算告訴你，你是把得到？還是讓我來吧。」聞言，李想不敢置信瞪大眼，還以為嘻哈要跟著損矮人，沒想到居然跟著搗亂！

「李想，你是想私吞啊？不是有小綠學姊了嗎？」眼鏡男揚起嘴角，勾起一抹邪惡，「這種清純的不適合你，要交換嗎？」

天啊！這群人是瘋了不成?!一起造反?

「原來我們學校有這種天菜？」隔壁班男同學和這邊狀況差不多，不只男同學，就連女同學都交頭接耳討論起譚子媛。

在所有人都在大亂時，隔著兩班距離的曾逸哲，微微低頭，「呵……小鐵應該爽死了……怎麼辦，我不敢看他的臉，感覺一定很變態……」

正當他這麼想的同時，身旁的小鐵倏地站起身，將他嚇得立即抬頭查看，「怎、怎麼了?!」

「我要去找譚子媛拍照！」小鐵丟下一句話，立刻轉身跑走，「咦？等……！」事發突然，曾逸哲還來不及反應，伸出手卻抓空，感受到濃厚癡漢氣息，他忍住全身酥麻大吼：「小鐵！回來！」

「怎麼了？」

「那個人跑去找譚子媛了！」

「我們也去！」

沒想到只因小鐵開頭，其他男同學也跟著鼓譟要一同去後台找譚子媛，嘻哈和矮人同時起身，也打算跟著這批人一起去湊熱鬧。

見狀，李想立刻反應過來，伸出雙手抓住他們的衣領，將他們用力往後拉，「啊！」強而有力的力量使他們跌坐回椅子上，痛得他們面目猙獰。

「李想你幹麼啊！」嘻哈摸著自己撞到椅背的後腦勺。

李想倏地站起身，由上往下猶如鄙視般看向他們，全身瀰漫王者氣息，「找小綠。」丟下三個字，他邁開步伐往後台奔去。

「屁咧！最好是要找小綠！」

「平時還一副不感興趣，現在看到人家打扮漂亮就跑得那麼快，變心比變臉快！」矮人不甘心地咒罵。

「嘖嘖……」看著李想快速奔馳的背影，眼鏡男不禁搖頭，「果真是獅子啊……」

爬到樓頂，穿越天台後還要再回到一樓，相當費力氣，但對李想來說不算難事。

他爬到樓頂，手放在門把上，身體卻不自主停頓了一下，看似正在猶豫要不要打開門的他，面對一片厚重鐵門，對他而言，不只是厚重可以形容的沉重。

沒有人能看出掩藏在他黑色瞳孔下的憂鬱，五味雜陳，愣了半晌，調整好紊亂的呼吸後，他壓下放在門把上的手，將門緩緩推開。

一片湛藍映入眼簾，遼闊的天空、純潔的白雲盡收眼底，徐徐微風吹拂起髮絲，明明一切是這麼美麗、這麼令人心曠神怡，為什麼他置身其中，卻感覺不到一絲安心？

明明呼吸著清新空氣會使人通體舒暢，為什麼對他而言，卻沉重得幾乎快窒息？

他緩慢伸出左腳、右腳，拖著沉重的步伐往前走，直到快走到邊緣，還未做出由上往下俯瞰的動作，背後傳出低沉的嗓音將他喚回神。

「從後面看你很像要跳樓耶。」曾逸哲靠在門邊，臉上的笑容似乎未曾消失。

「別開玩笑了。」李想不疾不徐轉到他的方向，「你怎麼在這？」

「跟你目的差不多吧，我要把小鐵拉回來啊，他看起來就像幾百年沒交女朋友的肥宅，怪噁心的。」他笑著邁開步伐，走到李想面前。

「喔對了。」突然，他快速伸出手用力將李想拉離危險地帶，對上李想雙眸的同時，曾逸哲瞬間變臉，一改平時嘻皮笑臉的模樣，取而代之的是正色嚴肅，他聲色俱厲、鄭重開口：「我沒有在開玩笑，你不要再來這種地方了。」

被曾逸哲突如其來的正色嚴詞給震懾住，李想很快的撇開視線，「……我只是經過。」

「我知道你只是要經過天台往另一邊樓梯走。」曾逸哲輕嘆一口氣，放開緊抓著李想手臂的手，「抱歉啊太用力了，但你體格這麼好應該不痛吧？」

「不痛啊，就紅腫瘀青破皮流血而已。」他撫摸自己被逸哲弄傷的手臂，聞言，曾逸哲豪邁得仰天大笑，「哈哈哈……！你還是這麼幽默啊！」

看著逸哲還是展露著一如往常的燦爛笑容，看起來無憂無慮、像孩子一般單純的開心，李想不自覺也輕輕揚起嘴角。

「話說回來，我剛看到小媛回教室了，現在應該很安全吧。」

「……所以呢？干我什麼事？」李想又恢復平時那副對任何事物都不感興趣的表情。

曾逸哲自討沒趣地聳聳肩，「是啊，是不干你的事啊，那你從這裡要去後台幹麼？」

「找小綠。」

「小綠？是之前的吉他社社長？你找她幹麼？你什麼時候變年上控了？」曾逸哲驚訝得瞪大了眼，他還以為眼前的冷都男會比較喜歡聽話的妹妹！

「你才是，不是棒球隊的嗎？什麼時候加入新聞社了？這麼八卦。」李想毫不留情酸他一番，「會喜歡像蛞蝓一樣整天黏著自己的那種小妹妹也只有你了。」

「黏人才好，才感受到滿滿的愛啊！你這個孤僻的雪男不懂陽光的溫暖。」

「我也不想懂，已經夠熱了。」他瞥了一眼高掛在空中的大太陽，簡直要把他給吞噬，光線刺眼得令他不禁瞇起眼，「我要去吹冷氣了，你也趕快回去吧。」

曾逸哲沒有回應，低下頭像是在想些什麼，等李想與他擦肩而過準備離去的同時，他才遲遲開口：「李想。」

李想愣了一下，許久沒聽見逸哲直呼他本名，令他有些吃驚，耳熟懷念的聲音在腦中迴盪，一下子反應不過來，過了幾秒才轉過頭望向喚住他的人。

「只要我們還在這所學校的一天，你隨時都可以來操場找我們。」他的語調輕柔平靜，背負著棒球隊兄弟們長久的希望，期待李想總有一天會歸隊，「大家都在等你回來。」

「……你今天是發什麼神經？平時都嘻皮笑臉，現在卻正經八百的。」李想不禁失笑，嘴角揚起的角度卻感覺不到一絲愉悅，笑容只維持了幾秒，他嘴角漸漸平行……

「放棄吧，你們誰都不要再對我抱有任何期望，我不會再拿起球棒了，這些你不是最清楚的嗎？」說完，他轉身準備離開。

「我還是相信你和以前一樣沒有變，不管其他人怎麼想，不管你對我再怎麼冷淡。」他無法壓抑心中激動，不自覺握緊雙拳，「我還是相信你，李想。」

李想再次轉過頭，毫不掩飾直直對上曾逸哲的雙眸，眼眸轉為冰冷，彷彿能在這瞬間將人結凍似的，又是那副冷若冰霜的模樣，像是築起一道厚厚冰牆，隔絕了所有想接近他的人。

「讓你失望了。」

丟下五個字，李想頭也不回地直接轉身離開，徒留曾逸哲一人佇立在原地。

不知道從什麼時候開始，原本高掛空中的大太陽已躲到雲的背後，整片天被陰霾籠罩，失去陽光的照耀後視線變得陰暗許多，可曾逸哲眼眸中的太陽卻依然在燃燒，始終沒有消失。

第五章

走在往後台方向的走廊上，李想腦袋裡依然迴盪著方才逸哲說的那些話，餘音徘徊在他耳邊，使步伐越來越沉重。

「我還是相信你，李想。」

猶如黑夜中照進一絲日光，就如同太陽般和煦溫暖的一句話，對他來說，卻如此椎心刺骨。

「大家都在等你回來。」

我寧可你們恨我，也不願你們再相信我。

「李想？」突然，柔和細膩的女聲從後方傳來，李想下意識回過頭，這才發現是小綠，她看見李想後立刻展開笑靨走上前，「我在你後頭走好久了，看你心不在焉的，在想什麼？」

「只是累了，走得慢一點而已。」李想隨便回應，不打算說出原因。他瞥見小綠抱著一大盒紙箱，裡頭放滿雜物，他立刻伸手接過，「我幫妳拿吧，看起來挺沉的。」

「謝謝你喔，真是貼心。」她臉上笑意加深，舉起手摸了摸李想的頭。

「跟妳說過別這樣了，頭髮會亂。」李想像個小獅子似的，嘴上要反抗小綠，卻沒做出任何行動，依然不動如山讓她逗弄。

「……」小綠收回手，臉上的笑容依然未減，「你啊，有什麼難過的事不要老是憋著，會生病的。」她抬眸對上李想的目光，「不管過多久，你都很愛逞強。」

小綠一番憂心都是為了他，因為了解他，知道他又是逞強，所以總是靜靜地給予他安慰。但這樣的溫柔，反而使他害怕。就是因為這樣，他才會利用她的溫柔，去約定不可能兌現的承諾。

自從國小畢業後，所有承諾猶如被烈火燃燒，最終只剩飄散在空中的灰燼，就如同他，早已心灰意冷。

如果可以，真希望所有人都不要再對他這麼好。

濫用大家對他的好，這種人，根本不值得。

「啊！學姊，我一直在找妳……」方瑀從前方往兩人的方向走來，一看見李想便瞇起眼，一臉厭惡，「你怎麼也在啊？」

「是要拿道具回後台吧？」小綠指著李想手上的紙箱，「我都拿來囉！」

「怎麼不找我們一起去呢？一個人搬一定很重吧！」

「不會啦，手覺得痠的時候，李想就幫我提了。」

「……」方瑀瞥向一旁的李想，迅速接過他手中的紙箱，「謝你喔，給我吧。」不甘願的道謝後，她轉頭望向小綠，「對了學姊，社團老師有事要找妳，要妳去辦公室找他一下。」

「咦？可是道具……」

「沒問題~我和這位老兄會把道具安全送到後台！」方瑀一手抱著紙箱，一手勾搭住李想，刻意表現兩人好像很要好的假象。
「好吧，那就麻煩你們囉！」小綠放心將任務託付給兩人後，轉身離開。
見小綠的身影漸遠，李想才掙脫方瑀的手臂，「為什麼要騙她？」
「哦？你還挺機智的嘛。」
「妳怎麼可能想跟我獨處？還跟我勾肩搭背的，有什麼陰謀？」他雙手抱胸，一臉不耐煩。
她自討沒趣地「呿」了一聲，覺得眼前的男孩真是不可愛，「我從帽T男那裡打聽到的，說朝會時，原本大家要下樓集合，結果你去找小媛了。」
李想愣了一下，原本不耐煩的神情稍稍緩和。
「集合時她臉色很糟糕，在教室時還沒這麼嚴重，而且她眼睛紅紅的，看起來哭過。你跟小媛說了什麼？是你害她哭的嗎？」
「……大概。」
「這什麼模糊不清的回答，你跟她說了什麼？」方瑀皺起眉宇，壓抑住心中怒火，「她一直都是很有朝氣的樣子，我幾乎沒看她哭過，沒想到你竟然能惹哭她，看來她受到的打擊一定不小……」
「我提起她國中被欺負的事，還有……」他欲言又止，「她是『彼得潘症候群』的事。」
面對李想知道小媛是「彼得潘症候群」的事，方瑀感到驚訝錯愕，小媛自己是絕口不提這件事的，所以代表……李想是自己發現的？
但就算心知肚明好了，又為什麼要當著小媛的面講出來呢？就像指著一個人說「你有病」一樣，誰不會覺得受傷？誰不會覺得丟臉？

和李想從小就認識，雖然長大後的他變得冷漠、難以親近，雖然自己現在很討厭他，但是，心裡卻很清楚，他不可能會做出這麼惡劣的事。一定是有什麼情況才驅使他說出如此傷人的話。

「也許……我只是忌妒，所以看她不順眼。」

「忌妒？譚子媛？你忌妒錯人了吧！」方瑀上李想的雙眸，神情嚴肅，危言正色，「是不是因為『彼得潘症候群』的各種原因，讓你認定她是被捧在手掌心的大小姐？所以你才誤以為她平時看你的眼神都是同情的眼光？」

李想沒有回應，就像是默認。

「小媛不像你想像中的那樣，她們家的確很富有，雖然是不愁衣食的小公主。但是……」她越說越激動，到語末時甚至開始哽咽，「她們家的現實面太多了，導致她對大人的印象變得很差，所以才不想要長大，不想變成她最討厭的那種大人。」

她接著說：「正是因為她們家有錢，所以她更討厭任何有關金錢交易方面的事，她們家的現實面，早就把她純真的心摧毀了……」

李想依然默默不語，黯然垂下的眸似乎進入深思。

因為有錢，所以討厭錢？不愁衣食的千金大小姐，也會有憂愁？看起來樂觀開朗的譚子媛，也會有令她痛苦難受的難言之隱？

「李想，不是只有你家很複雜，不是只有你有很多故事，不要誤會她，她是很單純、很容易受傷的孩子。如果可以，希望你能試著了解別人。」方瑀皺著眉，眼眶微微紅了，「就這樣，話說完了，我自己把道具拿回去就行了，再見。」她吸了吸鼻子，恢復原本的強勢，她不打算與李想多待一秒，話說完馬上甩頭就走，徒留李想還佇立在原地不動。

見方瑀說著譚子媛的事，竟然紅了眼眶，李想感到詫異。與她認識這麼久以來，方瑀一直是很堅強、很有自信，就像個姊姊、像個領導者，幾乎沒看過她激動得快哭了的一面。

但是，他究竟為什麼要對譚子媛說出那樣的話，就連自己也不清楚。

只不過聽到她說出自己在還債的事，腦袋一下子打結了，可能是慌了？竟然無法控制自己的猛烈攻擊她，直到看見她眼淚的同時才清醒，傷害卻已經造成了。

原本以為患有「彼得潘症候群」的她，會是從小被家人們疼愛、呵護到大的大小姐。甚至以為她只是在用自己大小姐的身分，嘲笑他貧窮，也認為她在來自己家看到他竟是住在這樣破舊的屋子，會不會其實內心裡嗤之以鼻？

他竟然只是因為忌妒、只是因為覺得丟臉，所以傷害了她，並且誤會她。

因為害怕被瞧不起，所以忘了她總是展露燦爛笑容面對自己，忘了她總是充滿朝氣朝著他揮手。不管過了多久、不管他對她多麼冷漠，她的笑容仍然溫暖、仍然單純。

「不要以為只有你的人生很悲慘，不要以為只有你很痛苦，你太看得起自己了！」

原來，將她的純真、關心當成冷嘲熱諷的，是早已黑化的自己。

最汙濁的……明明是自己。

放學鐘聲響，結束了一天的運動會，學生們各個背起書包準備歸家。

「Bye bye——」教室裡的道別聲此起彼落，寧寧也與其他同學揮手道別：「大家看起來都好開心，好像很滿意今天的活動耶。」

「只有我什麼都沒玩到……」譚子媛哭喪著臉，不滿埋怨，像是融化的麻糬癱倒在桌子上。

「不會啦，妳今天上台演唱大受好評耶，這樣以後的活動都不怕找不到演唱者了。」方瑀拍拍她的肩，臉上卻露出惡魔的笑容。

「媽咪妳這臉……活像是要利用小媛來賺大錢的魔鬼經紀人……」看著方瑀笑得邪惡，寧寧在一旁冒冷汗。

無視寧寧和方瑀在一旁嬉鬧，譚子媛陷入沉思，依然對今天早上發生的事耿耿於懷。尤其是明明知道李想的辛苦和煩惱，自己竟會一氣之下說出那種傷人的話，她感到相當懊悔。

原本想說演唱完就要去找李想道歉，卻沒想到全校大暴動，人潮將整個體育館擠得水泄不通，方瑀立刻叫寧寧趕快陪著她一起回教室，說是有一大批的人朝著後台而來，且是為了她而來！沒有想到自己的歌聲竟擁有這樣的魅力！她感到被鼓舞，心裡滿是感動。

寧寧拉著她跑走的時候，她朝體育館的觀眾席瞥了一眼，未見李想那抹棕褐髮色，她才落寞收回目光。

說的也是，就只有這樣瞥一眼，怎麼可能從人山人海中找到一個人呢？

可惜錯過了在學校內的機會，只好趁著現在運動會落幕，再次去找他道歉！但放學已經一陣子了，李想會不會已經在回家路上呢？或者跟那群混混朋友出去玩了呢？

「小媛？妳在發什麼呆啊？要走了喔！」寧寧伸出手在她眼前揮了揮，見她回過神，才拿起書包作勢離開。

「寧寧、媽咪，今天我沒辦法跟妳們一起走了，我有重要的事要去做！」被喚回神後，行動派的譚子媛急忙收拾書包，打算立刻動身前往李想的班級找他。

「咦？重要的事？不用我們陪妳去嗎？」見她突如其來的匆忙，寧寧一頭霧水。

「不用，因為很重要，所以一定要自己去！妳們回家小心唷！bye-bye！」譚子媛將書包甩在背後，準備拔腿往教室門外奔去。

就在她與兩人擦肩而過的同時，方瑀伸手將她拉回，「妳要找李想吧？他一定不在學校，八成去上次見到他的那些地方上班了。」

「妳怎麼知道我要找他？」面對方瑀的神算猜測，譚子媛感到訝異。

「咦？李想？為什麼要找他？」寧寧還是一頭霧水。

「除了上次看見他的麵包店和咖啡店以外，他還有在一家攝影工作室當助理，但我的資訊只到這，店名、地址什麼我全都不清楚。」方瑀雙手抱胸，嘴角微微上揚，「如果妳真的覺得重要，就自己慢慢找吧！」

望著方瑀一副威風凜凜的模樣，譚子媛先是傻了一下，隨後朝著她比出拇指，一語廣東腔調：

「無問題啦！」

廣東話？而且腔調好怪……寧寧和方瑀同時在心裡吐槽這突如其來的怪腔怪調。

「謝謝媽咪的資訊，我出發了！」朝著兩人揮了揮手，譚子媛立刻邁出腳步往教室門外奔走。

兩人被譚子媛的廣東話給震懾在原地，愣了好一陣子，寧寧用奇怪的眼神看向方瑀，忍不住吐槽：「妳剛才那是什麼姿態啊？搞得很像目送弟子離開的師父之類的……」

「羅傑不是說過類似的話嗎？『去找吧！我把所有財寶都放在那裡！』不是很帥嗎？」說著，她甚至做出羅傑將被斬首時的動作，將兩隻手放在背後，假裝被上銬的模樣。

「海賊王嗎……」寧寧的臉上明顯多出三條線，「而且妳不是不想要小媛去接近李想嗎？怎麼又鼓勵她去找他了？」

「……」方瑀嘴角漸漸平行，面色轉為平靜認真，「我只是怕小媛被傷害，李想對她冷淡又一副厭惡她的樣子，曾逸哲都比他好多了。」

寧寧望向譚子媛跑走的方向，臉上笑意加深，「可是我已經聞到青春的味道了。」

她充滿活力、興高采烈奔馳的背影映入兩人的眼底，就彷彿一個單純快樂、無憂無慮的孩子在田野間奔跑，腳步輕盈的像是快飛了起來，奔跑過後的空氣中都會散發溫暖的氣味，令人看著看著，不自覺就會揚起嘴角。

伴隨著暖氣吹來微風拂過兩人的臉龐，吹起她們飄逸的髮絲，即使天空中的太陽已被白雲遮住，風仍然是那麼暖和。

「也是啦。」方瑀抬起頭望向晴空萬里的藍天，不自覺低喃：「已經夏天了呀。」

譚子媛經過了麵包店和咖啡店，從玻璃窗外望進去，都沒有見到李想的蹤影。

幸好還有在攝影工作室這一條線索，她一路上左顧右盼，始終沒有停下腳步，直到察覺被熙來攘往的人潮淹沒，才漸緩步伐。

她環顧四周，情侶、家人、朋友，人們有說有笑的與她擦肩而過，熟悉的景象使她一愣，像是凍結一樣佇立在路中央。

國中時，其實真正欺負她的人不多，但抬起頭，總是能看見一群人圍著她，交頭接耳、窸窸窣窣正在討論她。

「她怎麼了？」

「好像又不知道發什麼神經，又被欺負了吧。」

「她午休不是會抱兔子娃娃嗎？被男生們拿走了，她要搶回來，然後就被其他人刻意絆倒的樣子……」

「幹麼這樣啊，滿可憐的……」

總是抱著「不是我在欺負她。」的心態，認為自己只是個旁觀者，並沒有跟著霸凌所以沒有錯，與自己無關。

其實很想幫助被欺負的人，但是因為害怕也被欺負，害怕霸凌者會轉移目標到自己身上，所以視而不見。

一個事不關己，一個懦弱無能。

明明看見了，卻見死不救，抱著這般心情在一旁看戲的人……甚至比霸凌者更可怕。

無力反抗的她趴在地上，忍住膝蓋摔傷而傳來的疼痛，她絕望地低下頭，不願再讓旁觀者們的目光猶如冰刃掃過她的臉龐。

「如果連我認為不對的事我都能視而不見，那我比那些嘲笑妳的人還要罪惡。」

啊，對了……時間過了這麼久，竟然都忘了。

在那時候……有一個人從人群中走出，朝這裡走了過來。

那一個人，非常勇敢、非常堅強，而且從人群中走出來的時候，身旁充滿了無數閃爍的星星，色彩斑斕，一閃一閃的閃耀著，照亮了她的雙眼。

所以，不禁就這樣看傻了，直到眼前冒出了獅子的大掌，在她眼前揮啊揮，她才回過神，揉了揉眼，剛才閃爍發光的星星消失了。

她定睛一看，原來是穿著獅子玩偶裝的人正在發氣球，而且獅子的鬃毛竟然是彩虹爆炸頭。

「啊……給我嗎？謝謝。」還沒完全回過神的譚子媛還有些傻愣，她從獅子手中接過粉色氣球，臉上漸漸浮現柔和的笑靨。

她仔細端詳獅子的臉，一副對任何事物都不感興趣、自大又無所謂的模樣，簡直跟某人一模一樣。想到這，她忍不住噗哧一笑。

獅子從一旁紙箱中拿出一張傳單，遞給譚子媛。

「……『一下』攝影工作室？」譚子媛輕喃出傳單上的名字，咦？她剛好正在找攝影工作室，這不是剛好的機會嗎！她激動揪住獅子的衣領，「獅子君！你可以帶我去這個工作室嗎？」

獅子君被她突如其來的動作嚇到，愣了半晌後輕輕點頭答應，他搬起一旁的紙箱逕自往旁邊的小巷走。為了以防氣球飛走，譚子媛將氣球的繩子綁在手腕上，隨後跟上他。

「獅子君，為什麼你們工作室要叫『一下』呀？好特別喔！那裡是怎樣的地方？是像電視劇裡，攝影師背後一堆燈照著模特兒，旁邊還有一堆工作人員在灑花那樣嗎？」

面對默默不語的獅子君，譚子媛喋喋不休碎唸，像是打開了話匣子，說得口沫橫飛，獅子君不打算回應，自顧自的走著。

「獅子君，你幾歲啊？會不會頭套一拿下來，其實是六十歲的歐吉桑？」她在獅子君身後蹦蹦跳跳的，像個討人厭的小跟屁蟲，她戳了戳他的彩色爆炸頭，「獅子君，你的爆炸頭好引人注目耶！站在哪都是全場焦點，可是獅子跟攝影有什麼關係？這也是行銷手法嗎？還是你的興趣啊？」

獅子君依然沒有回應，放任譚子媛在他身後自言自語。

「欸，獅子君，你怎麼都不說話啊？喔，也是啦，如果可愛的玩偶發出了歐吉桑的聲音會嚇到小孩的，難怪穿著玩偶裝的人都不……唉呀！」她自顧自的碎念，完全沒發覺前方的獅子停了下來，於是迎面撞上他的背。

「咦？已經到了嗎？」她疑惑地四處張望，只見獅子君放下紙箱，逕自往一旁草叢鑽去。

「咦？等等！獅子君你去哪裡啊？」對於獅子君做出的詭異行為，譚子媛一頭霧水，她愣在原地，不知要跟著獅子君鑽進草叢還是在原地等他？

過了兩分鐘，譚子媛才開始覺得不對勁，她用自己單純遲鈍的腦袋開始想……那個獅子君其實還滿可疑的吧？一直都不說話，還把我帶到小巷子裡面！等一下應該不會有一群壞人從草叢竄出來，把我賣掉吧？

不對！獅子君送給我粉紅色氣球，還答應我要帶我去工作室，他感覺就是個好人，我這樣隨隨便便懷疑他真是太過分了！雖然是隻獅子，但一定是個面惡心善的獅子！

譚子媛內心的天使和惡魔爭執一番後，她得出了結論，決定繼續站在原地等他，果不其然，獅子君從草叢裡竄出，爆炸頭上卡了幾隻樹枝，樹葉散落在全身，看起來就像去山裡探險回來的鄉下野孩子。

他左手捂著右手，手裡藏著什麼東西，走到譚子媛面前，他打開雙手，一抹湛藍從他手中竄出，令譚子媛驚喜又訝異，不禁讚嘆：「哇！是精靈！」

蝴蝶翩翩飛舞了起來，藍色翅膀彷彿在閃閃發光，似乎翅膀只要一振就會撒下一絲絲亮粉，在空中璀璨閃爍。即使在這樣陰暗的世界，依然會有這樣閃閃發亮的美麗，像照亮夜空的無數星星般，閃耀著她的眼。

譚子媛前進一步，將獅子君的頭套輕輕摘下，當熟悉的面容映照在瞳孔裡，她像個孩子般燦爛地笑了，「我就知道是你！」

面對譚子媛突如其來的舉動，李想完全沒預料到她會主動拿下他的頭套，愣了半晌，他才緩緩開口：「妳居然敢亂拿下陌生人的頭套。」

「所以我說我知道是你啊！」

「妳怎麼知道是我？」

「因為我知道你在攝影工作室工作，你剛好就在發攝影工作室的傳單。而且說到動物，你就是獅子啊！」

「說不定是別家工作室的員工，偶然穿了獅子玩偶裝啊。而且如果妳摘下頭套發現不是我怎麼辦？」

「如果不是你……就只好把頭套放回去然後說對不起啊。」她一副泰若自然，非常篤定獅子君就是李想，「可是我很確定是你啊！因為我們一前一後在走的時候，你都走自己的，而且都走得很快，完全不會等我，這一點『李想』跟『獅子君』一樣！」

「獅子君到底是誰……」

「這樣叫比較親切啊！倒是你為什麼會剛好在街上發傳單呀？」

「方瑀昕打給我，說妳在找我，剛好想要跟妳道歉，所以才想說帶妳來這裡，抓蝴蝶給妳……」他越說越小聲，不習慣做這種討人歡心的事，但為了道歉，只好硬著頭皮製造驚喜。

「為什麼是蝴……啊～該不會是因為我國中時為了抓蝴蝶，摔出教室窗外那次，你就以為我喜歡蝴蝶，才抓蝴蝶給我？」

他點頭。

「你好貼心喔，雖然我沒有特別喜歡蝴蝶。」她開朗地笑了，隨後立刻解釋：「我的奶奶跟我說過蝴蝶就是精靈，對牠許願就有可能實現，不過蝴蝶就只是蝴蝶啊，這種事我是知道的，只是以前覺得如果真的能實現願望的話，要我抓個一萬次都沒關係。」

「願望是什麼？」

她垂下眸，笑容由濃轉淡，輕輕地勾著嘴角，「……我希望能再見到奶奶。」

自從奶奶離開，她無時無刻都在尋找蝴蝶的身影。假如真的抓了一百隻蝴蝶，向牠們許願，就能再見到奶奶一面嗎？明明知道不可能，就算是在欺騙自己也好……她也就這樣，許了好幾年的同一個願望，未曾變動過。

「不過這個願望直到我國一，我改了願望，那也是我最後一次抓蝴蝶許願了，因為奶奶說過會有一個人願意跟我並肩同行，所以我就會許願，希望這個人趕快出現。」她伸出食指指向李想，笑得燦爛，「現在我的願望已經實現了！」

「……這是告白嗎？」他語氣平淡。

「是告白啊……不對，你說的告白是哪種？」

她的傻裡傻氣總是能讓他無言以對，「並肩同行？我一直都走在妳前面的吧。」

「雖然沒有並肩同行過，但以前跟在你後頭，總是跟不上你的腳步……」她往前踏出一步，對上李想的雙眸，踮起腳尖，距離近得只差幾公分就能觸碰到對方，她綻放如花般的笑靨，「可是現在，我卻離你這麼近耶。」

面對譚子媛突然的靠近，李想錯愕瞪大眼，視線卻無法從她清澈的棕色瞳孔移開。譚子媛靠近的那瞬間，似乎伴隨淡淡花香飄來，他心想，雖然她是天然呆，但再怎麼說也是個女孩子，身上有香味是正常的……

好像不怎麼仔細端詳過她，現在才發現，比起國中，她的頭髮也長長了，皮膚也變得更白皙了。而且兩人的身高距離也在這幾年內拉遠了，一年一年不停長高的自己，原來也要低下頭看著她了。

他全身僵直，佇立在原地與她對視，愣了半晌才向後退了一步，迅速撇開視線，他耳根子慢慢紅了起來。

「唉唷不要擠啦……」

「白癡喔！會被發現啦……」

「你們小聲一點啦……」

突然，從背後草叢內傳來窸窸窣窣的低語，譚子媛正覺得奇怪的時候，李想無言半闔眼，一臉就是已經知道是誰的無奈模樣，他走向草叢，「……你們在這裡幹麼？」

「啊……哈哈哈……」一位短髮女性先從草叢堆走了出來，面對尷尬的場面只好一直傻笑。

「我們只是經過，看氣氛滿好的，不好意思打擾，只好躲起來……」另一位聲音細膩，身材纖細就像女生一樣的男性也走了出來，後頭還跟著一位戴墨鏡的中長髮男子。

譚子媛滿臉問號，不等李想介紹，聲音細膩的男性先開口：「弟媳妳好～我們是『一下』攝影團隊的。」

「弟媳妳好！」短髮女子與譚子媛握了手。

「弟媳初次見面，我是『一下』的老闆。」戴墨鏡的中長髮男子也向她握了手。

見他們一擁而上和譚子媛搭話，李想忍不住吐槽，「你們幹麼自己介紹起來啊？而且誰是弟媳？」

「這位不是你的女朋友嗎？那就是弟媳啊！」聲音細膩的男子回。

「你們從哪看覺得她像我女朋友？」

「你們剛才不是在……」男子諂媚地嘟起嘴，「Kiss嗎？」

「不是，只是離很近而已。」

「那你幹麼臉紅？」老闆歪頭。

「因為她突然靠我很近。」

「可是你從來沒帶過女生來這裡耶？」女子也跟著歪頭。

「因為要抓蝴蝶……」他覺得自己百口莫辯，說出來的答覆連自己聽了都覺得好笑。

「你居然當著這麼多人的面前拒絕一個純真的女孩子，她嬌小的身軀、脆弱的心靈怎麼承受得住你這樣的打擊？」男子聲音開始顫抖，摀著臉開始假哭。

「李想，我沒想到你是這樣的人！太令我失望了！」女子也跟著他一同演戲，站在一旁的李想完全沒有說話的餘地，只能瞪著死魚眼看他們一搭一唱。

「現在不是，不代表以後不會是。」老闆搭住譚子媛的肩，「不要灰心，弟媳，我們會幫妳。」

第六章

「各位前輩，午休時間結束了，該回去上工了吧？」見大家都玩開了，李想決定出聲提醒他們。

「啊！對耶，都忘記時間了！」男子看向手錶。

「我這裡的案子多到有三個我都做不完了，所以沒關係可以繼續在這裡聊天喔！」女子若無其事比出勝利手勢。

「喂不對吧！妳這想法真的好嗎！都不知道該安慰還是鼓勵妳了！」

「孩子。」在一旁的老闆突然向譚子媛遞出名片，「我覺得妳很有資質，如果妳有意願，就和我們合作吧。」

「啊？」面對老闆突如其來的邀約，所有人都驚訝地張大嘴，唯獨譚子媛點點頭，恭敬收下名片，「好的！」看來她似乎不明白是要合作什麼。

「那我們就先回去了，之後再請李想帶妳來吧。」老闆朝她禮貌性一笑，她輕輕鞠躬，再度附和聲好，隨後向三人揮手道別。

見三人漸漸遠離的背影，譚子媛這才回過神，望向一旁的李想，「咦？你怎麼不跟著大家回去？」

李想目光落到她緊抱在懷中的獅子頭套，「我的賺錢道具還在妳手上，能回去嗎？」

「啊！對喔，忘記還你了。」她傻笑，將頭套遞給他，「沒想到『一下』的人都很好耶，好像交到新朋友一樣，好開心！」

「這種小事有什麼好開心的……」

「認識很多新朋友當然值得高興啊！」她神情認真，激動地雙手拳頭不禁握緊。曾經被人欺負，經歷過一個人孤單寂寞，現在能交這麼多朋友，有這麼多人能笑著與她打招呼，這對她來說是多麼值得開心的一件事啊！

李想低下頭望著手中的獅子頭，垂下眸，輕輕地笑了，「妳還真容易就高興啊。」李想又笑了，但是看起來一點也不開心。淡淡的笑意，輕描淡寫帶過。微微沙啞的嗓音像是在顫抖，彷彿無助地想向人求助，卻始終不敢開口，只能長久被囚禁在自己內心最深處。

「什麼小事都能開心，生活才會過得快樂啊！」譚子媛雙手插腰，笑得更燦爛，「我每天早上起來就對著天空『哈哈哈』三聲，一整天都會很順利喔，你也可以試試看！」

「那是什麼咒術……」他輕輕蹙眉，眉宇間卻不見過往的不耐煩。

「這不是咒術啦，是一種對自我的洗滌！就像臭襪子跟其他乾淨的衣服一起洗，整桶都會臭掉，你整天臭著臉，心情也會跟著臭掉啊……」她誇張地比手畫腳。

「那是什麼比喻……」李想話還沒說完，就被一陣鬧鈴聲打斷，他從口袋中拿出手機，拇指在螢幕上滑了兩下，放回口袋，「時間到了，我要回去工作室了。」

「喔……」總感覺每次見到李想都是很匆忙的，只有短暫的時光令她感到有點可惜，沮喪的她，看起來就像一隻垂下耳的可憐狗狗。

「妳幹麼一臉失望？」

想起李想離開後，自己又必須孤身一人了，再加上夜晚將近，回家也沒人，今晚又要何去何從呢？一陣強大的寂寞感朝她襲來，她沉默，不知道該如何回應，輕輕垂下頭，把玩著自己的手指。

「小媛的父母很少回家，所以通常放學她不會馬上回家，因為即使回了家，也沒有人在等她。」

鮮少見到譚子媛這樣失落，他才回想起方瑀今天和他說過的話。李想輕輕在心裡嘆了一口氣。果真是小孩子，讓人無法安心。

李想伸出修長的食指，朝譚子媛的額頭用力一推，承受不住他強而有力的力道，譚子媛「啊」了一聲，身子往後傾了一下，隨後立刻站穩腳步，她抬起手撫摸發疼的額，「你幹麼啊！」

她抬起眸對上李想的視線，放下撫摸額頭的手，才正想罵他莫名其妙的同時，李想又再次伸出食指，往她額上輕輕一點，「下次再帶妳來工作室。」

譚子媛瞪著圓滾的杏眼，對於李想突如其來的舉動感到訝異，就這麼愣在原地。

這一下很溫柔，這一句話也是。

即使有他在的地方都是冷空氣、即使整天都擺著彷彿能聞到臭襪子味的臭臉、即使大家都說他我行我素是個獨行俠、即使他總是說著難聽的話、即使他老是用鼻孔看人……

就算全世界誤會他、就算全世界都討厭他，譚子媛心裡也很明白的。

「如果連我認為不對的事我都能視而不見，那我比那些嘲笑妳的人還要罪惡。」

「什麼叫我是不是覺得丟臉不敢帶人回來，妳也太會亂想了，妳為什麼不去當編劇？愛庸人自擾，無聊。」

「妳不舒服？臉色看起來很差。」

李想是世界上最溫柔的人，是第一個拿起盾牌站在她前面的人，是她的超人。

一股暖意從心底慢慢蔓延開來，不知為何的，譚子媛竟有點想哭。她不喜歡夜晚，更討厭一個人，總是面對空無一人的屋子，在孤身一人的房間裡，空氣更顯得冰冷，冷得幾乎刺痛了她的皮膚。

非常孤單，非常討厭，雖然已經習慣了。

但為什麼在李想說出這句話的同時，她會感到這麼溫暖？又為什麼，竟然會因為太溫暖了而想哭？

譚子媛壓抑住自己在內心裡的滾燙沸騰，她緩緩伸出小指，「你答應我了喔。」

「嗯。」一個簡單的單音，在她的耳邊不停環繞。譚子媛以為自己聽錯了，如果是平時的李想一定不會如此直率。

李想伸出小指，輕輕碰觸她的指頭，雖然沒有做出勾勾手的舉動，卻也代表了結下約定之意。

「快晚上了，趕快回家吧。」

「嗯！工作加油！」見李想離去的背影，譚子媛興奮地揮著手。

只是一個小小的約定，竟會讓她不厭惡今天的夜晚，譚子媛自己也搞不清楚，李想的一句話，讓她心中巨大的空洞多了幾分充實，好像被充飽了電一樣，整個人神清氣爽。

總是受到李想幫助的自己，是不是也有能幫上他什麼的力量呢？

在譚子媛踏上回家路程途中，天色不知不覺漸漸轉暗，仰起頭俯瞰天空，漆黑的夜空中飄著一縷縷薄雲，白雲被夜空的水彩渲染成藍紫色，遮住了點綴在黑暗中的閃爍星星。

她走在吵雜的街道上，經過巷子旁的小型籃球場，明顯聽見裡頭傳來激烈快速的步伐，布鞋和地面磨擦而吱吱作響，吸引了她的注意力，不經意往籃球場一瞥，男孩正好高舉雙手投籃，球順著弧線，「框啷」一聲擦撞籃框，落地後往譚子媛的方向滾來。

男孩也小跑步追了過來，譚子媛此時心想，咦？這畫面好像似曾相識？

他拾起球，一抬頭便與她四目相交。定睛一瞧，曾逸哲展開燦爛笑容，「怎麼每次撿球都會遇到妳啊！」

果真是曾逸哲！譚子媛也覺得很奇妙，不管在校內還是校外，總是在他撿球的時候遇見他，還不小心看到他沒進籃的一面真是抱歉了！

譚子媛往他身後望去，都是些眼熟的面孔，十之八九是棒球隊隊員，「你們今天不用練球嗎？」

「今天校慶休息一天，但不動一下就覺得渾身不對勁，放學就約一約來這裡了，妳呢？」雖然沒聊過幾次，但總是能被他毫不掩飾的自然模樣帶動。

與他交談幾次後，似乎也漸漸能了解逸哲受歡迎的原因，即使面對陌生人，開朗的他也從不感到尷尬退縮，喜歡主動接近他人，所以總是被大家圍繞著。

李想也很受歡迎，大家都覺得他十全十美，我行我素的樣子又酷又帥，於是保持神祕的距離，是顆只可遠觀不可褻玩焉的翠玉寶石。

即使受歡迎，依然是孤獨一匹狼，仍然沒有人了解真正的他。如果說逸哲是豐富多料、熱騰騰的壽喜燒，李想就是外酥內軟、又苦又甜的黑巧克力布朗尼了吧！

嗯……肚子餓了……

「我正要回家，剛好經過而已，沒想到跟你這麼有緣又遇見你了！」曾逸哲指著自己手上的球，「既然都來了，要不要一起打球？」

「啊？」她訝異瞪大雙眼，隨後不好意思的傻笑，「可是我是運動白痴，不會打籃球……」

「試試看嘛，很好玩的。」他將手上的球遞給她，再次揚起陽光般和煦的笑容，「這顆籃球很神奇喔！以前李想告訴過我，只要在心中默念一遍自己的願望，球進了，願望就會實現。我本來還不相信的，但有好幾次真的都逆轉了壞事！」

「這麼神奇?!」她驚訝地看著手中的籃球，不就只是顆球嗎？

「對啊，現在我都不用跟流星許願了！」他豪邁地笑了幾聲，「可是只有一次機會喔，妳要不要試試看？」

「……」譚子媛專注地盯著手中的籃球，過了幾秒後才下定決心，用力點了點頭。

嗯！雖然沒進可能有點糗，但不試白不試，乾脆孤注一擲，豁出去了！

她走到籃框前，閉上雙眼，認真地在心中不停循環默念同一個願望。

雖然我的體育非常爛，雖然我這人生根本沒碰過幾次籃球，雖然我覺得根本不可能會進球……

但是，如果這顆籃球真的這麼神奇，如果真的進球，如果願望真的可以實現，如果奇蹟真的能發生，我希望……

見到譚子媛閉起雙眼默不吭聲，異常認真的神情，曾逸哲不禁好奇的詢問，「妳的願望是什麼啊？」

「我希望……」她睜開眼，透澈的棕眸緊盯著前方，幾乎將全身的力量都投注在上頭，奮力一跳，將手中的籃球投出，「李想可以再打一次棒球！」

聽見譚子媛願望的隊員們全轉過身來望向她，就連曾逸哲揚起嘴角也漸漸平行，這一刻，彷彿全世界都變成了慢動作，就連呼吸聲也能清晰傳入耳中。

「只要我們還在這所學校的一天，你隨時都可以來操場找我們。」

「大家都在等你回來。」

真的能再看到李想揮棒嗎？真的能再和李想、和大家一起奔馳在操場上嗎？真的能再看到李想因為玩自己最喜歡的棒球而開懷大笑的模樣嗎？

這個就連李想自己都放棄了的夢想，這個大家都無法將他從深淵中拉出來的夢想，真的能實現嗎？

「我還是相信你，李想。」

現在也是……不管要過多久，我永遠都相信你啊，李想。

投出籃球的當下，譚子媛無意間往空中望去，剛才遮住星星的雲霧散開了，整片夜空像是灑上亮粉的一副畫，一閃一閃的，是七彩的顏色。

籃球順著漂亮的弧線往籃框直直飛去，連籃框邊也沒擦到，「唰」一聲，完完全全進到籃網中。

「哇！進了進了！」譚子媛興奮地叫出聲音，她高舉雙手，雀躍地蹦蹦跳跳，她自己也沒想到居然會進球，而且還是顆空心球！

所有人先是傻了眼愣在原地，互望一眼後，整個籃球場爆出歡呼聲。

「做得好啊！」

「太棒了！」

「這個願許的好！」

「耶——李想快回來啊！」所有隊員們都興高采烈朝譚子媛的方向奔來，大家將譚子媛拉進其中，勾肩搭背的圍著一個圓，像是在歡慶般，一邊開心地哇哇叫著，一邊轉起圈圈跳起了舞。

在這槁木死灰、大家都已經看不見希望的時候，竟然會突然出現一絲光線照進密不透風的屋簷中。譚子媛就是這道光，將原本都快要放棄的隊員們再次燃起鬥志。

同樣的願望已經不知道許了多少次，即使許了願、進了球，等了好幾年，願望依然沒有實現，但為什麼，總覺得這次一定能成功呢？

這次一定能成功的對吧？

在一旁看著大家歡欣鼓舞的樣子，曾逸哲雙手抱胸，不禁失笑，「好像贏了世界盃一樣……」想到這個願望即將實現，就像是贏了世界盃一樣的開心。

「想，便當在桌上，要記得拿喔！」聽見媽媽從廚房傳來的提醒，他邊刷牙邊回應，「我雞奧。」滿口泡沫使他口齒不清。

他盯著鏡中的自己，不清楚是不是錯覺，總覺得眼下的黑眼圈越來越重，看起來像是操勞過度的勞工，他慢慢將牙刷放下，仔細端詳自己的面容。

不記得是從何時開始，不再有多餘的時間好好看看自己的樣子，也不再有多餘的力氣笑了。現在的我，看起來有夠憔悴的。

他搖了搖頭，想將這些平時不會出現的負面情緒甩開。明明平時都不會突然注意這些的，最近是怎麼了？自從開始跟譚子媛有密集往來後，整個人都變得怪怪了。

「叮咚——」一陣高亢的門鈴聲打斷了他的思緒。在門鈴聲後，是媽媽喊著「來了！」的呼喊與急促的腳步聲。

這個時間，應該又是隔壁阿姨要找媽一起倒垃圾了吧！李想沒有想太多，盥洗完後走到客廳拿便當，將放在沙發上的西裝外套披上，朝大門走去。

「李想！你快點，人家等你很久耶！」媽媽招著手催促，讓他一陣疑惑，不禁皺起眉。等我很久？誰？隔壁阿姨？

「早安——！」還沒仔細看清楚站在門口的人是誰，伴隨外頭的熱氣，一陣活力朝氣聲波傳來，宏亮的巨響將李想嚇得聳了一下肩，定睛一看，譚子媛笑容滿面站在門口，與平時放下頭髮的造型不一樣，今天高綁了雙馬尾，非常引人注目。

「妳……這髮型是怎麼了？」比起她為什麼會在家門等他，為什麼突然改變造型更讓他不解。

「喔……改變造型、改變心情嘛！看起來很有精神吧！」她抓著兩撮馬尾甩了甩，佇立在門外不停傻笑。

「……」面對她的開朗，李想不予置評，「妳高興就好，我走了。」他轉過頭向媽媽道別，邁開腳步，正準備經過譚子媛時被她攔下。

「欸等等！」她跨出一步，擋在李想面前，「你該不會是打算自己走吧？」

「不然呢？」他一副理所當然。

「我都來等你了，應該要一起走啊！」

「不要。」他鄙視般皺起眉，拒絕得乾淨澈底。

「為什麼！」

「我喜歡一個人走。」

「從今以後你會喜歡兩個人走的！」她再度拾起笑容，上前勾住他的手。

「妳……！」面對她突如其來的貼近，李想一慌，臉快速漲紅，手忙腳亂想推開她。

「想答應要和小媛一起上學了啊？」在一旁看戲的媽媽覺得有趣，「小媛真厲害，這小子從國中就沒有和別人一起上下學了。」

「並沒……」李想正準備解釋，立刻被譚子媛打斷：「對啊！我以後都會來這裡等李想，每天都要一起走！」

「我沒答應啊？」

「那就好！以前李想有夠自閉的，還讓我有點擔心。以後有小媛陪我也比較放心，那李想就麻煩妳囉！」

「是誰要麻煩誰啊……」

「好！阿姨再見！」

「路上小心！」

「……」

就這樣，李想不打算再多做解釋，無可奈何的他頂著死魚眼，就這樣被譚子媛帶走。

李想立刻戴上平時總是掛在耳上的IPHONE耳機，這個舉動就像在告訴譚子媛：「不要跟我講話。」，就這樣在兩人之間立下了厚重的一道牆。

一路上，譚子媛被下令與他之間必須空出一個人的距離，光是不小心手臂輕輕擦過，都會引起他大動作的反應，像是立刻退後一步、下意識往旁邊閃，還會發出「嘖」之類不耐煩的小聲音，時不時還會見他閉上眼嘆氣，譚子媛不禁心想，他到底是有多反感？明明自己每天都有洗澡啊……

走進校門口，李想慣性的偏離會經過操場的穿堂，走向一旁的小徑，「等等！」譚子媛發現他將偏離軌道，立刻伸手拉住他。

「怎麼？」

「你可以陪我走穿堂嗎？我是風紀股長，要去教官室拿點名單……」她眨眨圓滾滾的眼睛，想用撒嬌來博取李想的同意。

「我沒有要陪同妳的義務吧。」他撥開她的手，一陣冷風瞬間朝譚子媛襲去，「本來就沒有要跟妳一起上下學，陪妳進到學校已經很仁慈了。」

可惡，我就知道他不會這麼容易善罷甘休！譚子媛在心裡默默咂舌，不過她也是有備而來，不會第一關就屈服的！

她垂下頭，露出哀傷的神情，像是垂下耳的無辜小狗，令人憐憫，「我只是想和你一起上下學，可是你卻說這麼過分的話……我沒什麼朋友，現在連你也討厭我，看來我果然到哪都惹人嫌，還是孤老終生好了……」

看著她眼眶漸濕，彷彿下一秒就會站在校門嚎啕大哭，害怕她做出驚人的失控行為，他嘆了口氣，「快走吧，我還要準備考試。」

眼看李想又走回正軌，一切都在計畫中，譚子媛走在後頭，看見一旁棒球隊的隊員們，她誇張地揮舞雙手示意，曾逸哲看見她，朝著她點了一下頭，接著朝兩人擲出手中的球。

球順著拋物線慢慢落下，「咚」一聲落在地面上，緩慢朝李想的腳邊滾去。

「啊！李想！幫忙撿球！」

「這邊這邊，把球丟過來！」棒球隊員們高舉雙手，就連譚子媛也跟著起鬨，「大家都在等你耶！快把球丟回去呀！」

李想撿起球，所有人的眼睛為之一亮，打手也舉起球棒擺好打擊姿勢，全場屏氣凝神盯著他，下一秒，他將球放回地面，用滾的方式使球回到球場。所有人看著球滾回球場全傻了眼，像什麼事也沒發生般，李想泰若自然地轉身離開。

「欸、李想！等……」譚子媛跨出一步又隨即停住，她望向隊員們，用唇語描寫出「沒關係」，附上一記燦笑，隨後小跑步追上李想的步伐。

A計畫雖然失敗了，但依然澆不熄譚子媛的鬥志，她甚至在上課時列了幾種方案。

「妳在寫什麼啊？」午餐時間，寧寧拿著便當坐到譚子媛面前。

「我在想讓李想打棒球的方法，噓！小聲點，不要讓媽咪聽見。」

「我已經聽到了啦。」方瑀拿著便當站在譚子媛身後。

「嚇！什麼時候……」她倒抽一口氣，愣了幾秒後恢復鎮定，「妳不要阻止我，我不會放棄的！」

「我阻止妳妳會聽嗎？」她拉開椅子坐下，打開便當盒，用筷子插起一顆肉丸，豪邁塞進口中，「妳又不是不知道，棒球隊所有人勸了他多久、等了他多久，會因為妳一個外人就回去嗎？」

「我才不管那麼多咧，我只是希望李想可以開開心心的。」她嘟噥。

「怎麼可以不管？就像妳曾經不再唱歌一樣，李想也有他的難處導致他再也無法碰球，妳不夠了解他的過往，只憑意氣用事的話難道不會造成反效果嗎？」她放下手中的筷子，義正嚴詞道，「如果你硬要揭開人家結痂的傷口，就要有能力將傷口復原。」

方瑀說得沒有錯，她其實並不了解李想，因為李想從來沒有主動開口向人傾訴。她並不是什麼都沒有想過，並不是只憑意氣用事，清楚他有苦處無法回棒球隊，時間和精力都必須奉獻在工作上，但是為什麼，卻要自己剝奪揮棒的權力呢？

明明喜歡卻不能碰，那不是太痛苦了嗎？

專注聆聽方瑀說話的譚子媛與她四目相交，一改平時嘻皮笑臉的模樣，神情變得認真，沉默幾秒後再度開口，語氣跟著重了幾分：「李想的傷口會好的，不管是什麼傷疤，我都會讓它消失的。」

譚子媛突如其來的認真將兩人嚇了一跳，兩人不可思議互望了一眼，方瑀這才怔怔開口，「小媛妳……喜歡上李想了？」

「當然喜歡啊！」

「不，我們說的不是那種喜歡，是戀愛、想要當他戀人的喜歡。」寧寧明白她的單純，隨即解釋，「不然妳為什麼要為了他做到這種地步呢？」

「為什麼？」譚子媛不明所以的皺起眉，隨後陷入一陣沉思，她垂下眸，緩緩道：「我想我只是……感覺得出李想好像受傷了。像是受傷的野貓，對誰都是拒之千里的樣子，讓我很難過。他改變了我，卻不能改變自己，所以我希望這次換我來幫助他，就算只是這樣微不足道的事……」她彎起眼睛，開朗地笑了，「而且在最近密集的接觸他之後，我更想要這個朋友了！」

看著譚子媛開朗無害的笑容，感覺就像被陽光拂過般的溫暖治癒，方瑀不禁低下頭想，要讓他的傷疤都消失嗎……即使是李想，也有可能被這股單純治癒嗎？

李想的傷疤從來沒有人敢去觸碰，怕輕輕一碰就會痛，大家不提往事、不去觸碰他的傷心處，時間久了大家自然也忘了，拼了命的避開卻沒有正視它，李想的傷口一點也沒有比較好。原以為只要這樣久而久之就能淡去，但現在居然有人勇敢地打破了規則。

想著想著，她不禁輕笑，這簡直像李想救了一隻貓，從此貓都會叼來老鼠屍體作為禮物一樣，對他來說也許麻煩，一定會嫌小媛多管閒事，可他卻不知道，她那樣百般盡力都是為了他好。

李想，你多麼幸運啊……方瑀這麼想著，一手放在桌上撐著頭，朝譚子媛伸出另一隻手，「讓我看看妳有什麼計畫，一定超爛的。」

「才沒有爛咧！是李想太難搞了啦！」譚子媛不服氣，將桌上的紙遞給她。

在一旁的寧寧看見方瑀的轉變，不禁在心裡偷笑。譚子媛的堅持讓原本不同意的固執方瑀都願意接受了，從以前方瑀就很討厭李想，現在居然會為了譚子媛去幫助李想。

譚子媛一定不知道，自己的感染力有多強大吧。

下午，譚子媛班級與李想班級一同上體育課，簡直是天大的機會，譚子媛想到了一個讓李想不得不打棒球的妙招。

「做完體操就去打球吧！不准坐在一旁沒事做！」在體育老師一聲下令後，同學們紛紛解散，李想走向一旁的器材籃，見到裡頭的一堆棒球和球棒，他疑惑抬起頭問：「今天要打棒球？」

「因為其他器材不知道被哪班借走了，只剩棒球，就勉強一下吧！」老師邊伸懶腰邊安撫他。

總覺得有點不對勁，李想往一旁瞄去，只見譚子媛立刻轉過頭吹口哨，一副就是作賊心虛的模樣，他心想，這個人有夠單純，心思有夠好懂……

「喂，他在看妳耶，感覺一臉就是已經知道是妳搞的鬼了。」方瑀在譚子媛耳邊小聲細語，覺得這個計畫非常不可靠。

「他才不會知道咧！這節有上體育課的也不是只有我們啊！」譚子媛拜託體育股長將器材全借走，只留棒球給李想的班級，藉此讓李想不得不打棒球。她堅信這方法不會被本人識破，「說不定他會以為是別班借走的啊，反正我已經把多餘的器材籃藏起來了，他不會看到的！安心吧！」

安心個頭啊——來自方瑀與寧寧內心的小聲音。

譚子媛裝作要拿籃球運動，一邊觀察李想的舉動，只見李想和老師講了幾句話，老師像是同意班點了點頭，嘻哈、矮人、眼鏡男三人與李想就這樣各奔西東，李想就這樣獨自一人離開了操場。

「咦?李想要去哪?」面對李想意料之外的舉動，譚子媛愣愣指著他離去的背影，錯愕瞪大眼。

「會不會是回教室拿東西?還是翹課啊?」寧寧猜測，方瑀立刻反駁：「如果是這樣，其他三人應該也會跟著一起翹吧！而且李想可是模範生耶，怎麼可能做出翹課這種行為。」

李想班級的兩位女同學剛好經過，聽見她們的對話，不禁開口參與她們的話題，「李想是去保健室喔！」

「保健室？為什麼要去保健室？」三人不約合同問。

「李想從來不上體育課的，不知道他是不是有生病，老師也都同意他上課睡覺。」兩位女同學互望，另外一位女同學接著說：「因為不知道他是不是生病，大家也都不太敢問，所有人都間接同意李想上課睡覺、不上體育課這些行為了。」

「嗯……看來是因為睡眠不足才去補眠的，老師們可能也都知道他家庭狀況，才容許他的這些行為。」方瑀摸著下巴喃喃自語道，聽見她小聲的自語，寧寧抬起手遮住嘴與她交頭接耳，「但看來同學們都不知道李想家的狀況，可能也是因為李想在課業上表現得很優異，所以對於他這些特權行為也都沒辦法有意見呢。」

方瑀點頭，同意寧寧的分析，突然發覺不太對勁，譚子媛怎麼突然變得這麼安靜？一般來說她應該會很可惜的說：「可惡，計畫又失敗了！」，或是馬上追去找李想之類的吧？

她探出頭瞄向譚子媛，發現她微微低著頭，神情呆滯，不知道是在想事情還是放空，寧寧發現方瑀的目光，也跟著望向譚子媛，看見她非常不尋常的模樣，兩人互望了一眼，一個搖頭、一個聳肩，不明白她突然怎麼了。

「謝謝妳們告訴我們。」回過神來，寧寧立刻向兩位女同學道謝，待兩位女同學微笑揮手離去，她馬上彎下腰詢問，「小媛，妳怎麼啦？怎麼突然都不講話？」

「媽咪、寧寧，妳們覺得……體育課好玩嗎？」

兩人互看了一眼，雖然不明白她為什麼突然這麼問，方瑀緩緩回答：「好玩啊，最放鬆又可以運動的一節課。」

譚子媛抬起頭望向兩人，緊皺著眉頭，帶著一絲鼻音哭腔，看起來非常難過，「李想他……平時不是上課就是上班，連最放鬆的體育課都不能上，他到底還有什麼時候是開心的呢……？」

面對譚子媛突如其來的問題，兩人被問得一愣。方瑀更是訝異，當女同學說李想去保健室補眠，她和寧寧的第一想法都是不重要的小事，為什麼小媛會直中紅心，發覺沒有人會去注意的重點呢？

她總是能一下子找到李想最讓人心疼的部分，她很清楚他是多麼不快樂，所以才這麼拚了命想要帶給他一點希望。作為青梅竹馬的自己……如此了解他的過往的自己……竟然一點也比不上她。

譚子媛是目前唯一的希望，是所有人最期望的，拯救李想的一絲陽光。

但小媛啊……若是妳知道了全部的李想……

妳還有信心能夠當他的太陽嗎？

第七章

望著眼前泫然欲泣的無助小女孩，方瑀輕輕嘆了口氣，當初就不希望小媛和李想走得太近，雖然以前李想曾幫助過她，但畢竟他……

是個充滿了悲傷的黑色力量啊。

她不想見到小媛傷心，就像現在這樣，為了他一副快哭了的樣子，已經不只一次了。李想是一股充滿悲傷的黑色力量，會感染身邊的人一同憂傷、一同深陷，她一直都是這麼想的，因為已經受夠了他拒之千里的態度，才選擇離他遠遠的，但又為什麼，總是被他甩在後頭的小媛卻依然能笑著跟上他的腳步呢？

她很清楚李想的過去，就是因為非常清楚，所以她篤定李想永遠都會是這個樣子，因為如果是自己遇上這些事，自己一定也會像他現在這樣……

「他改變了我，卻不能改變自己，所以我希望這次換我來幫助他，就算只是這樣微不足道的事……」

小媛說過的話，像是被一陣風，將她原本鬱悶的思緒吹到遙遠的天邊。

譚子媛抹了抹鼻子，握起雙拳，自我激勵，「好，我現在要去保健室找李想，我一定要把他帶到棒球隊的大家面前！GO！」

見譚子媛又重新燃起鬥志，方瑀又想起了她說過的話。

「李想的傷口會好的，不管是什麼傷疤，我都會讓它消失的。」

為什麼這個女孩，總是能挺直背、抬頭挺胸，如此篤定的，帶著燦爛的笑容走著？為什麼不管鬥志被澆熄多少次，她還是能再次使自己燃起希望呢？

簡直……就是一顆燦爛耀眼的太陽啊。

「咦？等……妳要翹課啊？」寧寧立刻阻止她，譚子媛搖頭，「當然不是囉。」

譚子媛快跑向一旁的跑道，下一秒往前撲倒，整個人用力摔在跑道上，寧寧和方瑀嚇得倒抽一口氣，馬上衝上前去扶起她，方瑀不可置信地調高音量，「妳在幹麼啊?!」

「嘿嘿……我跌倒了，老師！我可以去保健室嗎？」她傻傻笑著，指著自己破皮流血的膝蓋，讓所有在操場上的同學全嚇傻了，老師點頭如搗蒜，立刻叫兩人扶著她去保健室。

在去保健室的路上，譚子媛不斷喊痛，使方瑀不禁回想起自己剛才的想法……錯了，我大錯特錯，什麼太陽，不就是個傻子嗎！

「天啊！我真的是沒見過這麼沒腦子的人！明明就還有很多方式，為什麼要自己跑去摔個狗吃屎啊？」寧寧邊扶著她，一路上不停抱怨。

「哈哈哈……我本來想說只要輕輕跌、做個樣子就好，沒想到跑太快真的摔倒了，好痛喔！」

她欲哭無淚，但想起自己做的蠢事，還是有點想笑。見保健室的招牌就在眼前，她收起放在兩人肩上的手，「到保健室啦！接下來我自己來就可以了，妳們兩個趕快回去上課吧！」

「妳真的可以嗎？在剛才摔那一下之後，我覺得一個月內不能讓妳一個人獨處耶，不知道又會做出什麼驚人之舉。」方瑀挑起一邊眉，不敢信任她。

「剛才那個真的是意外啦！我想要一個人和李想好好談談，所以拜託妳們！」她雙手合十，低下頭拜託兩人。

「……」兩人互望一眼，見寧寧點頭，方瑀只好輕輕嘆氣，「我知道了啦，真是的……遇到李想的事情妳就這麼認真。」

「不是只有李想喔。」譚子媛勾起兩人的手，帶著無害的笑容，「媽咪跟寧寧的事我一樣關心，因為我最喜歡妳們了！」

聽見她突如其來的告白，讓兩人都不禁噗哧一笑。能臉不紅氣不喘的說這麼害臊的話的人真的不多啊！

與兩人道別後，譚子媛轉身準備走進保健室，「不好意思打擾了……」一打開門，發現保健老師不在，裡頭空無一人，但一旁的兩個病床，只有靠近牆角的病床拉上了布簾。

譚子媛邁開步伐靠近病床，透過布簾查看裡頭的狀況，走近一看，確定裡頭有個影子躺在床上，這下只差確定是不是李想了！但是，亂掀別人的布簾是很沒禮貌的行為……尤其如果裡頭的人不是李想，下場一定會很糟糕。

她一人站在布簾外陷入沉思掙扎，直到一陣風從窗口吹了進來，將布簾輕輕吹拂了起來，這一刻，譚子媛愣在原地。

躺在病床上的人的確是李想沒錯，溫暖和煦的風帶了點夏天的味道，就這樣朝她撲鼻而來，那是太陽和草的味道，陽光從窗外照射進來，灑了一些亮粉在李想的側臉上。

愣了幾分鐘，她慢慢走向他，悄悄在一旁端詳他的臉龐，陽光灑在他的側臉，照亮了他精緻的五官。第一次看見他睡覺，寧靜安詳的模樣看起來挺聽話可愛的，她不禁揚起嘴角。

為了看得更仔細，她決定再靠近點看，直到站在他的旁邊，他的面容清晰地呈現在她眼前時，譚子媛臉上的笑容漸漸消失。

此時，外頭的風停了，被風吹起的簾子也回復原狀，遮住了窗外的陽光，整間保健室又恢復原本的陰暗。

為什麼……

「為什麼要哭……」她難過地皺起眉，傷心欲絕。

李想的眼角掛著眼淚，明顯的一條淚痕像是在他的臉上劃下傷疤，陽光灑在淚珠上，看起來閃閃發光，像是玻璃一樣。像玻璃一樣，如此脆弱易碎。

就連在夢裡也會夢到難過的事嗎？到底是什麼樣的事，可以讓你性情大變？到底是誰，將你傷害成這個樣子？

告訴我啊，李想，主動朝我伸出手，向我求救啊……你什麼都不肯告訴我，我該如何幫助你呢？明明一直裝作堅強，卻又裝得這麼爛，總是被我看穿你最脆弱的樣子。這樣，要我怎麼可能放得下心呢……

聽見窗外的吵雜聲，李想緩緩睜開沉重的雙眼，想起外頭是操場，大概是下課或是放學了，才會開始變得如此吵雜吧。

今天難得放假，一個月包含假日大概只有兩天沒有安排工作，如果還沒放學的話，真想繼續睡下去……這麼說起來，一開始還覺得保健室的病床很難睡，沒想到現在已經習慣了。

他一隻手撐著床，坐起身後揉了揉還昏昏欲睡的眼，眼角不經意瞥到一旁的物體，他停下動作，仔細定睛一看，居然是譚子媛坐在病床旁的椅子上、趴在他身旁睡著了！他嚇得整個人瞬間彈跳起來，不禁「哇！」一地叫出聲。

「妳……為什麼妳在這裡?!」他錯愕地瞪大眼，簡直不敢置信，臉一下子竄紅。

「什麼……？」譚子媛被李想突如其來的大動作給吵醒了過來，眼睛還呈現半闔眼的狀態，她抬起手擦了擦嘴邊。

她剛才擦口水了，她擦口水了對吧——李想忍不住檢查了會兒自己的衣服。

「咦？為什麼李想你睡我旁邊？」她還昏昏欲睡地揉起眼睛。

是妳為什麼睡我旁邊吧……李想無言地半闔眼，吞下原本要說出的話，「妳給我清醒再回答我的問題。」

「啊……」她努力從睡魔的手掌中脫逃，過了幾分鐘才稍微有點清醒，「嗯……本來是想來找你的，結果不小心也睡著了……」

「到底是要多笨才可以像妳一樣啊……」他不禁感嘆，如果有傻瓜大賽，眼前這個人一定有機會得第一。

譚子媛沒有理會他，雙手舉高伸著懶腰，打了個哈欠，這才開始認真端詳眼前的人，她努力將視線對焦於李想的臉，不禁皺起眉頭、身體向前傾，「嗯？你是不是臉紅了啊？」

李想轉移目光，不與她對視，「沒有臉紅。」

「該不會是因為我睡在你旁邊，你害羞了吧？」她開玩笑似的彎起眼睛，想故意挑逗李想。

李想沒有馬上回應，兩人陷入一片沉默，此時窗外的風又吹了進來，一陣暖氣朝兩人襲來，他的髮絲被風吹得輕輕飄了起來，安靜了幾秒鐘才緩緩開口。

「囉嗦。」

雖然他轉過頭去，卻能看見他的耳根子帶點淡淡的嫣紅，像是桃子的顏色，明明嘗不到，卻感覺甜甜的。

原本以為李想一定會送她一記白眼，順道丟一句「對妳這種小孩身材嗎？」或是「妳真幽默。」之類的，沒想到李想的反應卻是這樣，害得譚子媛也突然不知道該怎麼反應。

原來李想也有把我當成女生嗎？原來李想對我也會害羞嗎？平時不是都很毒舌的嗎！今天怎麼突然變得這麼誠實乖順？譚子媛發覺周圍氣氛變得奇怪後，自己的臉似乎也變得有點燙了。

一定是剛才的風太熱了啦。

兩人都沉默了下來，周圍瞬間安靜了幾分鐘，譚子媛覺得坐立難安，還在想要怎麼打破這陣尷尬時，能明顯聽見外頭操場的嬉鬧聲，突然間，她聽見了熟悉的聲音，倏地站了起來，「啊！是逸哲！」

在李想還搞不清楚發生什麼事時，她快速走到窗邊，手扶著窗戶，朝外大力揮著手，活力十足吶喊：「逸哲～」

正在做棒球活動的逸哲轉過頭，看見聲音的來源是譚子媛後，立刻展開燦爛笑容，「小媛？妳在那裡做什麼？」

「原本來擦藥的，結果不小心睡著了！」

「不小心睡著？」他不禁噗哧一笑，「已經放學了喔，現在教練不在，要不要一起來打棒球？」

打棒球？剛好李想就在我旁邊，而且剛才的氣氛也挺好的，這不就是個千載難逢的機會嗎！

「我馬上過去！」她笑臉盈盈將窗戶關上，轉過頭看向李想，結果沒想到見到的又是平時那副死魚眼樣。

剛剛才想說氣氛不錯的，怎麼突然又變回臭臉了？這個人真是捉摸不定啊……

「欸，你要不要……」她才正要開口，「不要。」立刻遭到對方拒絕。

「我話都還沒說完耶！」

「我知道妳要幹麼。」

「……」她不滿地鼓起臉頰，「你幹麼突然又不開心啊！真是難伺候的大少爺，算了！那我自己去跟逸哲他們玩。」她轉身準備離開，突然被一股力量給拉住而停下腳步。

譚子媛沿著自己的手臂往下看，只見李想緊緊抓住她的手，她抬起眼看向他，他沉默了幾秒，吞了口口水，勉為其難開口：「我跟妳一起去。」

雖然不知道李想為什麼突然改變心意，但姑且是好事，省了她還要再費心思想怎麼把他拉來。

譚子媛雀躍地蹦蹦跳跳，走在李想的前頭，後頭的人雙手插著外套口袋、表情凝重低著頭，散發著一種讓人難以靠近的黑色低氣壓，這畫面相當少見。

李想看著走在前頭的人開心地哼著歌，與自己完全相反，他感覺自己的腳步相當沉重，不懂自己剛才為什麼會突然拉住她？而且居然還主動答應了要去找棒球隊……難道沒睡醒的是自己嗎？

最不能理解的是，譚子媛欣喜若狂地衝向一旁，賣力揮舞手臂、呼喊著逸哲名字的這個畫面，竟然會點燃他內心深處的火苗。雖然還不明顯、雖然這種感覺還很模糊……

但是他就是知道，自己非常不爽。

「逸哲！」譚子媛見到曾逸哲，立刻拔腿跑上前去，曾逸哲見到她，也馬上露出招牌式溫暖燦笑，兩人一拍即合，聊得非常開心。李想就這樣狠狠地被甩在後頭，兩人一湊在一起，他就彷彿瞬間變成外人。

看著兩人相談甚歡、意氣相投的模樣，李想突然停下腳步，他發現自己沒有見過譚子媛與其他男生相處的畫面，當這畫面就擺在自己的面前，感覺心裡五味雜陳，但占大多數的是煩躁。

明明和自己相處時就不是這個樣子，在逸哲面前，居然笑得這麼開心……

「這兩個人真是相配啊……」

「小媛看起來好像小少女喔，從來沒看過她笑這麼開心……」

突然，從一旁傳來聲音打斷了他的思緒，他側過頭看，發現方瑀和寧寧用一種揶揄嘲弄的眼神盯著他，並且努力忍著笑。

「那就在一起啊。」他一副無所謂的態度，丟下這句話，再度邁開腳步往前進。

「呵……少在那邊裝無所謂，誰看不出他超在乎的。」方瑀嘴角勾起邪惡的角度，看著李想心裡不是滋味的樣子，她倒覺得很有趣。

「對了對了！你看！」譚子媛見李想朝自己走來，她高興地轉過頭抓住逸哲的手臂，一手指著李想，「我成功讓李想來打棒球了，那個願望真的實現了！你沒有騙我，那顆籃球真的好神奇喔！」

曾逸哲被她不經意的舉動嚇得愣住，他低頭看著她緊緊抓住自己的手臂，他知道眼前的女孩很少根筋，總是會不經意做出與人肢體接觸的舉動，但是被一個女生突然抓住手，還是會讓人有點不好意思……

李想走到譚子媛身後，抓住她的領子，將她往後拉，「妳單細胞也要有個限度，沒看人家很困擾嗎？」他隨後補充：「還有，我沒有要來打棒球，我只是來看看而已。」

「啊?!」譚子媛驚愕張大嘴，不經意發出高音量，「有什麼關係，跟大家一起玩嘛！」此時正好棒球隊的隊員們也都走上前來，加入了他們的話題。

「吼，李想一起來玩嘛！」

「對啊對啊，玩一場就好！」

一群人圍繞著他起鬨，操場瞬間被吵雜聲淹沒，直到方瑀和寧寧也走了過來，「你們這麼吵，怎麼給人家思考啊？」方瑀出手制止了吵鬧，等所有人都安靜下來，她看向李想，勾起一邊嘴角，「只是玩而已，沒有叫你回棒球隊那麼嚴重，你睡也睡飽了、今天也不用去上班，不考慮一下嗎？」

看著所有人都用發光的眼神望向自己，他沉默了幾秒，輕輕嘆了口氣，「我知道了。」

「耶——！」所有人開心地跳了起來，直到他再度開口：「但是我有條件。」

所有人的動作像是凝結般瞬間止住，全場屏氣凝神專注聽他的下一句話……

「只要譚子媛能打出一顆球，我就答應跟你們玩。」

「啊?!」譚子媛一人瞪大雙眼、驚愕得大叫，下巴簡直快掉到地板上，方瑀和寧寧馬上了解李想的用意，立刻掩嘴捂住笑聲，棒球隊隊員們互望一眼，不明白所以。

逸哲見他們的反應，想起譚子媛曾說過自己是運動白痴這件事，這才知道李想為何要說出這種條件，因為他一定不相信譚子媛會成功……

「怎麼樣？」李想挑起一邊眉，等待譚子媛的回覆。

譚子媛緊握雙拳，雖心有不甘，但既然人家都下挑戰書了，她更不可能退縮！而且，投籃當時也一直認為自己不可能，最後還不是進籃了，這次一定也能成功！

「好！我就打出一個全壘打給你看！」

雖然譚子媛答應得很爽快，讓所有人都被她的骨氣給震懾到，但一轉眼，逸哲已經不知道投了幾百次球，譚子媛連擦也沒擦到一顆球。

坐在跑道上的寧寧不禁打了個大大的呵欠，雙眼迷濛的她看起來十分疲倦，就連方瑀都不小心偷打了個盹，差點一頭栽到地板上。

逸哲脫下左手手套，捶了捶自己的肩膀，活動筋骨後再度擺出投球姿勢，球順勢朝譚子媛飛來，她因害怕而閉上雙眼，用力朝前方揮了球棒，依然連球的邊也沒擦到。

「他們已經維持這樣的形式整整兩個小時了耶……」棒球隊隊員坐在一旁無奈道，另一位隊員接著說：「而且逸哲只有用兩分力吧，能打不到也真的是滿厲害的……」

譚子媛撿起球，抬起頭往四周望去，所有人都一臉疲憊，再往逸哲的方向望去，逸哲又開始捶自己肩膀，看起來右手相當痠痛的樣子，這才驚覺自己的無能又拖累到大家，要是她沒有答應李想，大家也不必在這裡等待，她開始覺得愧疚，緩緩垂下頭。

曾逸哲見譚子媛突然沒有動作，覺得奇怪，「小媛，怎麼了？」這一喊，讓所有正在聊天的、正在睡的人都轉過頭望向譚子媛。

譚子媛抬起頭，看見逸哲朝著她一笑，「不繼續試嗎？感覺快要成功了耶。」逸哲的一句話簡直像熱可可，在她心灰意冷的時候溫暖了她，而且還帶點甜。明明一直都是打得那麼爛，完全沒有會成功的跡象，但是逸哲一點也沒有不耐煩，還願意這樣鼓勵她，面對這樣相信她的逸哲，譚子媛瞬間覺得自己不應該放棄。

「嗯！不過現在已經晚了，明天早上上課前再繼續好嗎？」她立刻裝作朝氣十足的模樣，她肯定地比出食指：「明天就一球！只要一球沒有打中，我就放棄！」

所有人見她肯定的模樣，不明白她為什麼突然變得這麼有把握？逸哲也跟著感到疑惑，「妳確定？不用再繼續練習嗎？」

「不用不用！明天一定可以，現在天色晚了，大家趕快回家吧！」她衝向一旁拿起書包，在大家都還迷茫的時候，譚子媛已走向校門口準備離開。

李想從頭到尾沉默不語，靜靜在一旁看著譚子媛。直到所有人都揹起書包，邊聊天邊步上回家路程，譚子媛走在後頭，她低著頭若有所思的樣子看起來相當不尋常，突然，她停下腳步，看著眼前的一群人沒發現自己，她等著大家走遠後，悄悄往回跑。

而走在她前頭的李想早已料到她的舉動，等譚子媛往回走後，他也不疾不徐跟上前去。李想再度回到學校操場，他躲在一旁的樹後面，見譚子媛一人佇立在操場中央，朝空中拋起棒球，不停練習揮棒，但不管試了幾次依然落空。

譚子媛抓了抓頭，不明白到底哪裡出了錯，她換了幾個姿勢，也試著數球落下的秒數，但終究沒有成功。

見棒球一次次直直從空中落下，也不記得今天到底揮了幾次棒，譚子媛滿腦子只有一定要成功的念頭，她再度拋起棒球，雙手緊握球棒準備揮棒的瞬間，手掌同時傳來劇烈疼痛。

「啊！」她痛得下意識放開球棒，球棒就這樣被甩了出去，重重落到地上發出「框啷」巨響。

見狀，李想沒想太多，立刻衝上前抓起她的手，發現她雙手手掌都已破皮流血，譚子媛一臉迷糊，還來不及問他為什麼會在這，李想反倒加重語氣責備她，「為什麼手受傷了還要揮棒？」

譚子媛被他突如其來的怒吼給嚇得有些退縮，她無辜地瞪大雙眼，為什麼明明受傷了還得挨罵啊！看著李想眉頭深鎖、怒氣衝天的樣子，她反而變成弱者，「我不知道手受傷了……」

「妳一直那麼用力抓著球棒，手當然會受傷。」李想無奈嘆了口氣，「自己叫大家都回去，卻一個人又跑回來練習，妳的姿勢都是錯的，自己一個人練也不會比較好。」

「對不起……」譚子媛感到歉疚而垂下頭，隨後才突然驚覺，不對啊！為什麼我要道歉？而且最後那一句是在酸我嗎？我都受傷了，還落井下石……

沒有想到譚子媛會變得如此乖順，李想一手還抓著她的手，他這才發覺，原來譚子媛的手這麼小，感覺只要一出力就會弄痛她。看著她白嫩的皮膚就為了練習揮棒而磨擦出傷口，他心裡感到五味雜陳，一方面有點心塞，一方面又覺得，她是為了自己才這麼努力而感到……有點高興。

他都快被自己複雜的心情給搞瘋了，不過最終也只是因為，自己提出這樣的提議害她受傷，單純感到有些愧疚吧。

只是愧疚吧，李想，沒有其他多餘的心情吧，其他都是愧疚衍生出來的感覺吧……他在心裡默默自言自語。

李想直直盯著譚子媛的手心，不知道是在想些什麼，就這樣發起了呆，譚子媛低下頭看著他，心中滿是疑惑，見李想低頭看著自己的手看得出神，她不禁開口：「我的手……很漂亮嗎？為什麼一直盯著看？」

李想抬眸與她四目相交，嘴角微微揚起邪惡的角度，「妳說這個豬蹄？」不理會譚子媛在一旁激烈反駁，李想從口袋中拿出ＯＫ繃，動作溫和地貼在她手掌上，「我身上沒有藥，先貼著這個將就一下吧。」

「咦？」譚子媛認真一瞧，才發現ＯＫ繃是粉色的，上頭還有幾隻可愛的兔子，她立刻笑開，沒想到李想也有少女心的一面，「原來你跟我一樣喜歡兔子喔？」

「……」他一臉無奈，看起來已經不知道被誤會幾遍，「我們家ＯＫ繃都是我媽買的。」

「阿姨很會選耶！下次我要問她在哪裡買的，我喜歡這個，好可愛！」譚子媛嘿嘿笑著，滿意地看著手中的ＯＫ繃。

譚子媛毫不在意傷口，反倒將注意力轉到ＯＫ繃上，見她總是能將悲傷化為烏有，面對什麼困難都還是能笑開懷的模樣，使人很難不被她所感染，心情如撥雲見月般，將方才所有不好的心情都忘得一乾二淨。待自己冷靜下來後，李想開始不解，自己剛才為何會那麼緊張？為何會焦急地責罵她？今天如果是小綠受了傷，他也會毫不猶豫衝上前嗎……？

「好啦！貼了ＯＫ繃後拿球棒就不會那麼痛了，繼續練習！」有了李想的加持，譚子媛感覺全身上下又充滿了幹勁，她走向落在一旁的球棒，彎下腰準備拾起，立刻被李想制止，「等等……妳手都受傷了，還不放棄啊？」

聞言，譚子媛愣了幾秒，站直身子轉身望向他，一改平時嘻皮笑臉的模樣，她一臉認真，甚至帶點嚴肅，「我怎麼可能放棄？我答應了你、也答應了大家，大家都相信你會回來，我也相信。」

她低頭看向手中的球棒，「只要我打中這麼一球，所有人的願望都能實現了。」

第一次見到她如此認真嚴肅的神情，李想稍稍被震懾，他沒有想到平時總是嘻嘻哈哈、像個孩子的譚子媛，也會有如此成熟的表情、語氣和想法，也沒有想到她竟然會為了完成大家的願望，而如此努力。

而這一番努力，似乎也不是為了他本人。

突然想起她與逸哲相談甚歡的畫面，他心裡悄悄萌生黑暗的想法。逸哲很希望他能再度拿起球棒、譚子媛最近又總是跟他走在一起，這些努力該不會是為了他才……

唉，那也不關我的事，他們要怎麼搞，一如既往視而不見就好了。

「妳沒有必要那麼努力，我一開始就不相信妳會成功，所以我才下這個約定。」他垂眸，修長睫毛遮住了他的眼，明明說著如此傷人的話，看起來卻像是自己受了傷，「反正沒有我，根本就沒差，說不定這張臭臉還會搞壞大家氣氛，更糟糕。」

「才沒有這種事！」譚子媛激動地用球棒槌了地面，發出「鏘」一聲清脆巨響，「你只是害怕受傷，才會一直語中帶刺。我知道李想這個人會哭、會笑，一點也不可怕，如果你把大家氣氛搞糟，我會再搞好回來，你搞糟一百次，我就弄回來一百次！」

見她激動地說出如此孩子氣的話，李想不禁輕笑，「那這樣妳不就得一直待在我旁邊嗎？」

「對啊！只要你不趕我走，我就會一直在你身邊啊。」她再度拾起笑顏，「反正我從以前不就一直都跟在你屁股後面嗎？我最能忍受你的爛脾氣了，你想甩也甩不掉啦！」

聽見這番話，使李想頓時心裡充滿暖意，就這樣慢慢蔓延，直到他自己也無法思考的地步，這才驚覺自己竟對譚子媛產生了無法言喻的心情。有時候覺得她很黏人、很吵，很想直接瞬移到沒有她的世界好好安靜一下。有時候覺得她太傻太天真，笨到無藥可救，總是惹人惱怒，但是卻也因為她，生活漸漸有些不一樣。

也因為她，自己似乎更常笑了。

「啊！是媽咪跟寧寧！」譚子媛驚訝地指著前方，看著方瑀和寧寧朝這裡快步走來，「妳們怎麼來了？」

「妳還敢說！突然就消失了，打電話也不接！」方瑀氣呼呼拿出自己的手機，將螢幕朝向譚子媛，「妳看！我都打了三十幾通了！」

「哇！真的耶……我放在包包裡，抱歉……」她愧疚地低下頭。

「啊不就還好我們有想到妳會回來學校！走啦，回家了！」方瑀勾起她的手臂，往校門邁開步伐，譚子媛還來不及和李想道別，就這樣被拉走，她不時回頭看向還佇立在原地的李想。

看著譚子媛一直不停回頭看向自己，一副還想說點什麼的模樣，李想吸了口氣，朝著她大喊：「球接近的時候轉換重心，向前跨步，揮棒時，球棒保持平行！」

李想的吶喊打破了寧靜的夜，三人一同愣住停下腳步，回頭看向他。

「球朝自己飛來的時候不要怕、不要閉上眼，全神貫注在投球手的動作上，要相信自己一定打得到。」

李想宏亮的聲音傳遍了整個校園，待聲音消失後，寧靜的空間又只剩下風聲。方瑀和寧寧對望了一眼，寧寧不禁噗哧一笑，方瑀輕輕皺起眉宇，「走了啦！」繼續拉著譚子媛離開。

李想說的話就這樣迴盪在譚子媛的耳邊，她最震驚的並不是李想傳授了她打擊的技巧，而是……李想竟會知道她的那些缺點，會害怕球而閉眼、因為不相信自己會打到，在所有人打著呵欠、等得不耐煩的時候，他竟是如此認真地看著自己。

「妳沒有必要那麼努力，我一開始就不相信妳會成功，所以我才下這個約定。」

想起李想剛才說過的話，譚子媛不禁笑了出來。還說什麼不相信我，那為什麼要告訴我這些技巧秘訣？如果真的討厭，直接拒絕就好，為什麼要特地下這個約定？又為什麼要在我想放棄的時候，特地跑過來找我？

從來不會特地關心別人的、最自我中心的李想，不是在一旁看著我失敗出糗，而是在我受傷的時候緊張地衝來，還給了我一個可愛的兔子ＯＫ繃，像是在為我加油。

會發生這所有一切事情，不就是因為你是最相信我一定做得到的人嗎？

第八章

隔天一早，譚子媛精力充沛在操場上做起體操，由於昨天放了狠話說一球定生死，譚子媛看起來卻似乎泰然自若，所有人見她信心滿滿的樣子，也都漸漸找回一開始對她的期望。

「準備好了嗎？」曾逸哲站定好位置，朝著對面的譚子媛喊。

譚子媛打開自己手掌，低頭望向掌心的兔子ＯＫ繃，輕輕一笑，感覺自己頓時充滿力量，收起拳頭，她抬起球棒、做好打擊姿勢，「來吧！」

昨天見譚子媛還偷偷跑回學校練習，寧寧知道她其實也很害怕、備受壓力，「小媛加油！」寧寧坐在一旁，朝著場上大喊，希望能將自己的力量傳一些給她。

見寧寧喊，方瑀也跟著喊：「譚子媛加油啊！」坐在兩人身旁的棒球隊們當然也跟著起鬨，加油聲四起，操場瞬間搞得沸沸揚揚。

見她從昨天一球也沒打到，卻一點也不氣餒，今天反倒更加開朗的模樣，曾逸哲不禁揚起嘴角，不知道要怎麼樣才能像她一樣，天不怕地不怕、相信所有事情都一定能解決的樂觀。最厲害的還是不管怎樣的窘境，她一樣能感染其他人跟著一起，那樣的開朗簡直像陽光一樣耀眼。

曾逸哲在心裡悄悄喊了聲加油，抬起左腳，他直直投出球，球快速朝譚子媛的方向飛來，她瞬間想起李想的話。

「球朝自己飛來的時候不要怕、不要閉上眼，全神貫注在投球手的動作上，要相信自己一定打得到。」

譚子媛沒有移開視線，也沒有閉上眼，全神貫注在球上，發現球到自己的面前時，她用力揮出球棒！

隨後響起的聲音不是清脆響亮的「鏘——」，而是扎扎實實的「咚」一聲，球擦過了譚子媛的球棒，就這樣落到了譚子媛身後的地面上。

所有人都愣在原地，隨後立刻望向譚子媛，只見她緩緩放下球棒，垂著頭不吭一聲，頓時操場安靜得彷彿能聽見葉子掉落在地面的聲音。大家開始互望，不知道該不該上前去安慰她，但在這個時刻，說什麼都感覺不對。

突然，原本都沒有任何動作的李想起了身，朝譚子媛的方向走去，他走到譚子媛的面前，譚子媛抬起頭望向他，那副表情像是對自己失望透頂。李想伸出手，一副要向她索取什麼，她先是不解，後來見李想用下巴指了指球棒，她才理解李想是要拿她手中的球棒。

譚子媛愣愣將球棒遞給李想，他接過，輕聲說了一句：「我就跟妳說妳的姿勢都是錯的，怎麼可能打得到？」

李想轉過身，站在她面前背對著她，朝著曾逸哲招手，意識要他投球，所有人都不明白李想到底想做什麼。

曾逸哲望著李想就站在自己對面，舉起球棒，他站在投球手區，李想站在一個打擊手區，彷彿時光瞬間回到國小，眼前的人就是那個愛打棒球的李想，不管個性上有一百八十度的轉變，喜歡打棒球的心情永遠不會變的他。

曾逸哲輕輕勾起嘴角，心情有些複雜，但反射性下他竟是先笑了，朝著李想點了點頭，他再度抬起左腳，用盡所有力量將球投出，就像以前一起打棒球時，他會跟李想開玩笑說，他要投一個連李想都打不到的球。

球快速筆直朝李想飛來，在還來不及眨眼的瞬間，李想姿勢完美地用力揮出球棒，汗水隨著他的動作揮灑出去，在陽光的照射下閃閃發光。

「鏘——」一聲清脆悅耳，球就這樣飛上空中，所有人抬高頭看著球順著漂亮的拋物線，消失在剛升起的太陽光線中，不知道掉落到何處。

李想轉過頭面向呆住的譚子媛，彎起眼、開懷地笑了，「全壘打，有看到嗎？」

譚子媛簡直不敢相信她眼前的畫面，太陽從前面升起，剛好在李想的背後，太陽的光芒四射，李想的燦爛笑容近在眼前，整個畫面耀眼得像是無數星星閃爍在她的雙眸。

李想……笑了。

而且，笑得燦爛。

從認識他以來，第一次看見他笑得和棒球隊贏得比賽的照片裡一樣，如此單純無害，如此快樂。

「唔哇！李想太帥啦——！」

「李想你為什麼一點也沒有變弱！」

「李想還是好猛！逸哲都使盡全力了還是被你打出全壘打，你太不給面子了！」

棒球隊隊員們興奮得朝李想的方向一湧而上，心中的感動和熱血沸騰，使他們完全無法抑制自己的激動。見李想毫不留情直接打出全壘打，曾逸哲也無奈搖搖頭，卻掩藏不住臉上的笑意。

譚子媛沒有跟著大家一同包圍李想，就這麼愣在原地，她萬萬沒想到，李想竟喜歡打棒球到這種地步，在經過這麼久沒有碰過球棒的日子，他依然對棒球有憧憬，前陣子還那麼排斥打棒球，現在打出了個全壘打竟讓他開心到露出從未見過的燦爛笑容。

在這一刻，她清楚了解到，李想喜歡棒球喜歡到無法自拔，只有在打棒球時才能見到李想如此開朗的笑容，唯有打擊的那一瞬間，他才像是活著的。

譚子媛表面平靜，心裡的激動卻是波濤洶湧，她也無法理解自己的激動心情，激烈地像是一股灼熱拂過自己的心臟。見大家圍著李想聊得不亦樂乎，她默默向前邁出一步，緩緩啟口：「李想，回棒球隊吧。」

聽見她的話，所有人頓時安靜了下來，不可置信的看向她。一開始的約定只是與李想一起玩而已，所有人已無強迫李想回棒球隊的想法，大家都很清楚李想的為難，所以不解為何譚子媛此時突然提出讓他回棒球隊的要求。

「……」李想沉默不語，從人群中走出，走到譚子媛面前，氣氛瞬間凝重了起來，所有人在一旁屏息看著兩人互動，李想直盯盯對上譚子媛的雙眸，看見譚子媛毫不退縮的堅定眼神，他不禁輕笑，「妳怎麼還不放棄啊……」

面對他的無奈，譚子媛反而泰然自若，「只要李想你還喜歡棒球，我就不會放棄啊。」

李想被她的直率嚇得愣了一下，原本上揚的嘴角漸漸平行，沉默幾秒，他輕輕垂下眸，終於願意坦誠面對，「……我還是沒辦法回棒球隊。」

「我知道，因為回棒球隊就必須捨棄工作，你怕阿姨會變得像以前一樣辛苦吧？」她的語調清淡，就像白雲飄過天空般，輕柔、溫和，「不要一個人扛這麼重的擔子。」

當微風拂過自己的臉龐，全世界彷彿都靜止在這一刻，李想驚愕抬起頭望向她，對上那雙彷彿將他整個人看透的清澈眼眸，不管自己裝作多麼冷酷、狠心，都會被她全部識破。明明最少根筋、不懂事的人是她，在這世上唯一能找到真正的他的人也只有她。

被她毫不掩飾的直盯著，李想心跳漏了一拍，一種大人反倒被小孩安慰的感覺，五味雜陳，但他卻一點也不討厭，可能就是歷經太多烏煙瘴氣，才需要孩子的單純來洗滌。

「錢的事情我沒有辦法替你解決，我唯一能幫助你的，就是帶你面對自己的心，它清楚明白的告訴你自己你還喜歡棒球，但你卻因為被現實壓著而逃避、去否定它。」譚子媛接著說：「沒有辦法做自己喜歡的事，只能跟著現實的規律走，還像是活著嗎？」

被譚子媛講得一點不漏，清清楚楚指出他所有缺陷，李想像是被槌子從後腦勺用力一敲，痛加上清醒，面對她句句屬實，根本無處反駁。他只是因為害怕面對，乾脆全部都放棄，上天註定他做什麼，他就跟著現實走，像是魁儡一樣，早就忘了自己拿起球棒的那股衝動、忘了打出全壘打的那股感動。

「有失必有得嘛，但至少你選擇自己喜歡的事，一定不會後悔的。」譚子媛微微揚起笑容，「回來吧，李想。」

難道自己真的願意這樣向現實低頭一輩子嗎？難道上天註定只能走一條路，就直接放棄另尋出口嗎？錢再賺就有了，但青春過了誰能回頭呢？譚子媛想要做的，是要他正視自己的心，是要他做出一個永遠不會後悔的選擇。

這傢伙……不管他把她推開幾次、叫她不要靠近都沒有用，仍然不放棄朝著自己伸出手，帶著這樣耀眼的笑容，彷彿把太陽也帶來了，正慢慢融化那道連自己也闖不破的冰牆。

很煩人的傢伙。
總是一句不差的，戳中他最深的痛處。
李想低著頭，嘴角勾起迷人的角度，他輕輕搖頭，笑了，「敗給妳了……」他抬起頭，臉上依然掛著淺淺笑容，「棒球隊現在還收人嗎？」
「我們棒球隊已經不收人了。」逸哲從後方走來，用力勾住李想的脖子，「李想只是休息了很長時間的原隊友，所以是睽違已久的回歸。」
棒球隊隊員們互望一眼後，爆出歡呼聲，所有人一湧而上撲在李想身上。
「真的假的？李想回歸啦！等了好久啊——」
「不敢相信！李想真的回棒球隊了！今天要吃大餐慶祝！」
大家興奮地壓在李想身上，將他壓得快喘不過氣，他皺起眉，邊想把大家甩開邊說：「還沒確定要回去啊！還是得先跟我媽討論一下……」
「不需要啊。」譚子媛打斷他的話，彎下腰看著他，「阿姨當然是說好囉！」
「……」所有人的動作瞬間靜止，李想抬起頭望向她，「妳怎麼知道？」
「昨天早上我不是去你家等你一起上學嗎？我和阿姨說過了，而且你一定不能想像，聽到我們要幫助你回棒球隊時，阿姨有多開心，她激動地握住我的手，差點就要哭了耶！」
「……」李想簡直不敢置信，他愣愣瞪大雙眼，「為什麼……」
「那還用問？」頓時陽光從雲之中照射下來，像是灑了亮粉在她的臉上，整個人在一閃一閃發光，她眼睛瞇成了線，笑得開朗燦爛，「因為李想幸福快樂，是阿姨最珍貴的寶物啊！」
李想呆愣看著眼前的景象，竟不由自主感到美麗。浮上腦海中的畫面是媽媽的笑臉和驕傲的表情。他想起國小參加棒球隊時，每天回到家都會和媽媽說一天的經過，似乎說到棒球隊的時候，媽媽總會不禁露出溫柔的笑，而讓媽媽露出笑容的原因，正是因為自己說著棒球隊的故事時非常幸福快樂。

他沒有想到媽媽一點也不怪他，不怪他拖累了自己，而總是自責是不盡責的母親。百般期盼他能夠去做自己想做的事，對媽媽來說，比起任何事都還要重要的，就是他的幸福。

李想鼻子一酸，感覺眼眶漸熱，不敢相信自己竟然快哭了，他快速低下頭，不敢讓大家看見自己脆弱的一面。

曾逸哲無法克制自己激動的情緒，長久以來的回憶、悲傷、絕望和最後的感動簡直將他淹沒，他努力抑制自己顫抖的聲音，輕輕拍著李想的背，「歡迎回來。」

這一刻，李想想起了當初贏了比賽，所有人高興地抱在一團，發誓要一直打棒球直到自己拿不動球棒的那天，但是他卻是唯一一個毀了約定的人。

身為棒球隊的主力，在比賽前幾天退出棒球隊，搞得教練措手不及、棒球隊內開始大亂。在充滿低氣壓的氣氛下，也輸了比賽。這些年來他一直很愧疚，一直躲著棒球隊其實也是因為沒臉面對大家，而大家都還是不放棄、堅持相信他，讓他很感動，也更痛苦。

因為沒勇氣面對，因為不知道自己能怎麼辦，想就這樣繼續逃、繼續躲，直到譚子媛出現，直到譚子媛無數次擋在他面前，要他轉過頭好好的面對。

所以他以為這輩子都不可能再拿起球棒了這件事、他以為必須被現實牽制著走一輩子這件事，都改變了。

全是因為遇見了譚子媛。

李想就這樣辭掉了除了攝影以外的所有工作，雖然一下子少了一堆工作和薪水，但李想卻一點也不覺得可惜，終於他也能在放學後不用趕著上班，而是趕著去棒球隊，每天都恨不得放學鐘聲趕快響起。

李想回歸棒球隊已經過了兩個禮拜，雖然一邊兼顧課業、棒球隊還有攝影工作搞得他身心俱疲，但是能做自己喜歡的事，讓他非常享受於這段忙碌時光。而且不管多忙多累，李想的事情總是能做到最完美，課業依然維持在最優質的水準，攝影工作也越來越上手。

黃昏時分，譚子媛和方瑀、寧寧準備離開校園，經過操場時，譚子媛望向在操場上勤奮練習的棒球隊，就這麼看呆了。以前的李想還活得那麼漫無目的，對人的態度都像是威嚇的野貓，如今卻是這麼拚命在操場上奔馳，想到這些，她就不禁偷笑。

李想快速從二壘跑回本壘，待教練喊了聲休息時間後，他撩起衣服往自己的臉上擦拭汗水，不經意瞥到譚子媛的身影，他愣了一下，只見譚子媛等人已經快走到校門口，他邁開步伐快速朝她們奔去。

「譚子媛！」

聽見後頭有人在呼喚自己名字，譚子媛停下腳步回頭望，只見李想朝這裡跑來，她有些驚訝，「咦？你怎麼跑來了？不用繼續練習嗎？」

「嗯，告一段落了，我能提早離開，明天還要工作。」

譚子媛仔細端詳李想，這才發現李想的頭髮和上衣完全被汗水浸溼，經過長時間又激烈運動後的他汗如雨下，汗水順著髮梢滴下來，輕輕的喘著氣，這樣的李想看起來青春洋溢，也十分有運動男孩的味道，令她有些不習慣，因為以前的李想只有濃濃的書本味，感覺都快發霉了。

最近的李想好像也變得更常笑了。

「妳要回去了嗎？要一起嗎？」李想語一落下，方瑀和寧寧同時驚愕得倒抽一口氣。

「你居然……主動約小媛一起走回家？」方瑀簡直不敢相信，大大瞪著她圓滾的眼睛，「平時都是小媛黏著你，你一臉嫌惡，極度想把她甩開的不是嗎？」

「李想真的變了……變得這麼陽光，還會主動來找小媛……」寧寧誇張得摀著因驚訝而張大的嘴。

「……」被兩人這麼一搞，李想感到有些尷尬，他撇開目光，不自在地摸著脖子，「因為正好同個方向，只是順便而已，不要的話就算了。」

方瑀和寧寧都看得出來李想是在不好意思，明明就很想和小媛一起回去，真是不坦率的孩子……不過這也是他可愛的地方，見他這樣就很想繼續逗他。

「欸！我沒有說不要啊！一起走當然好啊！」譚子媛對他們三人的對話毫不在意，還是擺著招牌傻笑，看見李想主動來找自己，她只感到很開心。

「那我去收一下書包。」李想離開前又看了方瑀和寧寧一眼，只見兩人用一種揶揄曖昧的眼神盯著他，讓他感到更無地自容，他快速轉身往操場跑去。

「我們兩個就不跟你們一起走了，我們想去咖啡廳坐一下。」寧寧拉了拉方瑀，示意要她跟著附和，方瑀原本不解寧寧的意思，愣了一下才領悟，跟著點頭，「喔、喔對啊，聽說車站那裡開了一家新的咖啡廳，一直都很想去朝聖一下。」

「新的咖啡廳？不知道有沒有好吃的巧克力蛋糕或是聖代，妳們去吃完再跟我講感想喔，我下次也要去！」譚子媛沒有意識到她們是故意製造讓他們兩人一起回去的機會，還傻傻笑著。

等到李想回來，譚子媛用力揮著手向兩人道別，又是一副活力過剩的模樣，與旁邊那位男子成反比，兩人並肩一同走向校門，方瑀從後頭看他們的互動，不再像以往是小媛自顧自講著、李想會離她越來越遠的那種畫面，現在的李想會回應小媛的話，兩人竟能開始普通的聊天對話，雖然李想還是一樣有點冷冷地，但是比起之前已經進步了不少。

但這樣和諧的畫面，看在方瑀眼裡卻是五味雜陳，也有些感慨。她曾經很討厭李想，因為自己曾經跟李想非常要好，算起來就是青梅竹馬吧，但後來的李想發生了很多事，整個人一百八十度大轉變，不只自己看起來陰沉難相處，還會把那些黑色負面力量帶到別人身上，也是因為這樣，使他周遭的人漸漸離他遠去，又或者可以說，是他自己躲起來不讓大家找到。

因為他知道自己是黑色力量，他也不想傷害到別人，於是寧願自己築起一道牆，沒有人能靠近他，大家也都不會受傷了。

自從李想變了，她就再也沒有與他有交集，直到譚子媛又再把李想帶進她的生活中，她最一開始的想法是「為什麼小媛要跟那種災源在一起？」，小媛是那麼單純溫暖的孩子，她不希望小媛會被他的負面情緒所影響，所以一開始非常反對他們兩人來往……

但是她錯了。小媛被他的負面情緒影響，難過一會兒，她自己又能重新打起精神，甚至變得更加堅強，發散出更多力量去影響李想。

「李想就像冰刃一樣，拿起他只會被凍傷、被割傷。」也許所有的人都是這麼想的，只有小媛不一樣，她就這樣改變了李想，也改變了所有人對李想的看法。

現在的方瑀認為，他們兩個人非常相配，照這個樣子下去，她會希望把兩人湊成一對，但……李想的心裡還有一道枷鎖，方瑀沒有信心譚子媛有力量能夠打破那最後一道冰牆。

若是現在她將他們兩人撮合在一起，小媛卻沒辦法將那些阻礙清乾淨，最後兩人必須面臨分離，那會有多痛苦……她一直這麼苦惱著。

「妳想太多了吧。」坐在方瑪對面的寧寧喝著拿鐵，「妳之前想著李想永遠會是喪屍樣，結果他還不是被小媛給淨化變回人類了，現在妳想著小媛過不了李想心中的最後一關，她就一定會過啦！」

「所以我應該多想點不好的事，這樣事情才都會變得很美好嗎？」面對寧寧的理論，方瑪無言以對，「我是衰神是不是？我賭誰，另一個就會贏是不是！」

寧寧將拿鐵一口飲盡，馬克杯用力放在桌子上，發出了沉重的聲響，她抬起手，用衣袖擦了擦嘴上的奶泡，行為看起來十分霸氣，她輕輕揚起勝利般的嘴角，「是只要我們認為不可能的，小媛都可以做到。」

「……」看著寧寧大叔式的舉止，方瑪用力皺著眉頭，媽媽模式再度啟動，指著一旁的衛生紙盒，「妳可不可以不要用袖子擦？這裡明明就有衛生紙！」

「反正我不管他們最後怎麼樣，那都是之後的事，他們必須自己去面對。我很喜歡他們這一對，所以我會努力撮合他們的，因為我知道小媛太笨了，必需要有人在旁邊推一把。」她將馬克杯拿在自己手上，雙手捧著，輕輕垂下眸，嘴角依然彎著，「我看得出來，小媛和李想在一起的時候看起來很開心，所以我希望她可以永遠都這麼開心……」

見寧寧難得露出像姊姊般憐愛的眼神，方瑪也有點感動，沉默了一陣子，像是下定決心，她拿起一旁的衛生紙，往寧寧的嘴角拭去最後一點泡沫，「我知道啦，妳的意思就是要我不想再疑惑自己到底該不該怎麼樣，做就對了，對吧？」

「對啦！做就對了啦！來，喝啦！」她豪邁地拿起一旁水瓶，幫方瑀倒了一杯水，一副幫忙倒酒的中年大叔。

見她這樣，方瑀不禁笑了，她拿過水杯，仰頭一口飲盡。

譚子媛和李想已經有一段時間沒有一起走，何況這是第一次，不是她逼迫李想一起上下學的。兩人並肩走在夕陽下，黃澄澄的光線照到他們身上，將身影拉得長長的落至地面，直到兩人的影子連在一起，兩人之間的距離就像影子一樣越拉越近。

「棒球隊怎麼樣啦？好玩嗎？最近你太忙了，都沒有時間好好跟你說話。」譚子媛發覺，李想也開始會配合她，放慢自己的步伐。

「嗯，還是一樣很操，但是很累想休息的時候，看到逸哲拚命的樣子，就會激起我想要打敗他的慾望。」他原本想從包包拿出IPHONE耳機，又見他緩緩放回包包裡，李想有只要走路就要聽歌的習慣，可是這次他卻不打算戴上耳機，而是想好好與她談話。

見他從嫌棄她、不願意和別人來往，到現在願意和她走在一起、與她談心，這樣的變化使譚子媛打從心底感到開心，想到李想終於願意將她當朋友，就不禁笑得燦爛，眼睛瞇成了線，「也只有逸哲能激勵到你，代表他是一股能推進你的力量啊，真不愧是昔日戰友。」

「不就只是想跟我爭誰比較厲害，但還是跟以前一樣，他從來沒贏過我。」講起一同奮戰的隊友，李想微微低下頭，揚起嘴角。

譚子媛悄悄從一旁仔細端詳李想的側臉，她發覺自己還挺喜歡李想輕輕闔上眼的樣子，他的睫毛還挺長的，還有微翹的嘴唇從側面看起來挺可愛的。
察覺到譚子媛的視線，李想抬眸與她對上眼，兩人對望了幾秒，相較於譚子媛眨著圓滾滾的眼睛，一副不以為意的樣子，李想則是馬上動搖了，他快速撇開頭，找了話題掩飾自己的緊張，「……倒是妳，什麼時候跟逸哲變那麼好的？」
「還不是因為你，為了讓你回棒球隊，我們可是費盡心力耶！」
李想停下腳步，再次轉過頭望向她，有點驚訝，「為了我？」
「對啊！」
「……不是因為逸哲想要我回去，妳才幫他的？」見譚子媛搖頭，他再度確認，「從一開始就是為了我？」
「對啊！」她不厭其煩地再次點頭。
「……」他想了想，低頭笑了，無法抑制嘴角上揚，又開始逕自走了起來。
「怎、怎麼了？」面對李想詭異的行為，她一頭霧水，「幹麼突然這麼開心？」
「沒有啊。」他裝作若無其事，「什麼嘛！到底怎麼了啦？」譚子媛實在太好奇，跟著追上前去，李想加速腳步想躲過譚子媛的追問，無視沿路的路人，兩人就這麼在大街上嬉鬧，玩起追逐戰。
就這麼跑了幾個巷子口，譚子媛突然拉住李想的衣袖，要他停下腳步，「等、等等！休息一下……」
「妳體力也太差了吧，才跑不到一分鐘耶。」見譚子媛氣喘吁吁彎下腰，他不禁偷笑。

「李想?小媛?」聽見從前方傳來柔和嗓音呼喚，譚子媛和李想同時抬起頭，只見小綠和一名高挑帥哥並肩站在眼前，小綠先是看了看兩人，最後將視線落在譚子媛抓著李想衣袖的手，她看起來有些訝異，隨後一絲不亂恢復平時的溫柔笑容，「你們怎麼會在一起呀?」

察覺到兩人的視線，譚子媛怕被誤會，立刻放開緊抓李想衣袖的手。李想不疾不徐回：「順路，就一起回家了。」

小綠身旁的高挑男人直盯盯望著譚子媛，他揚起一邊嘴角，語帶調侃，「女朋友?」

「……」李想恢復平時的死魚眼，懶得理眼前的人，他轉過身望向譚子媛，神情有些不自在，「這是我哥……」

「嗨，我是李智。」他舉起手打招呼，譚子媛輕輕點了頭，回以一個笑容，「我是譚子媛。」

「譚子媛?媛……小媛?喔~真的假的……」李智悄悄嘟噥，像是了解了什麼，他展開迷人的笑靨，「妳好可愛喔，是我喜歡的型。」

譚子媛有點驚訝，李想的哥哥和他長得一點也不像，但哥哥也有著不輸給李想的俊俏面容，哥哥是雙眼皮，有著會放電的水汪汪大眼;李想是單眼皮，看起來有點冷酷，同時純情害羞。兩兄弟一樣都是帥哥，但是個性截然不同。

「你這樣好嗎?女朋友就在旁邊。」李想毫不留情吐槽李智。

「開個玩笑嘛，小綠一點也不會介意啊。」

根據他們的對話，譚子媛這才驚覺，原來小綠學姊和李智哥哥是情人!這又讓她想起，之前在學校時聽矮人說的……

「李想認識小緣學姊喔？」

「何止認識，熟到不行！」

所以兩人會認識，就是因為是哥哥的女朋友嗎？

第九章

「啊！」李智突然舉起手一拍，一下子將譚子媛的思緒打斷，「我們現在要回家吃飯喔，小媛要不要一起來？」

「咦？」譚子媛訝異地瞪大眼，「可以嗎？」

「喂，不要擅自決定啊……」李想輕輕皺起眉宇，實在受不了眼前這些不受控制的人。

「有什麼關係，媽每天飯煮那麼多也吃不完啊。」

「對啊，一起來嘛！人多熱鬧，阿姨一定也會很高興。」小綠也跟著李智一起，對著譚子媛展露笑容，頓時讓譚子媛的心底流過一陣子暖流，果真是好溫柔、好善良的一個美女學姊啊，感覺身後也在發光呢！

「好啦，決定了就回家吧！」李智和小綠就這麼轉過身逕自往前走，徒留李想和譚子媛還站在原地，兩人互望了一眼，譚子媛笑瞇瞇擺出勝利手勢。

「耶！太棒了，我也要去你們家吃晚餐！」

「不要。」

「阿姨都煮什麼樣的飯菜呢？炒高麗菜、糖醋排骨都很好吃喔，希望是我喜歡吃的菜色！」

「我不是說了不要嗎？」

「喔，不過就算是我不喜歡吃的菜，阿姨煮的我還是都會吃啦！不挑食才會健健康康的嘛。」

「妳有沒有在聽我講話啊……」李想無奈地嘆了口氣，不打算再跟她爭。他看向她的側臉，見她掛著幸福洋溢的笑容，他不禁好奇問：「只不過是吃個晚餐，為什麼妳要這麼開心？」

「當然要開心啊！」她激動地提高音量，「能跟別人一起吃晚餐，是最幸福的事了。」

此時的李想才想起，譚子媛的父母似乎忙於公事，鮮少回家，所以即使和別人一起吃晚餐這種小事，對她來說也是一大幸福。

這麼說起來，譚子媛很積極地在靠近他，但自己卻一點也不了解譚子媛，她的事都是從別人那裡聽來的，好像一次也沒有主動去問過本人……不過他也不是會去過問別人私事的類型就是了。

要是有機會的話，也很想聽聽她說自己的故事。

「……」李想轉身邁開步伐逕自向前走，譚子媛見狀立刻跟上，他沉默一陣子，突然開口：「大概是咖哩吧。」

「嗯？」

「今天大概是吃咖哩。」譚子媛抬頭，發現李想望著自己，輕輕揚著嘴角，「因為我喜歡。」

走在李想身邊，從一旁偷看他，見李想輕輕地笑了，她也不禁低下頭揚起嘴角，悄悄在心裡感到溫暖。這一次譚子媛安靜了下來，李想自然也沒有主動找話題，周遭就這麼陷入寧靜，但也多了點奇妙的氛圍，彷彿就這麼被黃昏的光線包圍，一陣使人懶洋洋的暖氣拂過，即使兩人都不說話，也不會感到尷尬不自在。

一回到家，阿姨立刻從廚房門口探出頭，掛上熱情的溫暖笑容迎接，「小媛！歡迎歡迎！妳先坐一下，飯很快就好了！」說完，阿姨便回到自己的崗位，譚子媛往廚房方向望去，才發現小綠就在阿姨身邊幫忙。
從背後這樣望去，與其說像婆媳，倒不如說像姊妹。小綠學姊長得漂亮、氣質又溫柔、聰明、可靠的領導者……說不完的優點，這下又增加了賢妻良母這一點，這樣完美的女人，不要說男生了，就連一樣身為女生的譚子媛都快被迷得神魂顛倒。
「我先去洗澡。」李想脫下鞋子，整齊地擺在門口，他走到電視機前，按了底下幾個按鈕、從背後拍打了一下，又開始在做開電視機的前置作業，等到畫面一亮，他將遙控遞給譚子媛，「在這裡看電視等一下吧。」
譚子媛點點頭，拿過遙控，乖乖坐在沙發上不動，見李想進房快速拿了衣服就走進浴室，譚子媛不禁心想，原來李想是一回家就洗澡的類型啊，和她不一樣，自己回家第一件事就是看電視，等到喜歡的節目都播完了才肯去洗澡……李想果然是生活有規律的人。
此時，李智從房間走了出來，他環顧四周，發現李想進了浴室，只有譚子媛一人坐在客廳，盯著譚子媛嬌小的背影，他的眼眸中閃過一絲壞意，就這樣泰若自然走到譚子媛身後，臉上依舊掛著輕浮笑容，「小媛，妳想不想知道李想的祕密？」
「祕密？」譚子媛轉過頭看向他，滿臉疑問。
「跟我來。」
譚子媛都還來不及問，李智就這樣回過頭逕自走回房間，她只好愣愣站起身，雖然一頭霧水，但她還是跟著他後面走，不知道他想要跟她說什麼李想的事，既期待又有點害怕。
「是要給我看什麼東西嗎？」譚子媛一走進李智的房間，李智便將門上鎖，面對他的舉動，譚子媛更是不解，不理會她的問題，李智慢步走到譚子媛面前，比李想還要高大的李智走譚子媛面前，一下子將照在譚子媛身上的光線全部擋掉。

「怎、怎麼了？」眼睜睜見李智走到她面前，距離近得使她感到壓迫，最使她感到緊張的，是原本一直掛著笑容的李智，突然面無表情了。

「終於開始害怕了嗎？」

譚子媛不明白他的意思，見她一臉疑惑，李智不禁噗哧一笑，揚起一邊嘴角，散發出邪惡嘲諷意味，「妳是真傻還是在裝傻？如果是裝傻，妳也真的是很會。」

「我？裝傻？」譚子媛更加不解，眼前的人到底在自言自語什麼？

「隨便叫妳跟來，妳就真的進來了，這裡可是一個男人房間喔？」嘴角依舊揚著邪惡的角度，他再往前一步，大力抓住譚子媛纖細的手，「少裝清純了，妳明明知道我想要做什麼還跟著來，不就是在誘惑我嗎？」

「……」譚子媛漸漸明白到眼前的人不斷散發出惡意，雖然覺得莫名其妙，但她也不打算示弱。

「妳不反抗嗎？」

「……」她瞥了一眼被緊抓著的左手，漸漸泛紅，「我相信你不會對我怎麼樣。」

面對譚子媛堅定的語氣，李智的眼神變得銳利，「為什麼妳覺得我不會對你怎樣？」

「如果要做什麼你早就做了，但你卻浪費了這麼多時間在嘲弄我的這些惡言上，雖然我不知道為什麼、不知道我哪裡惹到你，但你不是真的想傷害我……」她忍住從手傳來的疼痛感，緊皺著眉頭，「你只不過是想羞辱我一頓。」

譚子媛語一落，李智的瞳孔稍微震動了一下，像是被說中而惱羞成怒，他一把將譚子媛推倒，譚子媛重重摔在床上，李智就這麼壓在她身上，力氣大得不管她怎麼掙扎也掙脫不開，越是掙扎手反而越痛。

譚子媛直視李智的眼眸，發現他的眼底彷彿有火焰在燃燒般，包含了焦慮、憤怒，還有燙，像是被火燙到而狗急跳牆，不知道該怎麼辦，也不是出自他的意願，做出這樣的事。

「妳不喊嗎？如果妳喊了，李想大概馬上會衝來喔。」

「我不會這麼做，如果讓小綠學姊知道，她會傷心。」

聽見小綠的名字，李智明顯動搖了，「那又怎樣？我又不喜歡她。」

「騙人。」譚子媛輕輕皺起眉宇，「你明明很喜歡她，你們一走到我們面前，我就看見你偷偷從背後牽住她的手。」

「……」面對譚子媛的言語，他有些驚訝，力道漸漸放輕。

「她不喜歡我。」

譚子媛疑惑地歪了頭，「這就是你焦慮的原因嗎？」

「為什麼這句話妳就相信了？」

「你看起來很著急啊，見到李想的時候。」

李智錯愕地盯著譚子媛的雙眸，不知道為何，她的眼睛總是這麼透澈，好像不善於說謊的、單純的孩子，在這個戴著面具、虛情假意的世界，只有純真孩子才能看見大人沒看見的地方，才能一眼就看穿沒有戴上面具的、真正的自己。

李智看似有點受打擊，緩緩放開緊抓譚子媛的手，重重將背靠在牆上，低下頭用手摀著臉，不敢讓她看見自己的樣子。

「哈哈……」他忍不住笑了出來，即使看不清他的表情，嗓音聽起來卻正在顫抖，「妳說得對，我只是在遷怒妳，明明妳沒有錯……抱歉。」

見他情緒異常低落，譚子媛起身，移動到他旁邊坐下，伸出小手輕輕撫摸他的頭。

面對她突如其來的舉動，李智被嚇了一跳，他愣愣抬頭望向她，「……妳在幹麼？」

「安慰你啊。」她溫柔地來回動作，探頭看他，「你是不是快哭了？」

見眼前的女孩不計前嫌，不打算跟他計較他先前無禮的行為，反而跑來他的身旁坐著，還對他做這種安撫小孩的行為……感受她的手柔和地拂過自己的髮梢，好像真的有那麼點溫暖。

享受著這段短暫被安撫的時光，李智不禁輕輕笑了。

要是在感情上受的傷能夠像這樣摸一摸就消失，那該有多好？

要是那個殘忍的女人也像眼前的女孩一樣溫柔善良，那該有多好？

他彎起腳，用手托著下巴，側著頭望著譚子媛，「如果早點遇到妳，我百分之百會喜歡妳的。」他接著說，「可惜妳已經名花有主了。」

「名花有主？我嗎？」她用食指指著自己，一臉認真地搖頭，「我沒有男朋友呀。」

「唉……李想有得受了。」見譚子媛總是一臉無知，李智邊嘆氣邊搖頭，「李想是不是沒告訴過妳，他曾經跟小綠在一起？」

聽聞，譚子媛瞬間眼睛瞪大，震驚的樣子表露無遺。原本以為是因為哥哥和小綠學姊在一起，李想才會認識學姊，結果沒想到居然是相反！

那今天被小綠學姊看見她和李想一起走回家，還跟著一起來了他家吃晚餐……她感覺有點五味雜陳，有些尷尬又怕被誤會，不過小綠學姊也是熱情邀請她，對李想可能已經釋懷了吧？

「他居然真的沒說……到底有沒有心要追啊？這樣要我怎麼幫……」李智輕聲自語，見譚子媛陷入認真沉思，他輕輕垂下眸，語氣變得低沉，「小綠她……還喜歡李想。」

譚子媛的思緒一下子被這句話給喚醒，她不敢置信地瞪大雙眼，「……她還喜歡李想，那為什麼要跟你在一起？」

「和我在一起，她就有理由能接近李想。」他低沉的嗓音，訴說著沉重的事實，「當初是她自己向李想提分手，事後李想沒有想要復合的意願，為了接近李想，她才出此下策。」

「原本我只是想嚇嚇妳而已，因為看著小綠對李想掏心掏肺，李想卻對她視而不見，反而和妳走得這麼近……我只是想幫她，只是想看到她幸福。」李智微微垂著眸，娓娓道來原因，靜默幾秒，他抬頭與譚子媛視線相交，揚起嘴角苦澀一笑，「可是現在我覺得很掙扎，因為沒想到妳是這麼好的女孩。」

李智現在正在說的這個人，和她原本認識的小綠學姊完全對不起來，那個溫柔、完美的學姊，竟是這樣的人？譚子媛的腦子一片混亂，思緒全打結，簡直快不能思考，「……她是在利用你？而你還願意幫她去追求李想？」

「是啊，而且這是我提議的。」彷彿雲淡風輕，他輕輕笑了，「因為我喜歡她嘛。」

譚子媛簡直不敢相信，喜歡一個人，竟會如此奮不顧身？只要能多一分一秒在他身旁，就算被利用了也值得？即使知道她心裡想著別人，也願意陪伴她？

大人之間的愛情竟是如此複雜，她沒有辦法想像，如果是她，一定沒有辦法忍受喜歡的人去喜歡別人，何況還要助他一臂之力，說什麼看見喜歡的人幸福自己就會幸福，如此委曲求全的自己，怎麼可能開心呢……

小綠她喜歡李想，甚至不惜為了他去利用李智，面對她這般的一心一意，李想會看見嗎？李想會再一次……和小綠在一起嗎？

就在此時，房門突然無預警地打開了，聲響將譚子媛的思緒打斷，兩人同時望過去，只見李想一手拿著鑰匙，面無表情站在門口，「你們，在做什麼？」

李智不疾不徐站起身，也將譚子媛拉起來，「你是第一次未經許可擅自開我的門。」看著平時對什麼都無關緊要的弟弟動搖的模樣還挺有趣的，為了繼續逗他，李智忍著笑意裝作一副泰然自若。

「你把她帶來這裡做什麼？」李想輕輕瞇起眼睛，這個小動作李智很明白，小時候見過幾次，是李想心情差到極點、只差一點火山就會爆發了的反應，看來李想真的很生氣。

「我們只是在聊天啊，對吧？小媛。」李智抬起手搭在譚子媛的肩上，彎下腰靠近她的臉，他感覺自己已經快笑出來了，李想說不定真的會失控衝上來揍他，但他無法停止戲鬧他。

李想沉默不語，緩步走上前，瞥見譚子媛左手有明顯勒痕，他抬眸，眼神倏地變得冰冷，彷彿瞬間降為絕對零度，他惡狠狠瞪著李智，像是冰刃一般劃過李智的臉龐，「這又是什麼？」

感受到從李想身上散發出的寒氣，他打了一個冷顫，李想的背後彷彿有火焰燃燒，李智開始有點後悔捉弄他。李想沒有說，他都沒有發現，譚子媛手上的勒痕居然是自己用的，那麼纖細的手臂被他用力一握都開始泛青，他感到相當愧疚。

李想感覺好像有點生氣，李智也靜默了下來，兩人之間瀰漫著火藥味，一個不小心就會引爆，眼見狀況不對勁，譚子媛突然精力充沛地展開笑容，她握住自己左手勒痕的部位，「這是我自己用的啦，因為來你們家作客有點緊張，不知不覺就勒出痕跡了。」

她望向李智，臉上的笑意加深，「李智哥哥只是想幫我冰敷，才帶我來房間的，對吧？」

李智愣住，不敢置信地看著眼前的女孩，先前才安撫他，現在居然還想替他解圍，雖然撒謊技術很糟糕，但看著她努力的模樣，有些打動他的心。

「妳真的以為我會相信嗎？這種白癡藉口。」李想輕輕嘆了口氣，見譚子媛故意不和他眼神接觸，假裝看向別處、不打算說出真正原因的模樣，李想決定放棄追問，他伸出手牽住她，將她拉到自己身邊，再次望向李智，語重心長道：「其他女人你要怎麼玩隨便你，這傢伙太笨，不是你喜歡的型，不要再接近她。」

語畢，李想拉著譚子媛走出房門，走在李想身後，譚子媛轉過頭望向李智，向他比個「ＯＫ」手勢，表示幸好瞞過李想，離開前臉上依然掛著開朗笑容。

李智愣在原地幾秒，不禁笑出聲，隨後又無奈地長嘆了口氣，「為什麼我們兄弟倆喜歡的型都這麼像呢？」

走在李想後頭，譚子媛沿著自己的手臂往下望，視線就這麼停在被李想緊握著的手上，面對他突如其來的不尋常舉動，譚子媛感到有些不自在，那個曾經那麼厭惡她的李想，現在居然會因為擔心她而生氣，還牽著她的手將她帶離那個地方。

牽手……在偶像劇和漫畫裡看過很多次，但是她卻沒有親身體驗過，被他緊緊牽著的那隻手，感覺熾熱正在蔓延，明明只不過是牽手這麼普通的動作，卻和以往的感覺大相逕庭。

為什麼被李想牽住手，會有和跟別人牽手，完全截然不同的感覺呢？因為是男孩子的關係嗎？總感覺……有些彆扭，有些不好意思。

李想拉著譚子媛走進自己的房間，到了目的地，他轉過頭，目光對上她的眼眸，才慢慢意識到自己還緊緊抓著她，他立刻放開手，裝作若無其事地坐到床上，拿起一旁的攝影書，假裝在看書來掩蓋尷尬的神情，「……妳隨便找個地方坐吧，飯應該快煮好了。」

譚子媛有點錯愕，緩步走到李想面前，「你不問我剛才發生什麼事嗎？我還以為你會把我叫到這裡罵……」

聞言，李想將書放下，對上她的雙眸，「我問了，妳也不打算說啊。」

「那是因為……」她有點尷尬，低頭玩弄起自己的手指，「是別人的事，我不好意思說。」

李想自討沒趣，繼續將臉埋在書裡，「那就不用勉強了。」

見李想貌似又開始不開心，她焦急地上前一步，「啊！不過，李智哥哥真的沒有對我怎麼樣喔！他人很好，你不要誤會他，不要生他的氣……」

李想沉默不回應，他不疾不徐將書放到一邊，拍著自己右邊的空位，示意要譚子媛過來坐，譚子媛乖乖走到他旁邊坐下，他輕輕抬起譚子媛的左手，動作輕柔溫和，害怕只要一用力就會再弄傷她。見到上頭泛紅的勒痕和些許瘀青，他抬起眸對上譚子媛的目光，「這要我怎麼不生氣？」

譚子媛愣住，李想繼續低頭觀察她的手，她就這麼盯著李想的側臉，看得有些入神，她現在才想起李想剛出浴，穿著休閒T恤和運動長褲，毛巾還掛在脖子上，頭髮有些微濕，還有幾滴水珠掛在髮梢，這麼近的距離還能聞到淡淡的香味緩緩撲鼻而來。

這是哪牌的沐浴乳呢？好像是山茶花，又好像是玫瑰？混合一點李想本身的體香，散發出好香的味道……譚子媛閉上眼享受，情不自禁慢慢往前傾。

「妳的手這麼細，感覺輕輕一捏就碎了，他居然下得了手。」李想低著頭認真看著她的手，想起李智那討人厭的個性，他繼續碎念抱怨，「真的是不容小覷的抖S，不明白為什麼這種人會有這麼多女人喜歡……」

話還沒說完，李想一抬起頭，發現譚子媛的臉近在咫尺，她閉著眼，嘴唇和自己距離近到再往前一點就會碰上，他瞬間驚愕瞪大眼，嚇得整個人往後跳開，臉唰地一下子就紅了，「妳……妳在幹麼？」

「嗯？」她這才回過神，「啊，因為你身上很香，我想說靠近點聞看看是什麼味道……」

「……」面對她像是在勾引自己的舉動，李想感到全身無力，他垂頭，深吐了口氣，努力調整心跳頻率，「妳是想殺了我嗎……」

「殺？」譚子媛不明白他的意思，直到看到李想泛紅的耳根子，她才有些恍然大悟，「啊……我是不是做了會讓人誤會的事？」

李想側過頭望著她，從臉到耳朵紅成一片，譚子媛有些訝異，「李想你是不是很容易害羞啊？」

李想轉過頭不與她對視，像是默認一樣不回應。

譚子媛這才想起，自己曾經好幾次靠近過李想，還主動觸碰過他，兩人一起上下學時，李想總是會空出一段距離，兩人的肩膀不小心碰撞在一起時他還會嘆氣，原來不是因為討厭她，而是因為……李想對於女孩子，很容易感到害羞、不好意思嗎？

「原來你只要被女生靠近就會臉紅嗎？」她還是有些不敢置信，那個高傲冷酷的李想，原來是個這麼純情的小男生？總覺得……其實李想還挺可愛的？

「不是每個人都會。」

「但是對我就會啊？」

「……」他低著頭，深深吐了口氣，感覺自己的臉像是燃燒般的炙熱，「所以說妳比較不一樣啊。」

「所以你是對有女人味的女生無感，反而對我會害羞？」譚子媛不敢置信地瞪大雙眼，腦子有些混亂，「李想你……」她在腦中整理思緒，愣了半晌開口：「是不是有受到關於我的創傷，才會只對我這樣？」

「啊？」他蹙眉，不明白眼前的人到底把自己的話扭曲成怎麼樣？

「是不是我一直逼你，你受到創傷才開始有這些症狀的？」她越說越激動，「怎麼辦？居然是我害的！這種讓人困擾的症狀……正常來說應該是要對美女害羞吧？例如方瑀或小綠學姊那樣的，但是居然是對我？我耶！」

面對她這個莫名其妙的結論，李想啞口無言，他恢復平時的死魚眼，不打算回應她。

「我這個樣子……咦？是咖哩耶！你有聞到嗎？你好厲害喔，猜對了耶！」濃濃咖哩味飄進房內，打斷了譚子媛的思緒，馬上將注意力轉到咖哩的味道上，「好香喔……我肚子餓了……」

李想一手撐著頭、側著臉望著她，她說得好像也沒錯，身為一個健全的男人，對有女人味的美女無感，反而對譚子媛這種傻裡傻氣的呆瓜會感到害羞，也難怪她會這麼不敢置信了，連他自己都想知道為什麼。

一般女生要是意識到自己靠得太近，通常也會害羞吧？但是眼前的這個傻子居然還在嚷嚷自己肚子餓？而他居然會為這個戀愛絕緣體動搖？

「該不會是因為我睡在你旁邊，你害羞了吧？」

「囉嗦。」

都怪她，隨隨便便闖進他的人生，把他的生活搞得翻天覆地，原本計畫好的事情全都被打亂。

「反正沒有我，根本就沒差，說不定這張臭臉還會搞壞大家氣氛，更糟糕。」

「才沒有這種事！」

「我知道李想這個人會哭、會笑，一點也不可怕，如果你把大家氣氛搞糟，我會再搞好回來，你搞糟一百次，我就弄回來一百次！」

「那這樣妳不就得一直待在我旁邊嗎？」

「對啊！只要你不趕我走，我就會一直在你身邊啊。」

起初自己對她的印象就是，總是跟在他屁股後面，趕也趕不走，是個麻煩的人。直到她開始會走在他的前頭，拉著他跑，他才漸漸發覺自己的想法變了。

原本以為譚子媛只是個特別的存在，但是聽見她要去找逸哲，自己會萌生不希望她去的想法、看見她為了練習揮棒而受傷，自己會心急緊張，還有像剛剛……看見李智帶走她，還將她的手弄傷，一股無法控制的怒火就這麼點燃了，他也不敢相信，自己竟會這麼生氣。

而在經過這麼多次的動搖，他才開始明白自己的心情，他不能否認……譚子媛對他來說是個特別的存在。

也是第一個讓他想要主動靠近的人。

他一手撐著頭，從側面看著譚子媛在自言自語，幽幽開口：「不要離我哥太近。」
「你還是不相信我喔？我就說了嘛！李智哥哥真的不是……」譚子媛有些激動，原本還想再說服李想，突然被他打斷：「不只是他，還有逸哲。」
「逸哲？為什麼？」對於突然出現逸哲名字，譚子媛有些錯愕，「你討厭逸哲？」
「討厭啊。」他依然撐著頭，目光豪不畏懼對上譚子媛的雙眸，神情認真，「尤其妳跟他站在一起的時候。」
面對李想突如其來的坦白，譚子媛措手不及，她的腦袋一片空白，不知道該怎麼解釋這句話，也不知道該用什麼表情回應，只好愣愣盯著他，烏黑的瞳孔彷彿神祕的黑洞，不自覺將人吞噬。
譚子媛沒有回應，而是用她水汪汪大眼盯著自己，圓滾滾的眼眸不時眨了眨，兩人陷入一陣沉默，就這麼對望了十秒，譚子媛發現李想的臉又漸漸泛紅，他立刻撇開頭，氣氛又蒙上一層尷尬。
譚子媛不明白，李想對她的態度好像改變了，明明曾經那麼融洽，現在卻感覺有些扭捏，為什麼，兩人之間的氣氛會變得有點尷尬？又是為什麼……她會感到有點不好意思？
李想會不希望她和李智、逸哲靠得太近，是因為佔有慾嗎？一種希望最好的朋友，不要被其他朋友搶走的那種佔有慾？她可以理解這種佔有慾，曾經她也希望方瑀和寧寧不要有其他朋友，就是因為喜歡到不行，所以才會產生這種慾望。
但是她沒有想到李想竟會為了她而吃醋，做夢也想不到會有這麼一天！原來李想他，將她視為如此重要的朋友……
譚子媛終於想通，看著李想的背影，耳根子因不好意思而紅了，她打從心底覺得感動，譚子媛挪動身子靠近他，拉了拉他的衣袖，從背後探出頭，朝著他燦爛一笑，「不要擔心啦，我會一直在你身邊的，哪裡都不會去！」

自從去完李想家吃飯那次後，兩人就更加形影不離，上學時譚子媛依然都會到李想家門口等他，周遭的同學都很驚訝這兩人之間的大轉變，更意料不到的是，李想偶爾也會在放學時主動到譚子媛班級去找她，可以說是只要看到譚子媛就能見到李想，如此頻繁，也因此在校園內流傳出不少關於兩人的不實傳言。

今天又輪到譚子媛當值日生，她趁著午餐時間，搬了一疊沉甸甸的作業到導師辦公室，完成工作後立刻返回教室，一路上她發現有些女同學會特地轉過頭看她，還有些成群結隊的學生一見到她就開始交頭接耳，她覺得奇怪，但是也沒有想太多，直到她抬起頭，發現方瑀和寧寧佇立在前方，她才展開笑容，「咦？妳們在等我嗎？」

「小姐，剛剛就說我們陪妳去了，妳幹麼趁我們不注意自己跑走啊，那一疊那麼重耶。」方瑀將譚子媛的便當遞給她，「剛剛我們都把便當蒸好了，妳的拿去吧。」

「我看妳們很認真在看書啊，而且我一個人搬得動，就不去打擾妳們了。」她接過方瑀手中的便當，「謝囉！」她興高采烈、表情生動地舉著便當，「這個便當是李想的媽媽做給我的喔！」

「李想媽媽對妳這麼好喔？居然還做便當給妳！」寧寧睜大著眼，覺得不可思議，三人一起邁開步伐朝教室前進。

「對啊，李想媽媽好像把我當自己女兒一樣，但是李想就在後面說這個只不過是因為煮太多了才給我的。」

「噗——」方瑀一想到李想的模樣，忍不住笑意，「李想他完全是在害羞吧？因為李想媽媽這樣，就像是幫兒子和媳婦準備便當啊，夫妻倆的菜色、便當盒都一模一樣嘛。」

「有人幫我準備便當真的是很幸福的事耶，別人精心做出來的便當，再難吃都會是世上最好吃的！」譚子媛忍不住心中激動，抱緊手中的便當，「我很願意當阿姨的孩子！」

因為平時小媛的父母都忙於工作，不要說會不會幫她準備便當了，就連家也不回，雖然家裡有雇用幾個傭人會輪流幫她準備便當，但味道依然遠不及親情家庭的溫暖美味。見她這麼高興，看來真的是很喜歡李想媽媽，方瑀也不禁替她感到開心。

「妳這句話會讓人誤會耶……當她的孩子這句話有兩種說法，一個是認她當乾媽，一個是嫁給她的兒子、當她媳婦喔。」

「那當然是乾媽呀！」她毫不猶豫回答，燦爛純真的笑容讓方瑀哭笑不得：「連想都不想就答了嗎……李想真夠可憐啊……」

「啊！」原本在一旁聽兩人聊天的寧寧突然想到了什麼，「說到這個，我突然想到最近聽到小媛跟李想的……」寧寧的話還沒說完，突然一陣吵雜聲打斷了她，一群女學生經過，下一秒，譚子媛的右肩就這麼被其中一名女學生用力撞上，她來不及反應，便當盒就這麼從手中滑落。

「框啷——」一聲巨響迴盪在走廊，便當盒重重摔在地上，引來了不少其他學生的目光，譚子媛愣在原地盯著灑滿地的飯菜，整個人呆若木雞，撞到她的女學生嚇得倒抽一口氣，「天啊！我不是故意的！抱歉！」她發現譚子媛整個人傻住，她伸出手在她面前晃了晃，「學妹？這對妳來說很重要嗎？我居然把它弄倒了……」

面對她的舉動，譚子媛才緩緩回過神，對上她的雙眸，譚子媛努力扯開嘴角，給了她一個燦爛的笑容，「啊……沒關係啦，妳又不是故意的！」

「那……這個怎麼辦？」她指著滿地飯粒，看起來有些困擾。

「這個我來收就好了！」譚子媛依然笑著，蹲下身開始收拾地上的殘渣，看著她無精打采的落寞背影，想起她拿著便當盒時是那麼的高興期待，方瑀抬起眸望向那群女學生，發現她們竟然悄悄互望了一眼，偷偷摀著嘴像是在遮著笑。

寧寧環顧四周，發現圍觀的學生們全都開始交頭接耳，窸窸窣窣聲四起，那些看著譚子媛蹲在地板上收拾殘局的眼神，似乎帶著輕蔑嘲諷，有些不對勁。

「媽咪，妳有沒有聽說過李想跟小媛的傳言？說他們好像開始交往了、還有說小媛從別人那裡搶走李想，當了人家的第三者這些事？」寧寧靠近方瑀耳邊，輕聲細語道。

「嗯，我有聽說。」方瑀雙手抱胸，繼續盯著眼前的女學生們，面無表情。

「那妳覺得現在是什麼狀況？我覺得不是意外。」

「我也覺得。」語畢，方瑀緩步走上前去，將譚子媛拉起來，她望向面前的女學生們，眼神有些銳利，「同學，這是妳弄倒的吧？為什麼是給她收拾？」

女同學們互看一眼，沒有想到方瑀竟然會替她發聲，方瑀突如其來的質問讓她有些手足無措，「她自己說沒關係，自己要收的啊。」

「然後妳就真的看著妳撞倒的便當給她收拾嗎？」方瑀輕輕蹙眉，感覺體內有把火開始燃燒，「難道妳騎車把人撞倒，還會叫人家自己走去醫院嗎？」

譚子媛在一旁看得膽戰心驚，她原本想上前阻止這漸漸蔓延的火藥味，才正準備說話，馬上被寧寧拉到後頭，寧寧朝著她搖頭，示意要她不要插手。

女同學無奈地吐了口氣，「妳也扯太遠了，只不過是撿個便當而已。」

「就只是撿個便當而已，既然這麼簡單，為什麼妳不做？」

面對方瑀咄咄逼人的氣勢，女同學也不干示弱，她的臉色大變，雙手抱胸擺出高高在上姿態，「喂，妳知道我是學姊嗎？」

「我不在乎啊？」方瑀不禁笑了出來，她泰然自若走上前一步，眼神十分銳利，彷彿拿著把小刀抵在對方脖子上。

「不管是老師、主任還是清掃阿姨，只要不懷好意欺負我的朋友，我就是管定了。」她大膽地走到對方面前，直盯盯瞪著她，「那請問學姊，妳們還要繼續找她麻煩嗎？」

面對方瑀天不怕地不怕的大膽行徑，學姊們有些退縮，她們環顧周圍，發現圍觀的學生們開始對她們指指點點，「算了，我們走吧。」怕就這樣把事情鬧大，學姊們紛紛決定離開。

見那群本來還狂妄自大、目中無人的學姊，像是夾了尾巴似的逃跑，方瑀感到滿肚子痛快。

「真的是不要再讓我遇到，管她學姊還是學嬤，我見一次打一次。」她邊碎念，蹲下身開始幫譚子媛收拾滿地殘渣。

倒是譚子媛一直處在狀況外，直到寧寧將那些傳言告訴她，她才恍然大悟，原來今天那些刺了她滿身的不尋常眼神、所有人在她背後交頭接耳，都是在討論她和李想的事嗎？

但是那些人又為什麼要找她麻煩呢？是因為喜歡李想，以為她和李想在一起了，心懷恨意才故意找她麻煩嗎？

誤會她和李想正在交往這個還能理解，畢竟他們兩個常常走在一起，看起來感情也挺好的，但是說她從別人那裡搶走了李想、當了第三者又是怎麼回事？

流言蜚語太可怕了，明明和李想只是很好的朋友，居然能誤傳成這個樣子……

第十章

被故意找麻煩的事件過去後，譚子媛照常與李想一起放學回家，但是一路上她都無法專心在與李想的對談上，而是絞盡腦汁在思考，她想著要把這些事情告訴李想、和他討論，但是一方面又不想給他添麻煩，他在校園裡好歹也是高顏質資優生，被一堆麻煩的女學生喜歡也不足以為奇。

這些喜歡他的人都希望能走在他旁邊，一定會有種「妳憑什麼走在我們王子旁邊」的怨念，想要待在這樣優秀完美、桃花緣好的人身邊，可能就是要接受像這樣被看不順眼的風險吧……

但這也是她自己選擇的，即使會在校園內被一大群女學生看不順眼、被找麻煩，她還是想要和李想在一起，想和他當朋友、和他一起上下學，畢竟這一切是這麼得來不易，怎麼可能因為一些小原因就放棄呢？

雖然這種感覺有點說不上來的……討厭，但又是為什麼會覺得討厭呢？她不明白自己內心的這股五味雜陳到底是什麼感覺？即使使盡全力想也想不起來……

「小媛？」寧寧伸出手掌在她眼前晃了晃，因為不久後就要考試，三人在圖書館裡讀書，突然發覺坐在隔壁的譚子媛發起愣來，她降低音量在譚子媛耳邊輕語，「妳怎麼啦？一直在發呆。」

譚子媛緩緩回過神，還有些呆滯，一個不小心，書就這麼從手中滑落。

「妳在幹麼啦！」方瑀輕聲譴責，低下身幫她拾起書本，「譚子媛會看書看到茫掉，我可是第一次看到。」

「不是啦……我是在想上次的事啦。」

「怎麼還在想啊？都過去幾天了，而且妳又不是一個人，有我們在，她們應該不敢再來找妳麻煩。」

「對啊，妳不用害怕啦！我運動神經這麼好，如果要打架，我有信心會贏。」寧寧開朗地比出個拇指，立刻遭到方瑀的手刀伺候，「打架更恐怖，妳別嚇她啦！」

見兩人一來一往像是在表演相聲，全是為了讓自己能夠安心，雖然她並不是害怕那些人再來找麻煩……但那些話語就像是在背後支撐著她，告訴她她並不是一個人，心裡彷彿一陣暖流流過。

但是事情並沒有像兩人所想的那樣平安落幕，譚子媛大多時間都有兩人陪伴，那些人都鎖定了她一人行動的時候，偷偷找她麻煩。

在花園澆花的時候會有水從天而降，將她淋得一身濕、放在抽屜裡的課本會莫名其妙被剪爛、走在走廊上會有人刻意將粉筆灰撒在她身上等等，隨著時間流逝更加變本加厲，出現球、板擦等等飛來橫禍，原先只是小小惡作劇，現在開始會對她有肢體上的傷害。當她環顧四周時，總是空無一人，永遠找不到這些神出鬼沒的兇手，讓她傷透了腦筋，又不敢告訴別人。尤其是她心中那股討厭的感覺……有點討厭、有點恐懼，但當想起方瑀和寧寧在背後支撐著她，又能使她在絕望中得到一些救贖。

譚子媛讀書讀得有些疲憊，感受到眼皮沉重得幾乎快闔上，她瞥見一旁的方瑀和寧寧全神貫注在念書，不忍心打擾她們，她悄悄起身，打算到廁所洗把臉提神。

一走出圖書館，才發現外頭正下著傾盆大雨，大大小小的雨水重重撞擊在地面和屋頂上，此起彼落的滴答聲聽著使人心情有些煩躁。夏末，配上這場滂沱大雨，使空氣變得稀薄，氣溫變得悶熱。

譚子媛仔細環顧了四周，確認沒有埋伏著準備陷害她的人，才邁開腳步往廁所方向走去，一路上她與許多學生擦肩而過，走在人群中，不知道為什麼突然感到心裡有點鬱悶，想要走得更快、想要避開這些人的感覺油然而生，不知不覺，她的腳步不斷在加快，就像在逃跑一般，步伐看起來有些驚慌失措。

廁所門口就在眼前，只要躲進去就沒事了，這樣的想法竟然默默浮現在她腦海裡，她沒有察覺自己的荒謬想法，只是一股勁想趕快躲進屋內。

正當她加快腳步而沒有注意周遭，不知何時突然有人伸出腳將她絆倒，正巧前方地上一灘水窪，譚子媛整個人重重摔進水坑裡。

當她的拙樣映入眼簾，不懷好意的女學生們忍不住捧腹大笑，巨大的聲響引來不少旁觀的學生，見一群看起來強勢的女學生圍繞著譚子媛，沒有人敢上前幫助她，只能在一旁交頭接耳。

「哈哈哈……妳算得剛剛好耶！好好笑！」沒有想到絆倒她的距離正巧讓她跌進水坑，女學生舉起手和另一位擊掌。

「天哪，摔得超慘耶！好像很痛！」

譚子媛抿著唇，忍住從膝蓋和手掌傳來的疼痛，幾乎快將她麻痺，原本純白的制服被濁水浸濕，她緩緩抬頭望向圍繞著她的人們，嘲笑的、無視的、看戲的，漸漸與記憶中模糊的畫面重疊。

「李想那個資優生居然會喜歡這種低智商，還敢當人家的小三，破壞人家的感情……」女學生雙手抱胸走到譚子媛面前，由上往下看著她，銳利的視線包含著鄙視和嘲諷——

「明明一直以來都是個被欺負的。」

短短幾個字狠狠撞擊她的意識，將她的思緒用力敲碎，使她無法思考，當這幾個字傳進她耳裡，瞬間感覺全世界只剩下她獨自一人，跪在這裡。

「對耶，她以前不是一直都被排擠嗎？從國中開始就是個怪人啊，行為舉止都讓人猜不透。」

「而且她還在上課途中為了抓蝴蝶摔出窗外耶，超好笑的！」

「她真的是有病吧？應該不會傳染吧？哈哈哈……」

譚子媛這才發現這位女學生是她國中的同學，眾人的嘲笑聲徘徊在耳邊，即便緊閉著雙眼，依然能感受到從四面八方傳來的銳利視線，將她刺得遍體麟傷，譚子媛發現自己的手無法控制地在顫抖，即使她竭盡所能出力，依然無法抑制，像是隻小狗一般可憐無助。

對啊……她曾經是個被欺負的人，這陣子會覺得有種討厭的感覺，就是曾經被欺負的那種厭惡，與現在重疊在一起，她怎麼會忘了呢？怎麼會因為過得太幸福而忘了……

自己就是個，無法融入人群中的怪物啊。

「喂。」

當聽見從前方傳來的熟悉嗓音，譚子媛緩緩抬起頭，此時陽光漸漸從雲背後探出頭，白色光線從一旁照射著她眼前的畫面，還來不及看清楚眼前的人，奶奶曾經說過的話於她耳邊響起。

「總有一天，小媛會遇到妳的英雄，他願意與妳並肩同行，也會把妳變得更堅強。」

當她看清楚眼前的畫面，再次與記憶中的畫面重疊，與那條總是掛在脖子上的IPHONE耳機，全都如此清晰。

「李想……你怎麼會在這裡？」女學生一見到李想，原本氣勢洶洶地氣燄瞬間被澆熄了一半，她看起來非常驚訝，甚至被嚇得不自覺後退幾步。

李想沉默不語，盯了女學生許久，「妳認識我？」

「……我是你國中同學。」她有些羞澀地輕輕勾起嘴角，一臉希望李想能認出自己。

李想用無所謂的眼光快速打量她，「我沒印象。」丟下四個字，他繞過女學生，直直走到譚子媛面前，單膝跪地，與她對望，「站得起來嗎？」

覺得被他看見這種景象很丟臉，譚子媛低下頭不敢給予回應，見她一副快哭出來的樣子，李想嘆了口氣，輕輕將她攬過來，不費吹灰之力將她抱了起來。

「唔哇！」面對李想突如其來的舉動，譚子媛嚇得不小心叫了出來，在這麼多人面前被公主抱著，她感到無地自容，「放我下來啦！我可以自己走！」

「來不及了，誰叫妳剛才不理我。」此時的李想顯得有些調皮，他輕輕鬆鬆抱著譚子媛，邁開腳步準備離開這裡。

「等、等等！」女學生氣急敗壞叫住他，「李想你為什麼總是要幫她？國中的時候也是，難道你真的喜歡她嗎？」

李想轉過頭看向女學生，依然面無表情，「我好像記起妳是誰了，跟我告白被我拒絕那個？」

「……什麼？」見李想在眾人面前提起往事嘲笑自己，女學生勃然變色。

「如果妳是因為喜歡我才找這傢伙下手，那妳還是別浪費力氣了。」他揚起嘴角，語帶嘲諷，「先不提霸凌者的心有多骯髒了，不管過幾年，妳的臉也一直都是這麼普通。」

「你……你不要太過分喔！你不怕我再找更多人來弄她嗎？」李想的發言點燃了女學生的理智線，她怒火中燒，咬牙切齒指著譚子媛，氣得不禁發抖。

李想收起笑容，輕輕瞇起眼，眼神一瞬間轉為冰冷，蒙上了一層冰霜的眼眸使人不寒而慄，惡狠狠瞪著眼前的人，「如果妳想知道惹怒我的下場會怎樣，可以試試看。」

李想的臉倏地變了，那一瞬間周遭彷彿風雲變色，即便他沒有明顯表現生氣，卻能清楚感受到他的憤怒，女學生被他突如其來的嚴詞厲色震懾住，像是被蛇盯上的小動物，因為恐懼感油然而生導致身體無法動彈。

「還有，妳真的喜歡我喜歡到這種地步的話……」他輕輕闔上眼，當再次張開眸，充斥著濃濃諷刺味，「我建議妳去整形，再貼個兩萬，我可能會考慮跟妳交往三天。」

李想一副若無其事撇過頭，帶著輕快的腳步離開現場，原本鴉雀無聲的走廊上瞬間爆出此起彼落的大笑聲，和女學生氣憤填膺地怒吼。

這個畫面似曾相識，曾經，李想也是為了幫助自己而和班上的同學鬧翻，在大家面前羞辱那個欺負她的同學，然後就一臉無所謂地一走了之。李想就是這樣的人，不管過了多久，永遠都是這麼的溫柔，永遠都是她心目中的英雄。

被他強而有力的手臂支撐著，彷彿就這樣成為了她的避難所，從他胸膛傳來的溫度不知為何感到有些熟悉，當李想將她一把抱起的那一瞬間，有種將壓在她身上的那些沉重全部卸下一般，她感到自己像是羽毛一般輕盈，身軀、心裡，都變得輕快飄逸。

應該是第一次被李想這樣抱著吧？為什麼會感到熟悉呢？由下而上盯著李想精緻的臉龐，感受到自己緊緊地貼在李想身上，貌似聽見自己清晰的心跳聲。

嗯？心跳聲？難道……我是在害羞嗎？

意識到自己開始產生奇怪的想法，只有在童話中才看得到的，騎士拯救了公主的畫面竟然出現在面前，而且自己就是被拯救的公主，總覺得很彆扭……譚子媛感受到自己臉的熱度正在提高，「可以放我下來了吧？這樣走在校園很丟臉耶……」

「別跟我開玩笑了，妳譚子媛會感到丟臉？」李想不禁噗哧一笑，完全將她的話當作笑話。

「……」譚子媛對於他沒禮貌的反應感到無言以對，也可以說是無法反駁，無法回口就只好動手，不然她吞不下這口氣，她毅然決然，張開嘴朝李想的手臂狠狠咬下去。

「啊——」雖然痛得叫了出來，但李想卻開朗地笑著，他覺得譚子媛就像是個被逗到生氣的小狗，還反咬他一口，這個畫面太過好笑，他一邊努力忍著笑，一邊輕輕將譚子媛放下。

「笑什麼？還想再被咬一次嗎？」

李想泰然自若張開雙臂，擺出一副要她撲向他懷抱的模樣，「來啊。」調皮地戲弄她的李想看起來相當邪惡。

見李想突如其來的舉動，譚子媛有些詫異，想起從李想身上傳來的溫度，她一下子將頭撇過去，「……算了，不要了。」

李想是第一次見到譚子媛如此驚慌失措的樣子，也是第一次見到她因為自己而動搖，無法控制地感到欣喜。不過也幸好她拒絕了，如果她真的笨到呆頭呆腦就這樣抱上來了，不知道自己會不會太緊張而缺氧暈過去。

突然一陣嘩啦雨聲將譚子媛的思緒牽走，這才發現雨又開始下了，那為什麼只有李想出現的那一瞬間，剛好也出現了太陽呢？她也不明白，之前暈倒被逸哲抱去保健室，她只在意「原來男生力氣這麼大」這種微不足道的小事，而這次被李想抱著，為什麼她會感到動搖？

正當她還在苦惱這些問題時，李想默默開口，「為什麼妳要乖乖被他們欺負，不打算反抗？」

譚子媛抬起頭對上他深不可測的烏眸，發現李想正色嚴詞，認真嚴肅的眼神盯著她，使她無法從其身上移開，「從以前妳就是這樣，妳的寬容會讓他們變本加厲，任由他們繼續這樣對待妳。」他用略為沉重的語氣責備她，「沉默只會讓霸凌者覺得這麼做是可以被允許的。」

無法反駁他說的每一句話，她也知道不該容忍別人這樣傷害自己，但是她沒有勇氣，當她被所有人當作異類的眼光投射時，只覺得很害怕、很丟臉，很想找個洞鑽進去，好讓大家不要再把注意力集中在她身上，那樣拚命地嘲弄她，只會讓她想要立刻消失在這世界上。

「妳是害怕反抗會有更嚴重的後果？還是妳覺得……自己跟大家不一樣，所以被世界排擠是正常的？」被他一一說中自己的想法，像是洋蔥一樣一層一層剝落，當完整的自己被別人看得一清二楚的當下，她只感到無地自容，譚子媛低下頭不敢再看他。

見她情緒開始低落，李想向前一步，將兩人的距離拉近，他伸出手，輕輕將譚子媛的頭靠在自己的胸膛上，「不要有這種想法，妳跟別人不一樣，不就代表妳獨一無二嗎？」

譚子媛有些訝異，她睜大著圓滾的雙眼，心情有些複雜，「為什麼……你跟其他人不一樣呢？你不會跟大家一樣，覺得我很奇怪嗎？」

李想沉默了幾秒，輕輕揚起嘴角，「因為他們看見的是『怪人』，但我看見的是譚子媛。」

李想輕柔的語調簡直快要融化她的心，溫暖得令她不禁感到眼眶一陣熱。從來就沒有人告訴過她，她並非「奇怪」，而是「特別的」，明明李想對別人都是無所謂的態度，不管別人死活、還喜歡口出惡言的他，對自己卻是這麼溫柔。

而也只有他，能一眼就看見真正的譚子媛。

「妳不是已經努力過了嗎？所以才會交到朋友了啊，不管是方瑀、寧寧、逸哲、棒球隊的大家，還是我，現在妳得到的東西，都是妳自己努力來的。」他溫柔地撫摸她的頭，像是安慰小孩一般，「妳已經不是一個人了，不需要害怕。」

頭側靠在李想結實的胸膛上，感受李想的大掌覆在自己的頭，動作輕柔地梳順她的髮絲，已經超越溫暖的那種熱度，動搖著她，使她激動地無法控制自己的情緒，鼻子一酸，溫熱的淚水終於忍不住奪眶而出。

奶奶曾經說過會出現一位英雄，與她並肩同行、將她變得更堅強，經過漫長時間，她更加篤信李想就是她的英雄。這個英雄平時口出惡言、態度不佳，但只要在她需要幫助的時候，不只是從天而降拯救她，甚至將她原本對世界的絕望全部摧毀，只留下希望和笑容。

她能繼續當個孩子、能繼續展開燦爛笑容，都是這位英雄賜予的勇氣。

輕輕闔上眼，還能聞得見從李想身上傳來的香味，沐浴乳混和體香，還有一點點太陽公公的味道，讓她一瞬間產生了，不想分開的想法。

「小媛！」聽見從遠方急促的腳步聲和慌亂的呼喚，譚子媛回過神，有些依依不捨地離開李想的身邊，她轉過頭望向聲音來源，發現方瑀和寧寧匆忙地朝這裡跑來，神情相當慌張擔憂。

「妳看吧。」李想輕輕笑了，譚子媛呆愣看著他微彎的眼睛，再回頭看向兩人，竟然是因為擔心她而拼了命朝這裡狂奔，覺得這一切實在太不可思議，若是當初沒有李想的幫助和鼓勵，也許不會有人擔心她、不會有人因為害怕她受到欺負而慌張。

但現在，她有了這些朋友，會因為擔心她而感到慌張、會因為她被人欺負而生氣，甚至還說要痛扁一頓欺負她的那些人。擁有這些朋友，簡直像是在做夢一樣。
「妳的朋友來了，我也要回棒球隊練習了。」
「等等！」她抓住原本打算離開的李想，「你為什麼……會知道我出事了呢？」基於好奇，她還是忍不住問了。
「……」他聳了聳肩，又恢復平時一副無所謂的模樣，「可能是因為我有譚子媛雷達吧？」
「啊？」譚子媛皺起眉宇，很顯然擺著一臉問號的樣子。
見她歪著頭、又準備開口問問題，李想立刻搶先開口：「不說了，練習要遲到了。」語畢，他快速轉過身離去。
「咦？等……」來不及攔住他的譚子媛只好在後頭大喊，「放學……還要一起回去喔！我會去找你！」
李想轉過身，給了她一個「ＯＫ」的手勢，相隔約莫兩公尺的距離，兩人之間開始瀰漫出一股無法言喻的氣氛，看著李想的背影緩緩消失於眼簾中，譚子媛的內心悄悄產生了變化。
「小媛！」寧寧跑得比較快，先方瑀一步來到她面前，氣喘吁吁的她看起來相當焦急，「妳怎麼突然就消失無蹤啊？我們想說妳會不會去廁所，結果一過去就看到一堆人圍在那裡，閃過第一的念頭就是妳倒在中間被圍毆，嚇死我了！」
「我們問了目睹事情經過的同學，得知妳又被一群八婆找麻煩，我都還沒衝上去找她們理論喔，寧寧一氣之下，衝去洗手檯旁拿水管朝她們噴，把她們潑得全身濕。」方瑀說著，忍不住摀著嘴笑了出來，「而且還是開最強水力，應該是滿痛的！」

「咦?!」聽她們妳一言我一句，快速闡述著剛才發生的事，譚子媛嚇得倒抽一口氣，眼睛瞪到不能再大。

「妳沒看到她們妝全毀的醜樣真是太可惜了，經過這次教訓，她們應該會記得下次要買防水的眼線液。」寧寧雙手插腰、頻頻點頭，看似非常滿意自己的行為。

「喂，這結論錯了吧，是不會再欺負別人了才對吧。」方瑀用手背拍了她的手臂，看起來就像日本相聲，方瑀是負責吐槽的那方。

「妳們……以暴制暴啊？」

「對啊，我就是以暴制暴、以牙還牙啊。」寧寧雙手一攤，爽快地承認，「我又不是什麼偉人，怎麼可能眼睜睜看著好朋友被人壓著打還不吭聲，沒有暴打她們一頓已經很仁慈了。」

「我贊同寧寧說的，有些人好好溝通講不聽，還擺出一副無所謂、吊兒郎當樣，一定要給她們教訓才會怕！」方瑀雙手抱胸，神情認真，「她們有膽欺負我們姊妹，就要有膽接受我們的制裁。」

見兩人替自己抱屈，甚至願意站在自己前面保護她，再想起李想方才說過的話，她打從心底，由衷認為……

「有妳們真好……」

輕聲細語地訴說出自己所有的心情，她已經不會再感到迷茫，因為清楚地知道，當她遇到困難時，會有這些朋友在背後支撐著自己，推動著自己向前行，所以即便是自己一個人走著，也不再感到害怕。

放學鐘聲一響，譚子媛快速收拾好書包，和方瑀、寧寧道別，帶著愉悅的心情、踏著輕快的腳步，準備去赴與李想的約。

因為中午下過雨，棒球隊移動到體育館練習，但現在地板已經乾得差不多了，為什麼棒球隊不回到操場呢？暫時放下這些疑問，譚子媛一到體育館門口，悄悄探頭進去瞧，發現所有人零零落落的做著基本體能鍛鍊，甚至連平時勤奮練習、努力過頭的逸哲都坐在一旁沒有動作，面對這從來沒見過的異樣，譚子媛滿腦子的疑問像是氣球一樣越脹越大。

她左顧右盼，就是不見李想的身影，是去廁所？還是忘了和我有約，先回家了？她決定鼓起勇氣邁開腳步走進體育館，走近一看才發現，曾逸哲低著頭不發一語，因為從來沒見過棒球隊、尤其是逸哲，如此消氣喪志的模樣，這使她有些徬徨無措。

曾逸哲原本低著頭，譚子媛走到他面前時喚了一聲他的名字，他沿著鞋子向上一望，發現是譚子媛，可平時的笑容依舊沒出現在他臉上，「小媛？」

「你怎麼了？大家感覺也怪怪的，還有李想去哪裡了？」

「……」曾逸哲再次低下頭，整理好自己的情緒後，抬起頭，換上一副下定決心的堅定神情，「我們到外面說。」他快速站起身，一把拉住譚子媛的手，將她帶到體育館外。

這樣的沉默、異樣，實在太不尋常，感覺就是發生了什麼重大的事，將整個周遭搞得烏雲瀰漫，也將她的心情搞得浮浮沉沉。

「到底怎麼了？有什麼事一定要單獨跟我說？」

曾逸哲誠摯地看著她的雙眸，語氣相當沉重，「這是李想他自己的事，應該要由他本人親口告訴妳才對，但是現在是非常時期，我覺得……如果現在不跟妳說，我會後悔。」

譚子媛能夠清晰聽見自己強烈的心跳，感覺空氣漸漸變得稀薄，可能是知道一定是不好的事，所以她內心的恐懼大過於期待，甚至害怕從逸哲口中聽見，有關讓李想受傷的那些回憶。

「妳有聽過，李想家庭的事嗎？」

譚子媛輕輕點頭，「李想的父母私奔，叔叔欠下一屁股債，自己一人逃跑了，當初忤逆父母的阿姨無依無靠，只好自己身兼多職帶大兩個孩子，最後身體出狀況，李想才一肩扛起家裡的經濟重擔……」

「妳說的沒錯，但是……」他輕輕垂下眸，「其實叔叔並沒有逃跑。」

李想的爸爸並沒有逃跑？這是怎麼回事？但是他卻從來沒有回過家？為什麼？為什麼從來不回家看看李想拼了命扛著整個家的樣子呢……？

「剛才李想接的電話，就是醫院的通知……」曾逸哲壓抑住心中的激動，握緊雙拳，用竭盡所能的全力將話語從口中擠出：「李想的爸爸過世了。」

短短八個字，無限迴盪在譚子媛耳邊，她的思緒瞬間停住在這一刻，沉重的打擊使她短時間內無法思考，滿腦子的混亂、滿腹的困惑，使她腦子一片空白。

「為……為什麼……」她不敢置信地瞪大雙眼，嘴巴一開一合，神情慌張呆愣。

「李想的父母自從欠債以來就爭吵不休，某次叔叔出了車禍住進醫院，原本就負債累累又加上醫藥費根本入不敷出，經濟壓力壓得他們喘不過氣，最後叔叔興起了自殺的念頭。」他嘆了口氣：「他以為自己是個麻煩，只要自己消失可以讓大家都好過一點，沒想到後果更嚴重……」

譚子媛屏氣凝神，專注地聽接下來的故事。

「叔叔跑到醫院樓頂試圖自殺，阿姨上前去阻止他，兩人又大吵了一架，拉拉扯扯中……一個不慎失足，兩人一起從樓頂摔了下去。」彷彿能看見這樣驚心動魄的景象，像是不敢直視般，他輕輕闔起了雙眼，調整好紊亂的呼吸，才再次開口：「阿姨先掉落在下方的樹林裡，緩衝之下只有脊椎受了傷，但叔叔就沒這麼幸運……他直直落到地面，從此終生癱瘓。」

「那……李想呢……？」她愣愣開口，不敢相信這些是真的。

「他在旁邊目睹了全部事情的經過。」

周遭彷彿晴天霹靂般，被雷狠狠劈中了腦袋，思路一下子全斷，譚子媛不敢置信自己的耳朵聽見了什麼。

「最後他逃走了，就像當初帶著我逃走一樣，只是這次，他忘了帶走我們。」

原來，阿姨說的逃走，並不是單純的逃離追債而躲起來，而是想要甩開這世上的一切、想要逃避自己犯的罪過……而李想他一個人，承受他留下來的重擔……

「這些都是他自己的事，必須讓他自己去處理，但是我實在放不下心，在我很掙扎的時候，妳剛好來了，我想如果是妳，應該有辦法安慰他……」

曾逸哲語還未落，譚子媛便打斷了他，「李想現在……很難過嗎？」

曾逸哲看著她有些失魂落魄，嗓音聽起來就像快哭了似的，他抿了抿唇，輕輕應了一聲：

「嗯……」

譚子媛慢慢舉起雙手，將臉埋進手掌中，這摀著臉的動作，看起來就像她下一秒就會哭出來一樣，兩人之間陷入一陣沉默，周遭安靜得就連風吹動樹葉的聲音都聽得一清二楚，時間彷彿就這麼停止在這一刻，微風拂過髮絲，兩人終究不為所動。

譚子媛似乎能聽見自己的呼吸聲，有些顫抖，非常清晰，她緊緊咬住自己的嘴唇，大力的吸氣、吐氣，想要停止這陣紊亂的呼吸，逼迫自己清醒。

她就這樣持續了這個動作數十秒，第一次見她如此消沉，曾逸哲不知道該怎麼安慰她，但下一秒，譚子媛突然快速放下手，直接抓住曾逸哲的手臂，「走吧！」

面對才隔數十秒便煥然一新的譚子媛，曾逸哲被嚇得一愣一愣，有些手足無措，「去哪？」

「醫院啊！去李想身邊！」

依李想的個性，也許他會叫她走開，又或許他可能會想要一個人靜一靜，但她不會允許那種事發生，因為她知道，自己一個人的時候很孤單、很害怕、很無助，而且會亂想一通，最後會困在自己組織成的牢籠中，無法脫逃。

這個時候，他會需要她的，不管如何，她一定要待在他的身邊，即使什麼話都不說也好，只要給他一個擁抱，太陽一定會再出現的。

所以她拼了命跑著，恨不得自己的腳步能再加快一點，想要馬上衝到他身邊。就在這一瞬間，她甚至忘了自己有多喘多累，因為她知道李想就在那裡，築起一道厚重的冰牆不准任何人靠近，一個人躲在冰牆對面，逞強著為了不哭出來。

「可能是因為我有譚子媛雷達吧？」

我想，我可能也有李想雷達吧。

兩人一前一後，匆匆忙忙趕到了醫院，幸好李想離開前有先告知逸哲病房號碼，兩人馬上動身往病房方向前進。一路上，放眼望去全是白色映入眼簾，並不只是純白，而是虛弱、空虛的白，只要一踏進這個地方，就彷彿只剩獨自一人留在這世上，寧靜得令人感到害怕。

上到二樓、經過轉角，便看見李智和小綠都坐在病房門口前的長椅上，平時嘻皮笑臉的李智在此時也變得意志消沉，小綠見兩人來了，驚訝地站起身，「你們……怎麼來了？」

「小綠學姊、李智哥哥……」譚子媛依然有禮貌地先打了聲招呼，但是怎麼還是不見李想的身影，她有些急躁，「李想呢？」

「李想去了樓頂。」

「他去了樓頂？」曾逸哲忍不住上前一步，情緒異常激動。

「他只是去吹吹風而已，不要緊張。」小綠拍拍他的肩安慰他，語調相當溫柔，「我相信他現在想要一個人靜一靜，只要沉澱好心情就會回來了，我們就在這裡等他回來，好嗎？」

曾逸哲輕輕垂下頭，對自己的怪罪化為憤怒，他握緊雙拳，恨自己沒有能力幫助李想，現在的他會有多難過？但他卻只能眼睜睜看他逞強……

在一旁的譚子媛看見垂頭喪氣的曾逸哲，她知道他多麼求好心切地想要到李想身邊，卻沒有信心能夠安慰李想。

但是我卻有，能將重傷的李想治癒好的信心。

「抱歉！我不可能乖乖在這裡等他回來，我要去找他。」譚子媛毅然決然，轉過身準備離開，小綠急忙叫住她，「小媛？但是，李想需要一個人靜一靜……」

「我跟他說過，只要不趕我走，我就會待在他身邊。」她回頭，開朗一笑，「但是就算他趕我走，我還是會死纏爛打，我不可能放著他不管，因為我是譚子媛嘛！」語畢，她立刻邁開腳步，朝李想的所在地跑了起來。

想著他就在那裡，一個人在那個傷心地，她的腳步越來越快。

「李想的傷口會好的，不管是什麼傷疤，我都會讓它消失的。」

想起自己曾經承諾過的話，就像一股力量，使她能挺直背、抬頭挺胸，毫不猶豫地、更加篤定的朝前方奔跑。

因為在我有困難時你會出現、因為你喜歡一個人逞強、因為和你在一起很開心、因為你是我的英雄……有太多的原因，導致我現在奮不顧身地往前衝。

最重要的是，因為你是李想，所以不管相隔多遠，我都會到你身邊。

「妳已經不是一個人了，不需要害怕。」

別忘了，你也不是一個人，所以再等一下……

我馬上就會到你身邊了。

第十一章

一下子爬上了好幾層的樓梯，原本體力就不好的她感到相當疲乏，到達頂樓的門前，她氣喘吁吁，將手輕輕放在門把上，毫不猶豫地用力推開。眼前先是一陣光亮，令人不禁瞇起眼，接著是一片蔚藍，最後……李想的背影近在眼前。

李想就這樣抬頭挺胸佇立在前方，輕輕將雙眸闔上，感受著徐徐微風吹過自己的臉龐，這個模樣映入譚子媛的眼簾，只使她心一揪，她緩步走到李想旁邊，跟著他一同閉起眼，想要在離他最近的地方，清楚地感受他的心情。

李想朝旁邊一瞥，發現了譚子媛，他有些訝異、但是又並非出乎他意料之外。

沉默了一陣子，他才緩緩開口：「逸哲都告訴妳了？」

見她輕輕點頭，他有些沉重低下頭，兩人之間再次陷入一陣難以喘息的沉默。

不記得沉默了多久，李想才默默開口：「他是很該死的人，把我們家搞得支離破碎就逃走了，讓媽媽難過的這傢伙，我永遠不會原諒他……我原本一直都是這樣想的。」

彷彿使出自己所有的力量，擠出內心的一字一句，「但是……就在他對我說了『對不起』之後，我才發現我想聽的不是這個，其實我並不恨他。」

見李想表情凝重，譚子媛望著前方的風景，城市變得如此渺小，小得能夠塞得下自己的眼眶，她有感而發，「不要哭，這樣他會捨不得離開。」她的語調相當溫和輕柔，「以前奶奶離開時大人是這麼告訴我的。」

李想低著頭不發一語，他知道她竭盡所能在安慰自己，不要難過、要堅強，這些基本的安慰語卻一點也起不了效用。

「但是，那怎麼可能啊。」突然一個轉折，李想轉過頭望向她，譚子媛緊緊握著雙拳，發現自己的聲音開始顫抖，抵擋不過自己紊亂的呼吸聲，她鼻子一酸，眼淚忍不住潰堤。

「我明明就這麼難過啊……」

沒有想到比起自己，她反而先哭了，而自己的悲傷，也似乎就這樣被譚子媛給發洩掉了，他垂下眸，開始沉澱自己的心情。

「為什麼你都不告訴我呢？我們不是很好的朋友嗎？」她抬起衣袖擦了擦眼淚，「你什麼都不說，明明你這麼難過，一直在你旁邊我卻什麼都不知道。」

譚子媛也很訝異自己激動的情緒，不知道是因為想起了最親愛的奶奶？還是因為站在離李想這麼近的地方，她能夠清楚感受到他很難過？而他明明這麼難過，卻對自己的悲傷無能為力，這讓在一旁的她更加於心不忍。

見她為了自己而流淚，他沉默許久，默默開口，「我的爸爸媽媽就是從這裡掉下去了……」他的嗓音異常低沉，帶些沙啞：「我也是。」

一聽見最後三個字，她的動作瞬間定格，愣了半晌，錯愕轉過頭望向他，「你也是……是什麼意思？」

「小六升國一的那個暑假，我也從這裡跳下去，就在和他們一樣的地方。」他用著雲淡風輕的口氣，訴說著令人心痛的過去，「我的左腿骨折，住院好幾個月，所以不回棒球隊，不全是因為工作關係。」

這下子所有事情都能夠連接了起來，當初國中開學，李想晚了兩個月才來上課，原來就是因為他跳樓受了傷正在住院，而在發生這麼多事之後，李想的個性一百八十度大轉變，就是在此時此刻……

「也因為這樣，我患上嚴重懼高症。」他輕柔地闔起哀痛的雙眸，彷彿所有記憶歷歷在目，「只要由上往下看，我就會想起那些畫面。」那些怵目驚心的畫面，當自己已經放棄這個世界、想一走了之的那一瞬間。

「……」譚子媛屏氣凝神認真傾聽，轉頭望向他，「你害怕向前嗎？」

因為害怕，一直躊躇不前，因為認為自己辦不到，久而久之也不願意去嘗試了。曾經，只要站在高處，恐懼不安感就會油然而生，嚴重得使他雙腿一軟、全身無法控制的大幅顫抖，自從發生了那些事，他再也沒有站在高處往下望，他沒有那般勇氣，面對這些夢魘。

「那些回憶並不會因為我爸離開就消失，就和這些傷一樣。」他掀起自己的衣袖，露出手臂上長長一條疤痕，那是在決定結束自己生命時留下的，上天給的懲罰，他不疾不徐將袖子拉下，蓋住傷疤，「為了好好面對事實、為了結束長久以來的恐懼，我才會再次來到這裡……這個我一直不敢面對的地方。」

「所以……你不是想抹滅掉以前痛苦的回憶，只是想要向前走吧？」

「嗯。」簡單乾淨的單音，裡頭包含著多少絕望，他抬起手，輕輕抓住自己的胸口，「但是我心裡的畏懼讓身體抗拒前進，我還是很害怕，不敢向前走。」

見他垂頭喪氣，譚子媛也沉默了下來，四周彷彿再度散發出灰色氣息，兩人即將被絕望掩埋。

她沒有想到李想曾經發生這麼多事，這麼多令人難受的事……如果是自己一定無法承受，這樣被回憶鎖鏈狠狠困住的他、傷痕累累的他，手無寸鐵的她究竟該怎麼將他拉出深淵呢……？

正當自己也陷入一陣掙扎，即將被那陣負面情緒淹沒的同時，太陽即將西下，黃昏散發出來的亮光打在她的臉上，使原本跟著李想一樣垂著頭的譚子媛不禁緩緩抬起頭，目光就這麼被橘黃色的光線吸引，久久無法移開視線。

「在我很掙扎的時候，妳剛好來了，我想如果是妳，應該有辦法安慰他……」

她依稀記得逸哲曾經這麼說過，他相信自己能夠拯救陷入泥沼的李想，那她就更不該放棄。她不知道自己有沒有那個力量，能夠在此時將李想的傷口治癒好，但是她相信，如果只是牽著他的手、帶他向前走，那股力量，她一定有。

如果說李想身處黑夜，那她願意永遠當太陽，只為了照亮他，使他不再害怕。

「那這樣妳不就得一直待在我旁邊嗎？」

永遠待在你身邊，為了當你的彼得潘。

「你忘了我是彼得潘嗎？」她挺直背，抬頭挺胸邁開腳步，在自己掙扎一番、想通了之後，感覺力量好像瞬間充滿全身，對於自己更加篤定，「我會在這裡，就是為了讓你不再害怕鳥瞰這個世界，我會帶著你飛。」

李想有些驚訝地抬起頭，望著譚子媛一直向前走，直到走到邊界，她轉過頭望向他，嘴角輕輕彎起美麗弧線。

「所以，過來吧。」

她朝他伸出手，希望他將自己交給她，一起飛到世界各地去看，想讓他好好地看看，這個讓他們誤以為只有絕望的世界，其實也相當地美麗。

此時，正要西下的黃昏，夕陽光線從西側映照在她臉龐，橘紅色渲染在她的髮絲，剛好與她單純無害的笑容形成正比。李想永遠也不會忘記這一幕，就像譚子媛真的是彼得潘一般，簡單一句話卻使他全身上下充滿力量。

只要鼓起勇氣、踏出這一步，他便能繼續抬頭挺胸走下去。

他緩步向前走，到了譚子媛的面前，緊緊握住她小巧的手，摸起來是多麼溫暖，感覺到暖意從心底開始蔓延。他輕輕闔上眼，面對即將看見成為他夢魘的那個畫面，嘴角還是不自覺顫抖了起來，心跳大幅跳動，不禁冷汗直流，始終不敢踏出步伐踩上台子。

「不用擔心，我們不會掉下去。如果掉下去了，我也會飛得高高的，帶你去永無島看看。」她緊緊握著他的手，恨不得想要將安全感全部傳達給他。

以前聽到她講這種不切實際的話，李想只會覺得無聊又幼稚，可為什麼，現在聽起來卻如此動聽？為什麼現在聽起來，就像她真的會帶著他飛，她肯定的語氣，聽來如此真實，令人願意不顧一切相信她。

被譚子媛不厭其煩地安慰了許久，他才鼓起勇氣，踏出腳步踩上台子。

見他終於鼓起勇氣踏出一大步，譚子媛打從心底感到感動，她握著的手力道又加重了，想要將自己所有的力量轉移給他，「不要怕了，張開眼睛吧。」

李想大口吸氣、吐氣，緩慢地睜開眼，當橘黃色一點一點映入眼簾，那是遼闊的天空，是令人心曠神怡的遼闊。寬大的城市、一座座此起彼落的大樓，對面的高山聳立，像水彩畫般因為遠近距離而有濃淡漸層，空中的白雲也被夕陽的橘紅渲染到邊緣，將整片天空全融合在一起。

這是第一次，他俯瞰的這個世界是如此寬廣。明顯聽見自己大幅跳動的心跳聲，不是因恐懼而加速，是因為眼前的景象很美，被觸動到心底般的真實，讓人以為是在作夢，聽起來卻又清晰。

他深切地感覺到，從此以後望見這樣的場景，不會再想起爸爸和媽媽一同墜落的怵目驚心畫面、不會再想起自己站在高處的那種悲痛絕望，而是會想起現在，譚子媛緊緊握著他的手，將全部力量隨著血液流到他的心臟，給他滿滿的安心感，將他原本油然而生的恐懼感瞬間消滅。

譚子媛見他狀況看起來不錯，慢慢鬆開與他相牽的手。

「很舒服吧？」她對著空中張開雙臂，仰起頭、閉上雙眼，完全用感官感覺在享受這一切，徐徐微風拂過她的臉龐，髮絲一縷縷飄逸在空中，她臉上笑意加深。

「嗯。」他發自內心的喜悅無處掩藏，垂下頭，望著自己的鞋子，他輕喃，聲音輕得彷彿快隨著風飄走：「原來這一步的距離……這麼短。」

他不禁感到神奇，曾經如此抗拒的這一步原來這麼短，曾經如此害怕的畫面原來這麼美，最不可思議的是，那個帶他跨越這些恐懼不安的，竟然是一個成天說要當個孩子的譚子媛……

李想轉過頭望向她的側臉，她輕輕閉起雙眼正在享受，微風將她的髮絲吹到黏在她的唇上，他沒有想太多，伸出手，動作輕柔將髮絲撥開，譚子媛睜開眼對上他的雙眸，當看見她晶瑩透澈的棕色瞳孔映照出自己的面容，他的心跳就這樣漏了一拍，就這麼被她美麗的眼眸吸引住，無法移開視線。

兩人就這麼對望了一陣子，直到李想回過神，快速將手收回，裝作若無其事低頭看著下方。沉默了許久，李想才緩緩開口：「妳說如果掉下去，就要帶我去永無島喔？」

「喔……對啊。」她愣愣回答。

「永無島只會有我們兩個嗎？」

「……應該吧。」他問這個做什麼？

「那我考慮一下。」

「啊？不要考慮啦！我還是希望我們留在這裡啦！」

見她驚慌失措的模樣，李想忍不住摀著嘴笑了出來。跨過了心裡的那一層恐懼、俯瞰著美麗的畫面、吹著涼風，再加上身邊有譚子媛，他感到心滿意足。

如果永無島沒有像這個世界一樣複雜、如果到了永無島真的會幸福……如果真的有永無島，他可能真的會想去，和譚子媛逃到永無島。

突然想到了什麼，李想將雙手放進外套口袋，輕輕垂下頭，一副欲言又止，「逸哲……」見譚子媛歪著頭等待他提問，他抿了抿唇，決定鼓起勇氣開口：「妳跟逸哲……很好嗎？」

「當然啊！」她毫不猶豫用力點頭，豁然開朗展開笑容，她覺得自己和逸哲很有緣，好像不管在哪裡，他的球都會滾來自己腳邊。

「他是不是都叫妳的綽號？」

「綽號？小媛嗎？大家都是這麼叫的啊！」

「那……」他停頓了一下，抬起頭望向眼前的風景，「我能叫妳的名字嗎？」

「……嗯？當然可以啊。」不懂李想為什麼突然說這個，譚子媛有些愣愣地點頭。

李想側過臉望向她，輕輕笑了，深不可測的烏黑瞳孔對上她的雙眸，彷彿將她吞噬其中，一陣風突然從前方吹來，李想的髮絲被風吹拂了起來，即使幾縷髮絲遮住了視線，依舊遮不住他傳遞出來的深情。

他用微啞有磁性的嗓音，伴隨著吹拂過兩人之中的微風，輕輕開口：「子媛。」

彷彿吹過的風都像是樂章在演奏一般，如此悅耳的聲音，一瞬間使她的心微微動搖，她驚訝地睜大了雙眼，愣了半晌，就在這一剎那，突然感覺周遭寧靜了下來，耳邊不停迴盪著那聲輕喚。

待回過神，譚子媛緩緩垂下頭，不敢直視李想的臉，不明白自己為何會感到彆扭？並且因為那聲呼喚太過悅耳而失了魂。一定是因為不怎麼被別人叫名字，突然被叫名字才會覺得不習慣吧！這麼說來……李想似乎是唯一一個會叫她名字的人。

譚子媛輕輕將手放在自己胸口，心跳相當平穩，但是為什麼又會有那股五味雜陳的感受呢？只有和李想待在一起時才會有的、難以形容的感覺，令她感到有些混亂。

李想看起來相當心滿意足，臉上的笑容依舊沒有消退，他向後轉身，準備離開，「走吧，該回去了。」

譚子媛又再次將身處陰暗處的李想帶來光芒，見他平復心情、臉上掛著笑容，譚子媛才放下心中的大石頭，邁開腳步追上他的步伐。

待李想父親的後事處理完畢，李想又再度回到學校上學，一如既往地上學、棒球隊練習、攝影工作，但是在心境上卻有了很大的轉變。

李想只要一有假日就會出去拍照，雖然他正在做攝影工作，卻還只是個小助理，協助攝影師拍攝、架設器具、布置場景等大大小小的雜事，他的老闆「大哥」偶爾會讓他掌鏡，但他仍覺得自己需要花費更多時間練習。

譚子媛時常會陪著他去，偶爾還會邀請方瑀、寧寧或逸哲等人一起來，大家一同談天歡笑時，李想總是會在旁邊認真拍攝。

秋高氣爽的季節，邀約大家一同去公園野餐，為求更有野餐的真實感，一夥人打了地舖，在一片橘紅色的樹葉底下，聽著秋風瑟瑟、看著如金般的秋陽高掛，靜靜感受秋天優雅的歌詠——最重要的是，阿姨做的便當非常好吃。

十二月，伴隨著細細飄雨，寒風更是凍得刺骨。氣候屬熱帶溫暖的臺灣，下雪可以說是奇景，一早看見新聞報導山上下雪了，李想立刻將器材準備俱全、打電話將不肯從溫暖被褥中出來的譚子媛硬拖出門。

在這樣的嚴冬裡運動簡直是酷刑，何況是爬山！吸進肺裡的全是冷空氣，冷得大口吐氣都能看見團團白霧，爬得越高氣溫就越低，李想在背後推著一直喊想回家的譚子媛，兩人跋山涉水、費了一番功夫才終於到達目的地，當一片純白映入眼簾，原本的疲憊都瞬間消失了。

從來沒見過雪的譚子媛相當興奮，在細雪紛飛中跑跑跳跳，甚至做了雪人，雪人擺著死魚眼、看上去相當不悅，譚子媛直說這個雪人的是李想，原本忙著攝影的李想不理會她，後來隨便用腳踢出一坨小雪球，說這就是譚子媛，又矮又胖又醜，逗她笑得不可開交。

就這樣度過了好幾個季節，不知不覺就迎來了春天，整條街上慢慢綠意盎然，是新生命開始誕生的、充滿希望與溫暖的季節，兩人又再度利用假日時間來到公園散步。

「你到底都在拍什麼啊？」一直以來都不會認真看他拍攝，譚子媛過了許久才忍不住問。

「……」他低頭專注看著相機裡的畫面，輕輕揚起嘴角，「我喜歡的東西。」

譚子媛好奇地探頭看，相機的畫面大多數都是花草樹木、小動物等等，這麼說起來，好像常常會看見他拍大自然的景象，例如在公園裡，也很常見到小松鼠在樹上身手矯健地攀爬，或是螞蟻成群結隊搬著一塊餅乾屑之類的……

原來李想有這麼可愛的嗜好？想到這裡，她就不禁偷笑。

李想曾經是全身散發冰冷空氣的機器人，何況以前和嘻哈、矮人和眼鏡走在一起，四個人看起來就像是不良少年，周圍散發著壓迫感，再加上李想總是面無表情，令人更加不敢靠近。

現在的李想稍微改變了，而他的改變也影響到了其他人，其他三個人的行為舉止不再像以前那樣吊兒郎當，偶爾還能看見四個人走在一起時嘻笑打鬧，當然李想只負責在旁邊觀戰，四人走在一起的畫面不再令人畏懼，甚至讓人感到溫暖和諧。

時間一晃，在忙碌與玩樂交錯的日子下，很快地便迎來了畢業季，小綠學姊要畢業了，大家也要升上三年級了，對於自己即將成為最大年級的學長姊還沒有真實感，看著台上排隊領畢業證書的學長姊們，譚子媛開始想像，再過一年，自己也將會參加這場典禮，所有人都會各奔西東，朝自己的興趣去發展。

而她，未來又想做些什麼呢？

最後，整個校園響起畢業歌，在歌曲的沐浴之下，全校學生起立鼓掌，歡送畢業生離開典禮會場，待所有畢業生都離開，在校生也各自回班上繼續上課。

離上課時間還有很長一段休息時間，許多在校生都利用這段空閒時間去找認識的畢業生聊天、拍照留念，方瑀去找以前吉他社認識的學長姊們，只留譚子媛和寧寧回到教室休息。

譚子媛這才想到，不知道李想會不會主動去找小綠學姊？似乎很久沒看見小綠學姊和李想有交集，如果他不去的話，小綠學姊一定會很失望……但是都過了這麼久，小綠學姊會不會已經放棄李想了呢？

正當她還陷在苦惱中，赫然發現小綠學姊站在教室門口外向她招手，譚子媛起身朝門口走去，「學姊，畢業快樂！妳是來找方瑀的嗎？她去找吉他社其他前輩了唷！」

「我不是來找方瑀的。」小綠輕輕漾著柔和笑容，看起來非常無害，「小媛，我是來找妳的。」

「我？」她訝異地用食指指著自己，轉過頭望向寧寧，寧寧也不明白所以。

「我有話想跟妳說，方便跟我來嗎？」

小綠學姊從來沒有特地找過自己，兩人也幾乎沒有單獨說過話，不知道突然找她要說什麼？譚子媛抱著滿肚子的疑惑跟著她離開。

見譚子媛和小綠一同離開的背影漸漸消失，寧寧並沒有想太多，再過不久就要升上三年級，也即將換教室，她決定趁這個空檔將自己的書桌整理乾淨。她將課本一本本從抽屜中拿出，回憶也一層層浮出。

她想起一年級剛開學時，因為坐在隔壁而先認識了方瑀，開學一陣子後大家幾乎都組織成了一個個小團體，但還是有鮮少人錯失良機而獨自一人行動，譚子媛就是其中一個例子。還記得老師請人幫忙搬東西回辦公室時，全班只有她舉手，明明所有人都避之唯恐不及的麻煩事，她卻願意接受，只為了幫助別人。

最初常常見她一個人坐在座位上吃午餐，有好幾次見她似乎想要鼓起勇氣想要開口和同學對話，但在她猶豫的時候同學就離開了，雖然沒有成功，但也沒有因此垂頭喪氣，甚至還會聽到她小小聲地幫自己加油。

而結下三人緣分的那天，是與方瑀走在樓梯間時不小心與她擦身而過，她笑著說沒關係，下一秒卻自己踩空摔下樓梯，這就是個最大的轉捩點，一個命運的安排，才讓三人能夠合在一起。

她是個這麼努力、善良的女孩，令人忍不住想要主動靠近她，只要待在她身邊就會被她的開朗給感染，我想，李想應該也是吧？

這麼說她才想起來，那天兩人原本打算去合作社，在走廊上與李想和其他三人迎面而來，當然，與嘻哈熟識的她又開始你一言我一句的戰爭，而在這期間，她依稀聽見李想對方瑀說：「你們班有個被排擠的，現在要下來了，去跟她說說話吧。」，當時討厭李想的方瑀原本不想理會他，但兩人卻還是改變了路徑，決定回教室而走上樓。

雖然當時討厭李想的方瑀不願意承認，但她心裡一定還是很感激李想的。因為他在後面推了一把，兩人才有勇氣走上樓、才有勇氣改變了命運，也才因此遇見了譚子媛。

三個人能在一起，全都是李想的功勞，所以現在她也希望，他們兩個人能在一起。

「咦？小媛呢？」

寧寧抬起頭，發現方瑀手上拿著麥克筆，看來是替認識的學長姊們簽了名，畢業生們相當流行在自己的制服上簽名，雖然現在世代已經相當進步，但這樣的行為存在於現代反而充滿濃濃人情味，真希望這樣的傳統流行永遠不要消失。

「剛才小綠學姊來找小媛，兩人不知道去哪了喔。」寧寧繼續低頭整理抽屜，正巧有本書緊緊卡住，她用力一拉便掉落滿地。

「小綠學姊？」方瑀彎下身替她撿起幾本書，「剛才吉他社的前輩們都聚在同個地方，就只有小綠學姊不在，我找遍了校園都沒找到學姊耶。」

「會不會是跟小媛去了哪間教室？好像說有事要跟她說，但是現在學校到處都是人，才想到隱密一點的地方好好談吧。」

「有事？學姊會要跟小媛談什麼？這兩個人幾乎沒有交集才對啊……」方瑀越想越不對勁。

正當她還陷入苦惱中，見教室外有一群畢業生經過，她下意識指向她們，「啊，是之前找小媛麻煩的學姊們。」

寧寧朝她指的方向望去，那些三姑六婆映入眼簾，只讓人嗤之以鼻，「哦～終於要離開學校了嗎，這些仗著前輩的名義想欺負我們的八婆。」

「其實，我之前就一直覺得她們有點眼熟。」方瑀皺眉頭的力道加深了，「現在她們都要離開了，我一定要想起來才行……」她一手托著下巴，絞盡腦汁地回想，為什麼會覺得眼熟呢？到底是和什麼有關聯呢？

見方瑀又開始為無謂的事陷入沉思，寧寧無奈地聳了聳肩，將整理好的書本放回抽屜，「那群八婆怎樣都好吧，要不要先去找小綠學姊和小媛啊？快要上課了喔。」

「小綠……」一聽見關鍵詞，方瑀瞬間領悟般地瞪大眼，「啊！我想起來了！」

一些想法在腦海裡快速掠過，她不敢置信地捂住嘴，「那些學姊……好像是小綠學姊的好朋友。」

「所以呢？就算她們是朋友，但還是和小綠學姊無關吧？」

「……」像是突然領悟到了可怕的事實般，方瑀的臉色漸漸沉重了起來，「寧，不知道妳有沒有印象，小綠學姊曾經和李想在一起。」

寧寧輕輕皺起眉宇，用力回想，「嗯……好像有這麼一回事，因為過太久了幾乎都給忘了。」見方瑀的神色不對勁，她也跟著有些緊張，「所以……？」

「小綠學姊還喜歡李想……」她的聲音漸漸小聲，「學姊對李想的態度和對其他人不一樣，看他的眼神很溫柔，學姊對李想念念不忘，我們都看得出來，但是就像妳說的，時間久了，我們就把這件事給忘了……」

「所以妳的意思是……」寧寧漸漸明白方瑀神情變凝重的原因，將一件件事情串在一起後她恍然大悟，被自己的揣測嚇得倒抽一口氣。

「小綠學姊還喜歡李想，見最近的小媛和李想處得很好，心生恨意，為了除掉小媛而找來那些學姊？」她歪了歪頭，「但是絆倒小媛的那些學生和我們同屆，小綠應該不認識她們才對啊？」

「這不一定，她不需要一個個去找協助自己的同學，只要到處散播謠言，欣賞李想的那些女同學自動會上來找小媛麻煩。而且妳還記得當初謠言有一項是小媛當了第三者，破壞別人感情嗎？」

「難道……是小綠告訴別人，自己和李想的感情是被小媛破壞才分手的？」了解了所有事實的寧寧簡直不敢相信，「天啊！原來那些臭八婆和那些滿天飛的假謠言都是來自於小綠……她明明一直都是這麼溫柔無害的形象……結果居然是天使臉孔、惡魔心腸，太可怕了！」

「這些都是我們自己的猜測，還不能下定論，但目前能確定的是小綠找小媛一定不是好事，我們最好趕快找到她們。」相較於寧寧，方瑀顯得冷靜許多。

待寧寧冷靜下來立刻點頭同意，兩人便急忙拔腿往教室外奔去。

第十二章

「妳是新生？想加入吉他社嗎？」

「妳彈奏的音色很溫柔、很穩重，用音色就能聽出一個人的性格喔！」

「妳叫方瑀昕？那……以後我就叫妳方瑀吧？」

「歡迎入社，我是吉他社社長——小綠。」

小綠學姊是個很溫柔有氣質的女人，更是令大家崇拜尊敬的前輩，即便她總是笑臉迎人，在領導上卻又不失威嚴，一個瘦弱柔和的女子要領導將近五十人的吉他社，一個人在背後推動著社團，將原本成員寥寥無幾、差點面臨廢社的吉他社一把撐起來，吉他社才得以東山再起。

「吉他社，我相信妳可已經營得很好，因為妳是我拉進來的人才嘛。」

「方瑀，吉他社就交給妳了。」

她相當敬佩小綠，尤其是在當上社長後，她才知道當社長真的不容易。方瑀這個綽號是她取的、社長頭銜也是她賜給她的，小綠對她就像對親妹妹般親切，一直無怨無悔地幫助她，她打從心底喜歡小綠。

但……

「有妳們真好……」

小媛也是打從心底重視她們，在說這句話時，她臉上的笑容與平時開朗地模樣不同，是重視、是喜歡、是由衷感激，這句話的音調就像吉他發出的音色一般，相當清晰地在傳遞，濃烈的感情像大浪一般向她襲來，她清清楚楚地接收到了。

她不相信小綠是主使者，希望自己的揣測都是錯誤的，但是若是真的……傷害小媛的人……即便是小綠學姊，她也不會原諒。

方瑀和寧寧前後奔馳在走廊上，不知道小綠究竟會對小媛做什麼，兩人像是火燒屁股般相當著急，一邊快速檢查每間教室、一邊思考著還有哪些地方有可能，方瑀一個不注意撞上迎面而來的同學，她急忙道歉，正準備離開。

「方瑀、寧寧？妳們怎麼了？看起來這麼著急。」聽見熟悉的嗓音，方瑀才抬起頭察看，逸哲和棒球隊幾位隊員走在一起。

「逸哲！」寧寧開心地上前，在這種緊要關頭，能找到認識的人幫忙真是太好了！「你有看見小綠學姊和小媛嗎？」

「小媛？我剛才去找棒球隊前輩們聊天，好像有見她們往那個方向去了。」他抬起食指指向遠處聳立的大樓，看見他指的方向後，寧寧的擔憂更加深了，「那棟大樓不是幾乎廢棄了嗎？」

「那裡已經不辦事了，只拿來存放物品，是學校最隱密的地方，幾乎不怎麼有人會去的……」方瑀不安地握緊拳頭，開始有種不好的預感油然而生。

見兩人互看了一眼，表情相當凝重，逸哲才轉過頭向其他人說：「抱歉，你們先回教室吧。」他倏地轉過身，「走吧！」丟下兩個字，他開始邁開步伐奔跑。

「這麼突然?!」方瑀和寧寧面對他突如其來的舉動，來不及反應，只好趕快跟上他的腳步。

「現在很急著找小媛吧？詳情等會再告訴我吧，先找人要緊！」

方瑀和寧寧在途中將事情經過和她們的揣測全告訴了逸哲，三人匆匆忙忙趕到了目的地，一上到二樓便聞到濃濃燒焦味，走過轉角處，映入眼簾的是從教室內傳出的陣陣煙霧，三人立即衝了過去，隔著窗戶，從團團煙霧中依稀看見有人倒在地上，定睛一瞧……

倒在那裡的人，是譚子媛。

「小媛、小媛！醒醒啊！」寧寧焦急地拍打著窗戶，想要試著叫醒裡頭的人，「怎麼會只有小媛一個人？小綠學姊呢？」

方瑀試著打開門，但不管是前門還是後門的門把都無法轉動，「不行……門打不開，從裡面鎖死了！」

「鑰匙……鑰匙會在哪？」寧寧急得幾乎無法思考。

「不行，找鑰匙可能會花費太多時間，這煙這麼嗆，她受不了！」方瑀靈機一動，拿起一旁的盆栽，「乾脆直接把窗戶砸破好了！」

「等等！」逸哲抓住她的手，急忙阻止她的行動，即使在這樣緊急時刻，依然能夠冷靜判斷，

「小媛離窗戶距離滿近的，如果砸破玻璃也許會傷到她。」
「可是我們束手無策了，該怎麼辦？」
「……」逸哲走到門前，抬起腳，朝門把用力一踹，門把瞬間脫落，他看向兩人，開朗地比出拇指，「這樣不就好了嗎？」
在旁邊觀看的兩人嚇得愣在原地，真不愧是運動健將，還是不要輕易惹怒他比較好……
逸哲再次抬起腳往門用力一踹，「磅」的一聲巨響，門就這樣被撞開了，裡頭煙霧瀰漫，幾乎無法看清楚眼前的視線，只要不小心吸進一大口煙就能嗆得讓人止不住咳嗽，逸哲毫不猶豫地衝進裡頭，在瀰漫著白霧的空間中，他只能一邊用衣袖擋住自己的呼吸，一邊盡可能地揮開濃濃煙霧。
在外頭的兩人正準備隨著逸哲的腳步，才剛踏進教室，立刻被逸哲喝止：「妳們不要進來！」第一次看見逸哲貌似因緊張而生氣的怒喊，音量大得將兩人嚇得聳了一下肩，兩人互望了一眼，面對這樣嚴重的場面當然不敢輕舉妄動，雖然相當焦急慌張，但現在進去說不定只會再添加麻煩，兩人協商後決定乖乖在外頭等。
逸哲發現了倒臥在教室中央的譚子媛，立刻上前扶起她，「小媛、小媛……」他輕輕搖晃譚子媛，試圖將她喚醒。此時他也發現燃燒的起源都是在邊緣，而且只有少少幾處，譚子媛身上也沒有任何被燙傷的痕跡，看來放火的人只是想惡作劇，並沒有真的要傷害她的意思……
「……逸哲？」譚子媛緩緩睜開眼，從迷濛的視線中看見逸哲模糊的面容，「……咳咳、咳咳……！」由於被煙霧嗆到，她大力地咳嗽。
「是我，妳不要說話，我馬上帶妳出去。」逸哲緊緊抓住她瘦弱的身軀，將她扶起，走到邊緣，一手觸摸著牆壁，沿著牆壁向前進。

因為身體不適導致全身癱軟，譚子媛踏著艱辛地每一步，「逸哲……謝謝你……」

「……」他有些訝異地望向譚子媛，隨後繼續邁開腳步，「別擔心，我不會讓妳出事的。」

即便意識不清，她還是用盡全身力量勾起嘴角，「我……又被你救了……」

逸哲身子微顫，她的話清晰地傳進耳裡、腦海裡……然後傳進心裡，明明是一句如此悅耳動聽的話語，對他來說卻是有些沉重、令他難受，沉默許久，他輕輕垂下眸，用就連自己也聽不見的渺小音量道：「……我才是。」

一出到教室外，光線亮得令人不禁瞇起眼，方瑀和寧寧急忙衝上前來扶過譚子媛，逸哲瞥見一旁站了一群女學生，他好奇詢問，「那些人是？」

「就是她們放火的。」方瑀瞪向她們，眼神瞬間變得冰冷凶狠，彷彿有怒火在她背後燃燒。

「對、對不起，我們不是故意的……」其中一位女學生嚇得不停顫抖。

「我們只是想要嚇嚇她，結果事態變得嚴重時才發現鑰匙不見了！」另一位女同學接著說：「因為不知道要怎麼辦，我們才會趕快去找人來幫忙……」

「誰會相信妳們啊！嚇嚇她？妳們簡直是要置她於死地吧！」寧寧幾乎失控，氣憤地朝著她們咆哮，「居然在學校裡面引發火災，而且縱火完就逃，妳們是真的想殺人嗎？」

「我們真的沒有要傷害她！我們沒有逃，是去找人幫忙！我們都沒有想到會這麼嚴重……」

「你他媽的……」方瑀理智線瞬間斷掉，咒罵一聲後衝上前抓住女學生的衣領，見方瑀失控掄起拳頭，逸哲馬上抓住她的手制止她的行動，「她們說的是真的。」

方瑀慢慢轉過頭望向逸哲，神情像是蒙上一層冰霜般，從她的眼神中能看出來她簡直氣得不能思考，「什麼是真的？」

「她們只在幾處灑油燃燒，而且都是在邊緣，小媛幾乎不會去碰到，她們只是想要製造火災的假象嚇嚇小媛，沒有真的要引發火災的意思。」

「我才不管這些，不打她們一頓我沒辦法消氣。」方瑀緊握拳頭的力道加深了，力道重得幾乎將指甲陷進肉裡，她再次惡狠狠瞪向眼前的女學生們，「妳們這些人到底夠了沒……這樣一直欺負別人很好玩嗎？見別人受傷、見別人難過妳們很開心？妳們他媽的是惡魔嗎？」

女學生們被她氣憤地怒吼震懾地不敢動作，一個個低著頭不敢直視她因憤怒而扭曲的臉。

「小媛她……一直很努力只是想要交朋友，她這麼善良這麼單純，不管怎麼被欺負還是笑著，從國中開始直到現在，為什麼沒幾個人看見她的好，大家只會這樣傷害她？」方瑀情緒激動，無法抑制自己身子大幅顫抖，她緊緊抓住女學生的衣領，眼淚忍不住奪眶而出，「她像太陽一樣，替我們帶來溫暖和快樂，但為什麼都沒人看得見？她只是因為討厭大人才想當個孩子，為什麼妳們要用異樣眼光看她？」

見方瑀潸然淚下，逸哲才緩緩放開手，寧寧不禁鼻子一酸，緊緊抱著譚子媛，忍不住躲在她身後偷偷掉淚。

「她明明從來不會傷害別人，憑什麼她要一直被妳們這種人傷害？妳們到底憑什麼！」方瑀失控尖叫，原本掄起的拳頭朝一旁牆壁重重捶下，累積已久的憤怒和悲傷一次爆發，那一下震動幾乎震進在場所有人的心。

「媽咪！夠了！」寧寧抑制自己顫抖的聲音，大聲提醒，「我們要趕快叫救護車，帶小媛去醫院！」

一說到小媛，方瑀才像是靈魂回到身體般回過神，她用力推開女學生，回到譚子媛和寧寧身邊，努力抑制雙手顫抖，從口袋中拿出手機，「對……要趕快叫救護車才行……」

「不要……」譚子媛使盡全力，抬起手覆在方瑀的手上，「不要叫救護車，不要把事情鬧大……」

「都這個時候了，妳還替她們著想？」

「我真的沒事……媽咪，拜託……」

「……」方瑀有些掙扎，但是多少也能料到譚子媛會這麼做，因為她就是這麼善良，她輕輕闔上雙眼，深吐了口氣，將思緒冷靜下來後開口：「逸哲，能請你帶小媛去醫院嗎？」

「當然。」逸哲二話不說點頭答應，動作輕柔將譚子媛抱起。

方瑀從錢包中拿出兩張鈔票，遞給寧寧，「寧，妳也跟著去，幫他們攔計程車，到了醫院，有什麼狀況都要馬上通知我。」

「好。」寧寧接過她手中的鈔票，「媽咪，妳呢？」

方瑀瞥向一旁，還有陣陣煙霧冒出的教室，「我要留在學校把這些事處理完，這裡也該收拾乾淨。」見寧寧一臉擔憂，她輕輕漾起柔和的笑容，「放心，我不會把事情鬧大，但這些人該有的懲罰還是該給。」

「還有……」方瑀輕輕瞇起眼，望向即將離開校園的畢業生隊伍，掛在胸口上的胸花映入眼簾的同時，格外刺眼，「私人恩怨也該解決了。」

「她明明從來不會傷害別人，憑什麼她要一直被妳們這種人傷害？妳們到底憑什麼！」

那聲怒吼簡直震耳欲聾，即使捂住耳朵依然能聽見，包含在裡頭的悲痛欲絕使它變得更加尖銳，尖銳地直直刺進她的心臟，只要呼吸便會感到痛。緩緩睜開眼，譚子媛發現自己身處一個白色空間，放眼望去一片荒蕪，空虛、寂寞像潮水向她襲來。

她看見方瑀和寧寧就站在她面前，她們在哭，淚水沾濕了美麗的臉龐，和她記憶中的她們開朗堅強的模樣形成對比。只因為自己被欺負了，她們很生氣、很難過，所以忍不住哭了。

「不要哭……」譚子媛的嘴唇一開一合，但是聲音卻無法傳達出去，就連自己也聽不見她們的聲音。她朝兩人伸出手，卻感覺中間隔了好長的距離，即使用盡全身力量，依然無法觸碰到她們。

不要為了我哭……我真的沒事！雖然被欺負的感覺很不好受，但我知道妳們都在，我不是孤軍奮戰，所以我不害怕……

當內心的聲音傳達出去了，眼前的畫面突然散發出一陣白光，刺眼地令譚子媛不禁瞇起眼，再度睜開眼時，只見小綠學姊就站在眼前，而她們正處在火災前的那個教室。

「再過兩個月，我就有可能見不到李想了。」

「等到暑假結束我就要離開台北、南下去讀大學，因為我沒時間了，所以只好出此下策，我以為這樣就能逼退妳，其實我不想傷害妳。」

小綠將自己的惡行惡狀全向她坦承了，而她依然抬頭挺胸直視著自己，不是因為她毫無悔改之意，只是因為喜歡李想的心情很單純，那份濃烈的情感使得她能夠挺直背、站在她面前和她談話。

「為了李想，我願意變成大家口中的壞人，就算全世界都討厭我也無所謂……我只是想要李想陪在我身邊。」

從她的堅定眼神中能夠感覺得出，她是真心喜歡李想，喜歡到無法自拔，所以即使做出這些傷天害理的事、即使她一點也不想傷害任何人，她還是會將阻礙物全數斬草除根。

從她身上散發出濃烈的氣息，她相當明白自己的心意，所以才有如此強大的力量，一陣陣壓迫感逼得譚子媛不得已退後幾步。

「那妳呢？妳喜歡他嗎？」

一陣強風迎面而來，重重打在譚子媛的臉上，她驚恐地瞪大眼，發現自己又回到了白色空間，但這次，她的身邊什麼也沒有。

她一句話也說不出口。

「妳不該給他期待，他會因為妳而受傷。」

「感情就像天平一樣，必須兩邊一樣重量才能平衡，再這樣下去，墜落的會是李想。」

那些話語盤旋在自己的耳邊，不管怎麼做都揮散不去，思緒相當混亂，就連自己也無法控制。

她不明白小綠在說什麼，所以她開始捂起耳朵，她不明白，不對……她不想聽……！她不想因為這樣讓她和李想的世界崩塌！

「媛，妳要跟著媽媽去日本嗎？和媽媽、叔叔和妹妹，我們一起生活。」

「妳會留在臺灣的吧？」

為什麼……為什麼都要我選擇呢？選擇就像拉扯一樣，最後只會將我四分五裂啊……譚子媛躲在角落蜷起身子，將自己縮成一小團，不敢面對站在十字路口的可怕命運，她緊緊捂著自己的耳朵，像隻瘦弱無助的小兔子般顫抖。

待在原地不停顫抖，累了就闔上眼休息，醒了繼續做無謂地掙扎，直到她想起小綠學姊的最後一句話——

「妳逃避也沒有用的，就算妳把書本闔上，裡頭該發生的故事還是會發生的。」

譚子媛倏地睜開眼，像是觸電般從病床上跳起，她大口喘著氣，全身冒著冷汗，夢中的畫面太真實，彷彿空氣中瀰漫了冰冷，刺痛著她的肌膚。

「怎麼了？做惡夢了？流了好多汗……」譚子媛定睛一瞧，寧寧坐在病床旁，拿起手帕替她拭去因驚嚇而冒出的汗水，語氣相當柔和，一下子地撫平了她激動的情緒。

寧寧在這……就在我的眼前，她沒有消失、她沒有在哭……見譚子媛眼神有些迷濛，寧寧將她攬進懷裡，在她耳邊輕聲細語道：「別擔心，逸哲在外面暫時不會回來，我會替妳遮住。」

譚子媛愣了半晌，沉浸在溫暖的懷抱中，感受著從寧寧身上發出來的溫度，漸漸傳達到自己身上，讓她不再感到冷，鼻子一酸，她輕輕將頭埋進寧寧懷裡痛哭失聲。那些刺耳的話語依然徘徊在她耳邊，於是她用自己嘶啞的哭聲，將其掩蓋。

穿過重重人群，方瑀看見了熟悉的身影，雖然被淹沒在人海中，隨風飄逸的長髮和全身散發出的氣質別無他人，她直直走向曾經崇拜的人面前，回憶就像潮水撲來，一下子就將她滅頂，一闔上眼便使人窒息。

她有多麼希望這一切都只是誤會，若一切都是自己的揣測出錯，主使者並不是她、這些事全和她無關……那她們的關係將不會破碎。

再次睜開眼，看見眼前的人漾起溫柔的笑，曾經令人感到舒服溫暖的笑容，現在已變得深不可測，她瞬間領悟，那些曾經尊敬和喜愛的神情，再也不會出現在自己臉上。

「方瑀，妳去哪了？剛才吉他社的大家聚在一起時就不見妳了。」

見小綠依然揚著笑容，和平時一樣的柔和語氣，就彷彿什麼事都沒發生，方瑀決定平穩自己情緒，先裝作若無其事地試探，「我才是，找學姊好久了，聽說妳去找小媛？」

「是啊，和小媛聊了一下。」她看向一旁，抬起手撥了撥被風吹起的髮絲，臉上的笑容依舊沒退去，「我都畢業了還沒和小媛聊過，之前她上台唱歌真的讓我很驚豔，也許以後還能再和吉他社合作。」

「學姊即使要離開了還是一心掛念著吉他社啊……」方瑀收起笑容，「但是我聽說學姊帶著小媛去到廢棄大樓，只是為了談這些事嗎？」

「……」小綠沉默了一陣子，她看起來一點也不驚訝，不疾不徐轉過頭對上方瑀的雙眸，臉上的笑容未減，緩緩道：「方瑀，妳在懷疑我嗎？」

方瑀有些怔住，雖然小綠還是像平時一樣笑著，聲調也依然柔和，卻突然像變了一個人似的，瀰漫在她周遭的氣息都變得不一樣了，沉默了好一陣子，方瑀才下定決心開口：「前陣子在校園內流傳著李想和小媛在一起、小媛是第三者等等的謠言，因為這些謠言，開始有人盯上小媛，甚至對她做出肢體上傷害的舉動……所以我懷疑有主使者。」她神情正色嚴肅，語氣沉重，「如果是我誤會了，那我一定會好好向學姊道歉，但如果這些都是真的……」

看著方瑀聲色俱厲的模樣，小綠不禁輕笑，「方瑀妳啊……頭腦真的不是普通地好，不愧是我看上的人才，居然連這些事都能想得到。」她毫不畏懼與方瑀四目相交，「是我沒錯喔，散播謠言的人。」

方瑀簡直不敢置信，眼前的人已不再是她認識的小綠學姊，即使自己的惡行被揭穿了，她也不慌不忙，甚至一副認為自己的所作所為都是正確的，令人感到害怕，面對這樣直接承認的小綠，方瑀一句話也說不出口。

「反正我全都向小媛坦承了，也沒什麼好隱瞞的，妳應該也很清楚我的原因是什麼，我不想傷害她，所以才會給她忠告。」她依然理直氣壯挺直背，「而且說到李想的事情時，她好像也不是很在乎，一句話也不反駁，反倒說到她父母即將離婚的事，她看起來就很動搖。」

方瑀瞬間瞪大眼，「妳為什麼會知道她家裡發生的事？」

「她父親是企業大老闆呀，我父親和他有工作上的合作，她們家的醜事在企業界傳得沸沸揚揚，我自然而然也就得知了。」她不以為意聳聳肩，從方瑀眼中看到的她，全身散發著惡意。

「……妳到底對她說了什麼？」

「我也沒什麼能說的，她自己都很清楚才對呀，只不過是稍微提醒她一下，她那對互相利用的父母即將離婚了，在這樣充滿利益關係的環境長大，她到底是真的單純還是只是在裝傻呢？」她輕輕揚起嘴角，充滿惡意的角度，令人不寒而慄，「為了趕快繼承王位，甚至謀殺奶奶，真是可怕的家族。」

方瑀倒抽一口氣，感覺自己的體溫彷彿瞬間全被抽走，冰冷感從腳底慢慢往上蔓延，她簡直不敢相信，小綠難道連這些話都對小媛說了？多麼可怕的人……竟然能毫無感情的重擊別人最深的傷處，事後甚至能笑著對別人說事發經過。

小媛曾經把這件事告訴過方瑀和寧寧，那是因為她非常相信兩人，而且將她們視為最重要的朋友。那些埋在小媛心裡最深處的、將她重傷的那些流言蜚語，她們就連碰都不敢碰，眼前的人竟笑著說出來了。

這讓她想起剛開始小媛向她們坦承自己家世時……

「所以妳相信，妳的父母為了篡位而謀殺妳的奶奶嗎？」

「這種事當然是不可能啊……」

「為什麼？妳不是和他們都處得不好嗎？而且他們都很現實、懂得利益關係不是嗎？」

「是啊，但我還是清楚這種事情是不可能的。」譚子媛燦爛笑著，指向自己，「因為我是他們的小孩嘛。」

就連譚子媛都如此相信自己的父母，那些沒有證據的人憑什麼惡意散播謠言？一個家族就因為這些惡意謠言給汙衊了名譽，就像小媛被說是第三者一樣，即使是清白的也不會有人相信，流言蜚語就是有這般力量，摧毀一個人。

「有其父必有其女，雖然目前她還沒有表示，但不代表以後她不會像父母一樣貪圖利益啊。」

聽到這番話，方瑀不禁笑了出來，「那散播那些惡意謠言的人，該不會就是妳的父親吧？因為忌妒人家事業有成，所以要搞臭人家的名聲？」像是反將一軍般地勾起嘴角，「有其父必有其女嘛。」

小綠的臉瞬間變得冷峻，看來是踩到她的地雷了，「妳連我爸爸都沒見過，在瞎扯什麼？」

「妳不是也在做一樣的事嗎？能體會被亂汙衊的感受了嗎？」

「……」

兩人陷入一場沉默，彷彿周遭瞬間結凍般，充斥著冷空氣，即使這樣的氣氛令人感到渾身不舒服，方瑀依然氣勢洶洶，不打算認輸，但沒想到最先移開視線的，是小綠學姊。

她輕輕嘆了口氣，僅僅是不想繼續對峙而避開視線，但就在這時，她瞥見了站在一旁柱子後的身影，似乎是等待許久，最後不疾不徐朝這裡走來，那個一副無所謂的態度、泰若自然的神情，朝向自己迎面而來，熟悉的面容漸漸清晰。

「……李想？」小綠驚愕睜大著眼，原本的從容瞬間動搖，她絕對沒有想到李想會在這裡，因為原本李想是不會來替畢業生送行的，儘管是她。

「你也太晚才出現了。」方瑀並沒有轉過身去看向他，李想走到她身旁，與小綠面對面，雙手插在褲子口袋，看上去還是一如往常悠哉自在，「因為還想多聽一點，這段期間發生了多少我不知道的事。」

小綠握緊雙拳，憤恨地瞪著方瑀，她沒有想到方瑀竟然還叫了李想一起，現在回想起來，方瑀長篇大論說著事情經過時，就是為了說給不知情的李想聽，而自己正巧掉入這個陷阱。

曾經那麼尊敬的學姊、曾經那麼喜愛的學妹，如今竟然會淪落到變成諜對諜的窘境，令人不禁悲從中來，小綠緩緩鬆開自己因不甘而握緊的拳頭，她調適好自己的心情，再度開口：「就算李想知道了也無所謂，兩個月後我就要離開台北了，所以我也不會再找她麻煩。」

「妳都做到這種地步了，要我怎麼相信妳？」方瑀輕輕瞇起眼，神情帶著不信任。

「信不信都無妨，我本來就不討厭小媛，只是想把擋在中間的石頭移開罷了……」

「小綠。」沉默許久的李想終於開口，他的嗓音相當低沉，沉得彷彿獅子正在低吼，小綠從來沒聽過李想用這種語氣喚她的名字，沉重地令人心頭一緊，就像是小孩做錯事被大人責罵一般地害怕，他直盯盯對上她的眸，一如往常的面無表情此時看起來特別令人寒顫，「唆使那些人去傷害譚子媛的人，是妳？」

像是被張牙舞爪的獅子盯上的獵物一樣，小綠不自覺地渾身發抖，從來未見李想動怒，即便還是一樣面無表情，從他身上散發出強烈的憤怒氣息卻揮之不去，她急忙辯解，「不是！我沒有叫她們去做那些事，更沒有想到要讓小媛受傷，我只是……」

「還有李智。」他狠狠打斷她的話，緩步走到她面前，「妳也不是真心喜歡他，對吧？」

「我……」一提到李智的名字，使她的話語瞬間堵塞在嘴邊，原本的從容一對上李想就全部瓦解，「李智只是覺得好玩才會和我在一起的，我們彼此都沒有感情，如果他喜歡我，怎麼還會願意幫我？怎麼可能會有人願意這樣傷害自己？」

「妳怎麼知道？妳從來就不曾好好看看他，他有沒有受傷妳永遠也不會知道。」

「……」像是被說中了一樣，小綠終於沒有反駁的權力，她顫抖著嘴唇，屏氣凝神等待這令人窒息的每分每秒流逝。

李想由上而下看著她，就像鄙視一般的眼神，他輕輕瞇起眼，這也代表他打從內心感到憤怒，這次他的聲音異常沙啞，一字一句刺進小綠的心臟：「妳……真的讓我很失望。」

小綠不敢置信地睜大雙眼，從來沒有見過李想這種眼神，那個她全心全意、掏心掏肺對待的人；那個她寧願與全世界對抗，只願將他留在身邊的人，竟會用這樣的眼神看自己，鄙視、失望、厭惡，太過強烈，強烈得令她一瞬間就忘了他原本應該要有的表情。

在她記憶中的李想，應該要是被她撫摸著頭，嘴上說著頭髮會亂，但還是會閉起眼睛享受的可愛模樣，還有那些溫柔、貼心的他……那些畫面在此刻全部崩潰，只剩下厭惡，極度厭惡。

就像是被抽走了靈魂似的，小綠愣在原地許久，不知道究竟是因為傷心還是氣憤，當她回過神才發現自己全身不停顫抖，她使盡全力緊握雙拳，情緒太過激動不自覺將指甲插進肉裡，她用力扯下胸口上的胸花，朝李想身上奮力一丟。

胸花砸在他的身上，根本不痛不癢，想著她可能是覺得被說中了才惱羞成怒，他抬起眸再度看向小綠，當她的面容映入眼簾，他卻突然愣住了。

小綠滿臉都是淚痕，哭得簡直快喘不過氣，眼淚卻不聽使喚地瘋狂落下，原本應該要是所有人尊敬的榜樣、校園中的氣質女神，居然就這麼站在中庭哭得花容失色，她努力抑制顫抖的嗓音，幾近聲嘶力竭，「為了留下你……全世界都討厭我了，這下你也要走了，我剩下什麼？」

李想低下頭看著方才朝他丟來的胸花，砸中他的力道相當輕，不痛不癢，但她呢？眼前的人明顯是重傷了，但是在感情裡不就是這樣嗎？感情放得重的人就是傷得越深，沒有感情的人，再怎麼樣也不會感到一絲癢啊。他輕輕闔上眼，為自己傷害了眼前的女人而感到愧疚，「我從來就沒有停留，只要我不想，沒有人留得住我，這一點妳不是應該最清楚嗎？」

她抬起手抹掉臉上的眼淚，這使她看起來更加狼狽，像是無助的孩子般啜泣，「我為了你，其他什麼都可以不要，為什麼你不是呢……？」

那些聲音聽起來簡直令人心碎，宛如她的世界崩塌了一般，痛苦煎熬的吶喊傳進了他耳裡，哭得多麼令人心疼。

「……抱歉。」李想輕輕垂下眸，蘊含了許多歉疚，最終只能得出一句道歉，「沒有辦法和妳有相同的感情，讓妳受傷了，很抱歉。」

眼前的李想不再向過往一樣冷酷無情，即便連眉頭也沒有皺，也看得出他眼神散發出的悲傷，他是真的感到傷心，雖然那不是喜歡，也許那只是同情，但那是只專屬於給她的感情，她也確確實實收到了。

「你討厭我了嗎？跟其他人一樣，覺得我是個壞人嗎？」

「雖然這次妳真的做錯了，但我不會討厭妳。」他的眼神中充滿堅定，「我知道妳並不壞。」

說了這樣的話，要我怎麼捨得放棄你呢？我知道自己不管做了多麼不可饒恕的事，你也會原諒我，只有你會這樣對待我，所以我才會如此瘋狂地渴望著你啊……可能也是發洩夠了，小綠的心情慢慢平復下來，「譚子媛她不喜歡你，就像我們現在這樣，你也會受傷的。」她吸了吸鼻子，「我不想看你受傷，因為我知道這很難受。」

「喜歡的人不需要自己，很難受。」丟下這句話，小綠逕自離開了校園，徒留李想和方瑀還站在原地，也許小綠永遠也不會再回到這個地方，而她方才的最後一句話，依然迴盪在他耳邊，久久無法平息。

第十三章

聽見外頭小鳥此起彼落的鳴叫聲，李想被從窗外照射進來的刺眼光線給叫醒，他緩緩坐起身，眼睛還未全開，為了清醒自己的腦袋，只好拖著疲累的身軀走到浴室去梳洗。

「想，便當在桌上，要記得拿喔！」聽見媽媽從廚房傳來的提醒，他邊刷牙邊回應，「我雞奧。」滿口泡沫使他口齒不清。

一如往常的早晨，每天都照慣例如此進行著，但正當李想已經走到廚房拿了便當，準備出門時，開始發覺有些不對勁，總覺得好像少了什麼？能是剛起床，腦子還有些不清楚吧。

「我出門了。」他不以為意，穿了鞋子後準備出門上學，一打開門，原本該映入眼簾的畫面卻已不再，此時的他才突然愣住，眼前空無一人，這個畫面本來不應該覺得奇怪的，也不知道是什麼時候才開始習慣，習慣不再一個人。

「咦？今天小媛沒有來嗎？」媽媽從廚房走出來客廳，正巧往大門的方向看，才發現本來每天都會出現在門口的譚子媛今天不在。

李想沒有馬上回應，輕輕闔上眼，表現從容，「沒來也好吧，終於能安安靜靜度過一個早上了。」原來覺得不對勁的地方，就是沒有譚子媛在一旁吵吵鬧鬧的早晨，顯得特別安靜。

「又在口是心非，明明就覺得寂寞。」媽媽拖著地板，小聲唸道。

「我沒有，我要趕快出門了，早上還有小考。」不知為何，被媽媽說了一句的李想顯得有些動搖，踏著急促的腳步，他快速出了家門。

不知道譚子媛今天是怎麼了，竟然一整個早上都沒有來找過他，難道她沒有來學校嗎？從昨天開始就不見她人，在與小綠對峙之後，方瑀也只是說譚子媛先行回家了，好像在隱瞞什麼似的，令人困惑。不管是因為譚子媛毫無預警地消失，還是小綠崩潰痛哭的面容，在他腦海中不停盤旋，使他整夜都沒有睡好。

很想要直接去找譚子媛，但是如果自己特地跑去她的班級找她，也顯得太自作多情了，而且見到了面該說些什麼呢？明明只有這兩天沒有見到面，為什麼會如此焦躁呢……

「嘖，害我早上考試沒考好。」他小聲低喃了幾句，不只早上的考試沒考好，就連現在的書也看不下去了，感到心浮氣躁，將只有讀書時會戴的眼鏡拿下、將書本闔上，一整個早上都待在教室裡，依然坐立難安。

「哇賽！真的假的啊，李想居然也有沒拿滿分的一天。」矮人從李想座位旁經過，不小心瞥見他放在桌上的考卷，對於他錯失優良成績而感到相當驚訝。當然，做出這白目行徑的回報就是被他用死魚眼狠狠瞪著，那種感覺就像被刀架住脖子一樣，令人冷汗直流。

「天才就不能失誤嗎，而且人家隨便一個失誤還是考得比你好。」嘻哈嘴裡咬著口香糖，毫不留情地吐槽矮人。

「不過今天你真的感覺很心浮氣躁啊，難道是因為女人？」眼鏡男伸出手臂勾住李想的脖子，矮人立刻拍手一叫，「啊！我知道了！是因為昨天小綠學姊畢業了才這麼難過的吧？而且小綠學姊也不一定會唸台北的大學喔……」

「原來是因為這樣嗎？遠距離戀愛真的是很難維持啦……難怪會這麼低落！」嘻哈一副恍然

大悟。

「不要亂猜。」李想拍開眼鏡男放在自己脖子上的手，對於他們的誤解，他實在懶得反駁。而此時他才突然想到，在別人眼裡看來，他和小綠是這樣的關係嗎？

「不是小綠學姊啦，是小媛啦！真是一群戀愛白癡，難怪交不到女朋友。」眼鏡男無奈地搖了搖頭，嘻哈和矮人互望一眼，同時朝著李想露出諂媚的笑容，「罪孽深重的男人啊～」

「就說不要亂猜了，你們好煩。」原本譚子媛和小綠就已經讓他夠心煩了，現在又多了幾個令他更加焦躁的傢伙，是真的想害他這陣子都不用好好生活了嗎？

「好啦，不跟你開玩笑了，說真的，今天也不見你和小媛一起來，是因為這樣才心情不好的吧？」眼鏡男雙手抱胸，沒有想到他觀察得如此細微，見李想沉默不應，他又再度開口：「怎麼了？吵架了？」

「沒有，我也一頭霧水。」

「那就去問她啊？」矮人趴在桌子上，用他單純的想法直接切入重點，「想那麼多有什麼用？你想破了腦也不知道為什麼啊，有什麼疑惑直接去問本人不就好了，你們的關係有差到不敢主動去找她說話嗎？」

面對矮人認真地說了一大長串，李想有些驚訝地瞪大雙眼，其他兩人更是一愣一愣拍起了掌，驚愕之餘嘻哈不禁開口：「第一次見你說出一句像樣的話耶……」

「嘿嘿，沒什麼啦～」

「呃……我想這應該不是誇獎。」眼鏡男無奈吐槽。

李想低下頭認真沉思，認為矮人說得沒有錯，一直以來都是她緊緊跟在自己身後跑，即使自己的態度冷淡也澆不熄她的熱情，一直讓她的熱臉貼自己的冷屁股太不公平，這次該換自己主動了。

想起他們與譚子媛的班級，兩班是一同上體育課的，這是一個好機會，他下定決心等待下午的體育課去找譚子媛問清楚。

午餐時間，李想等人決定到合作社，李想先行起了身，一踏出教室門口便看見譚子媛和逸哲就在對面轉角處，大概幾步就能到達的距離，他很清楚看見譚子媛有朝這個方向望來，只有一瞬間，兩人似乎有對上眼，她立刻轉過頭與逸哲走下樓梯。

那是真的沒看見，還是刻意無視？衝動之下，李想向前邁出一步，原本是想上前直接抓住她，卻被隨後踏出教室的其他三人叫住：「李想，你在幹麼？要走囉！」

「……」視線依舊沒有移開，停留在譚子媛方才離開的地方，李想抱著滿腹困惑和不解，之前想甩都甩不掉，為什麼突然態度變得這麼冷淡？又為什麼會和逸哲走在一起？在她旁邊的位置，應該是他不是嗎……

好不容易等到了下午，一來到操場才發現譚子媛並不在場，就連方瑀和寧寧也不見了，看來應該不會在人群裡，李想環顧四周，往較為人煙稀少的地方放眼望。

「喂，你不是要找小媛……」嘻哈拍著他的肩說道，與其他兩人一同左右尋找著譚子媛的身影。

「……已經找到了。」

「咦？」三人一頭霧水發出疑問的單音，李想已朝左前方的走廊拔腿狂奔，他的速度相當快，在三人還來不及反應時，他已即將抵達目的地。

譚子媛聽見從背後傳來急促腳步聲，下一秒就被抓住了肩膀，從後頭傳來低沉有磁性的嗓音：

「為什麼要躲我？」

她嚇得瞪大圓滾滾的杏眼，回過頭定睛查看才發現是李想，他似乎是拼了命跑過來的，鮮少看見他氣喘吁吁的模樣，譚子媛仍舊驚魂未定，「李想？你怎麼……」

他跑的速度相當快速，譚子媛絕對跑不過他，但就像是怕她會消失一樣，他竟然使盡全力朝她的方向狂奔，搞得自己如此狼狽不堪。

「為什麼……你知道我在這？」譚子媛覺得不可思議，在一旁的方瑀和寧寧看似也被嚇得不輕。

他沒有馬上回答，他一眼就能認得出來她的身影，即便是在人群中，還有譚子媛只有在運動時才會綁起的馬尾，他都相當清楚。

「那不重要。」他加重手的力道，「為什麼妳要躲我？」

「好痛……」譚子媛忍不住從肩膀傳來的疼痛感，表情因疼痛而扭曲。

「喂！不要這樣……」見狀況不對，方瑀才正準備要上前制止他，突然從一旁冒出一隻強而有力的手，用力擒住李想的手。

「有話好說，不要動手，何況是對女孩子。」逸哲抓住李想的手，一改平時的笑臉，如今只剩下嚴肅正色。

雖然有些訝異逸哲的出現，但更加錯愕的是自己竟因為情緒激動而弄痛了譚子媛，他緊緊握住拳頭，氣自己的衝動，輕輕垂下眸，深深感到歉疚，「……抱歉。」

見李想情緒稍微平靜下來，逸哲才放開他的手。陷入一陣沉默，李想緩緩抬起頭望向眼前的譚子媛，她低著頭不敢看向這裡，始終沒有正眼瞧過他，這給他是莫大的傷害。

「妳躲我，是我做錯什麼了嗎？」

「不是！」以為李想誤會了，譚子媛激動地抬起頭望向他，拚命搖頭，「是我自己的關係，昨天和小綠學姊說完話以後，我就覺得很混亂，好像頭腦打結了一樣，不知道該怎麼面對你……」

「因為思緒很混亂所以才躲著我？那又為什麼要和逸哲走在一起？」

「和小媛一起走是我的主意，因為擔心還會有人想要攻擊小媛，小綠並沒有唆使別人傷害她，就代表那些人都是自己的意思想要攻擊她，而那樣的人在校園中還存在著。」逸哲在一旁雙手抱胸，義正嚴詞說道。

「……小綠已經不會再找妳麻煩了，我也不會再讓那些人靠近妳，妳已經不用害怕了。」

寧寧在一旁簡直快聽不下去，「怎麼可能不害怕？你知道昨天在小綠和小媛談完之後，有人在廢棄大樓放火，將小媛鎖在教室裡頭嗎？如果不是逸哲將小媛救出來，事情真的就大條了！」

李想不敢置信看著譚子媛，他沒有想到因為自己的原因，害得譚子媛再次遭受到欺負，那些人甚至能夠做到如此嚴重的地步。而昨天他找不到譚子媛，去詢問方瑀，也只得到了她獨自回家了的消息，其實發生了這麼多事，卻沒有人願意告訴他，也許他們只是怕他會去找那些同學、將事情鬧大而選擇不告訴他，但……他就像是個白癡一樣不是嗎？

「昨天小綠學姊說了很多，我能夠體會她是真的很喜歡你。」譚子媛想起小綠當時的口吻，她的喜歡簡直就快要溢了出來，強烈地使她腦袋一片空白，「雖然她真的做了很多錯事，還有李智哥哥也被她傷害了……但這全部的全部都是為了你啊。」

不敢抬頭看向李想的表情，譚子媛自顧自地繼續說：「我覺得，你應該要跟小綠學姊在一起的……她全心全意付出，選擇被所有人討厭，只為了讓你一人喜歡，小綠學姊有可能是全世界最愛你的人。」

李想能清楚聽見自己的心跳聲，相當緩慢，就好像心臟要停了一樣。緊握的雙拳始終沒有放鬆，施力越來越重，直到指甲狠狠插進肉裡，依然感受不到疼痛，只有感到呼吸開始悶滯。

此時，天空中的雲正巧飄過遮住了太陽，一瞬間少了光線，眼前的畫面變得陰暗許多。

「所有人都知道的事，只有我，什麼都不知道。我最重視的人瞞著我，什麼也不對我說，甚至躲著我、和我的兄弟走在一起……」他顫抖著嗓音，壓抑得幾乎快爆裂的激動，瞬間消失殆盡，「現在就在我的面前，當著我的面叫我去接受其他女生。」

周圍瞬間陷入一陣死寂沉默，每分每秒都相當煎熬，簡直度日如年，譚子媛有些膽怯地抬起頭望向李想，只見李想的臉色相當沉重，像是沒有了靈魂一般，他的眼神空洞，只剩下絕望。

「妳幫了她，那我呢？我的心情……有人在乎過嗎？」

譚子媛簡直不敢相信自己眼睛所看見的畫面，李想面無表情地，眼眶竟然紅了。

「就因為一個人來告訴妳，她喜歡我，希望妳離開，妳就真的做了。」他的聲音聽起來毫無靈魂，絕望超越了境界，原本低沉的嗓音更加沉重，甚至帶點哭腔嘶啞，「說了從今後要讓我習慣兩個人一起走，等我習慣了，再把我一把甩開就逃走了。」

「想來就來，想走就走……」李想輕輕皺著眉宇，訴說著這些事實時的他看起來好像就快要哭了。

任由微風拂過他的髮絲，他邁開步伐走到譚子媛面前，用只有兩人的渺小音量，自嘲般道：

「李想對譚子媛來說，可有可無，對吧？」

語畢，李想輕輕擦過譚子媛的身，頭也不回地離去。

彷彿是訴說自己的世界崩塌了的一句話，那悲痛欲絕的聲音進了耳裡，刺進心裡，使譚子媛久久無法動彈。她從來沒見過李想這副失魂落魄的模樣，她很清楚李想受傷了，就因為自己的話將他狠狠擊潰，而他就這麼乖乖站著給她傷害，他不反擊，只是放棄垂死掙扎了，像是對世界感到絕望了一樣。

那副被傷到幾乎麻木了的模樣，令人心碎。

譚子媛愣愣抬起自己的手，覆蓋在方才被李想擦身而過的手臂上，眼淚不知不覺就順著地心引力直直落到地面，她並沒有發現自己哭了，只是像是靈魂被抽離般，安靜地佇立在原地。

不是、不是這樣的……李想對她來說怎麼可能是可有可無……面對他的誤解，為什麼她沒有趕緊反駁呢？她很喜歡這個朋友不是嗎？她明明很重視他的不是嗎？

她知道小綠對他絕對是一心一意，所以兩人若是在一起一定會很幸福的，但為什麼李想受傷了？為什麼害李想受傷的人會是自己呢？

「感情就像天平一樣，必須兩邊一樣重量才能平衡，再這樣下去，墜落的會是李想。」

耳邊響起小綠曾經說過的話，就像一把利刃，狠狠插在她的心臟上，痛得她只能緊緊摀住胸口，即便如此還是徒勞無功。

「李想對譚子媛來說，可有可無，對吧？」

一句話，擊潰了她。

一個沒有太陽的早晨，整片天空全被白雲布滿，在這樣有些霧濛濛的天氣甦醒，令人感到有氣無力，譚子媛使盡全力撐起沉重的身體，動作緩慢地坐起身，就這麼坐在床上發愣。

她仰著頭，盯著天花板，小聲喃喃自語，「……不想去學校。」

已經多久沒有這個想法了呢？曾經因為被欺負、被同儕用異樣眼光看待，而使她天天都不想去學校，直到李想伸出援手幫了她、改變了她的人生，然後遇見了方瑀、寧寧、逸哲和大家，她的生活變得多采多姿，快樂到她都忘了自己曾經也有如此消極的想法啊。

沒有了以往的活力，她隨意梳妝後，很快地出了家門。經過李想家的那棟公寓時，她習慣性地朝向公寓樓梯走去，突然發現自己的失誤，她才一愣。

「啊……對喔，已經不用等李想一起上學了……」明明已經這個樣子過了兩個禮拜，怎麼還是會忘記呢？她抬頭看了看李想住處的家門，斂起目光，再度邁開步伐往學校方向前進。

沒有想到只是因為李想一個人，竟然能對她的生活影響如此大，不管是將她的生活變得繽紛，抑或是使她的心情瞬間跌落谷底。那個曾經只是作為英雄的目標，何時在她心裡已經變得如此重要？

自從兩人不歡而散，真的就像是沒了交集的兩條平行線，李想也不再找她，她也沒有勇氣主動去見他。這段期間她幾乎沒見過李想，聽逸哲說，最近李想工作量變得很重，棒球隊的活動也持續參加，他將自己的行程排得相當滿，幾乎不讓自己有時間休息，就彷彿回到以前身兼多職的時候。

她偶爾會假借要上廁所的名義，拉著方瑀和寧寧一同在走廊上走來走去，想藉機看看會不會因此碰上李想，但是即使她經過了李想的班級，依然沒看見李想的身影，今天也是一樣。

正當她垂頭喪氣地準備走回教室時，聽見方瑀從一旁傳來的聲音：「啊，是李想。」

一聽見李想的名字，譚子媛立刻抬起頭向前方望去，只見李想和其他三人朝著自己的方向走來，當那副朝思暮想的面容漸漸清晰，譚子媛能夠清楚聽見自己心跳正大幅跳動。

感覺好像很久不見了，到底該說些什麼呢？在這短短幾秒內，譚子媛的思緒相當混亂，她緊張地顫抖著雙手，發現李想已經走到自己的面前，與他四目相交，譚子媛握緊拳頭，鼓起勇氣向前邁出一步，「李……」

感覺到一陣風從她旁邊拂過，那陣風帶過的冷空氣刺痛著她的肌膚，她一時反應不過來，李想便直接從她身旁經過，她愣在原地無法動彈，而充斥在周遭的冰冷空氣，越來越強烈。

寧寧和方瑀一同愣愣望著李想離去的背影，寧寧先行打破了沉默，「……李想怎麼感覺，變得跟以前一樣了？」

方瑀輕輕皺起眉宇，意味深長地垂下眸。方才李想的眼神，就和以前一樣，在家裡發生那麼多令人悲傷的事之後，李想變得難以接近，那時候的他活得漫無目地，看了就令人心煩，所以她才會這麼討厭他，這麼容易就認輸了，哪像是以前那個拚命打棒球、獲勝就會展露燦爛笑容的李想？

她原本以為李想會一直以這副死樣子繼續生活下去，因為小媛的出現，他變得常笑了，看似一切都能夠變得好轉起來了，現在卻……又再度變回讓她感到厭惡的李想了。

譚子媛呆若木雞佇立在原地，一切都發生得太快，都還來不及反應，當李想到了自己的面前，明明距離近得一伸出手就能觸碰到他，但一對上他的目光，她才瞬間感覺到，兩人之間彷彿隔著一道厚重的冰牆，一旦伸手想去觸碰，便會狠狠將她凍傷。

李想變得如此陌生，就彷彿回到了最初，她從來就沒鼓起勇氣將那道牆擊破、來到他身邊一樣，好像前陣子李想的笑容都是夢一樣，輕易地按了一個鍵，全部都得重新來過了。

明明以前的自己能夠毫不在意地擊破那道牆，步伐輕快地走到李想身邊，現在為什麼卻沒了那般勇氣呢？為什麼會認為現在的自己不行了呢？為什麼現在要到他的身邊，變得這麼困難呢？

為什麼……自己會這麼心痛難受呢？

「子媛。」

只要一想到那一聲溫暖的叫喚，有可能再也聽不見。

「鏘——」清脆有力的聲響充滿整個空間，擊球聲在打擊場內此起彼落，從混亂的擊球聲中能夠聽見一個相當穩定的節拍，李想緊緊握著球棒、輕輕彎下身子，在球快速來到眼前之際，用漂亮的姿勢全力將其擊出。

棒球隊員們全已精疲力盡坐在後方休息，有的人聊天、有的人低頭滑手機，甚至有人已經呼呼大睡了起來，其中一名隊員放下手機，忍不住呻吟，「喂喂——別鬧了，他到底要打到什麼時候啊？」

「已經一整個下午了。」另一名隊員立即附和，「今天可是假日耶，幹麼這麼拼啊……」

逸哲從擊球區走回來休息區，放下球棒，仰頭大口喝著水，看著眼前的李想像是走火入魔般不停擊球，他只是斂起眼眸，不打算回應。

「嗯……幾點了？」一旁的隊員從睡夢中醒了過來。

「已經要晚上了。」

「……他怎麼還在打啊？」他看了一下手錶，再抬起頭看了眼前的畫面，不可置信地皺起眉，「李想最近是怎麼回事啊？好像躁慮得很過頭喔。」

看來李想已經完全沒有在在意時間，思緒非常專注在擊球上面，他已經維持這樣的模式許久，稍微累了就回休息區坐個五分鐘，喝口水，繼續上場擊球，好像有用不完的體力和肌耐力，也沒人能攔得住我行我素的他。

原本睡著的都醒了過來、玩手機的都抬起頭來，直盯盯看著眼前像是著了魔似的李想，見此狀況，逸哲輕輕嘆了口氣，下定決心起身走向擊球區，朝著裡頭呼喚，「李想，時間不早，該休息了。」

終於有人肯叫李想停下了！所有人的心情都一樣，對逸哲只剩感激。

李想並沒有回過頭，而是繼續專注在擊球上，他不疾不徐道：「你們先回去吧。」

果真沒有用，李想這麼我行我素的獨行俠，本來就是勸不聽也不管別人的個性……隊員們互望一眼，決定開始收拾包包，既然都叫我們先走了，那我們就……

「不要鬧了！」一聲怒吼響徹整個打擊場，將坐在後方準備離開的隊員們全嚇得聳了一下肩，也引起了其他人的目光，而最不敢置信的是，那聲咆哮竟來自平時笑臉迎人的曾逸哲。

「因為心情不好拚命擊球，只會傷害自己的身體，難道你之後都不想打球了嗎？」他義正嚴詞，惡狠狠瞪著李想的背影，「為什麼要這麼在意她喜不喜歡？你什麼時候變得這麼脆弱了？別忘了，帶你回來的人就是她，不是只有你單方面在付出！」

所有人目瞪口呆看著從來不發怒的逸哲，再轉頭看看似乎不打算搭理他的李想，大家屏氣凝神，深怕李想再繼續用無所謂的態度，真的會掀起一場腥風血雨。

李想停下動作，回過頭望向逸哲，兩人就這麼對望了幾秒，整場陷入一陣幾乎令人窒息的沉默，誰也不打算動作。

見他嚴詞正色的模樣，李想這才放棄抵抗，他知道逸哲是為了他著想，在這之前都不來阻止他，也是為了給他時間發洩，而他那聲呼喚，真的使他瞬間清醒。

逸哲的心情確確實實傳達到了，他放下球棒，朝休息區走去，經過逸哲身邊時，伸出手拍了他的肩，「謝了，有種靈魂出竅被召喚回來的感覺。」

逸哲輕輕皺起眉，心想，講什麼東西啊這個人……

李想走回休息區，將包包揹起，「有人想吃燒肉嗎？」

「燒肉？」所有人開始眼睛一亮，一想到肉片放在烤盤上滋滋作響的模樣，口水都快流出來，瞬間把方才的緊張尷尬全拋在腦後。

「好耶！要去李想家吃？」

「當然不是，去燒肉店，而且錢要自己付。」

「什麼嘛……原來不是要請客，只是在號召嗎？」

見所有人一臉興致缺缺，邊嘟囔著，還是認命地揹起包包，李想忍不住輕輕笑了，他用力勾住碎念隊員的脖子，「你明明也很想吃。」

「想吃是想吃啦，但你剛才的話讓我稍微有期望了一下啊……」邊鬥著嘴，所有人朝大門方向前進。

見李想終於漸漸回到正常的軌道，甚至還有力氣和大家嬉鬧，看來是沒有問題了，逸哲輕輕嘆了口氣，嘴角不禁上揚，看來李想還是不夠成熟啊。

「喂，逸哲，快來啊。」李想朝著他招了招手，那一瞬間使他產生了錯覺，國小時的李想，燦爛笑著在向他招手的錯覺。

「逸哲快來喔～好吃的燒肉喔，雖然要自己付錢。」被李想勾著的隊員毫無靈魂地呼喚，立刻被李想勾得更緊，所有人都忍不住被他們逗笑，逸哲也不例外，他快速收了包包，跟上大家腳步。

逸哲小跑步到李想身旁與他並肩同行，兩人走在最後頭，逸哲忍不住問：「你真的覺得這樣好嗎？」

李想望向他，滿臉疑惑，「你不想吃燒肉嗎？」

「跟燒肉無關啦！」他忍不住笑出來，朝李想的背用力一拍，隨後突然想起自己應該要嚴肅一些，他尷尬地咳了兩下，「我是指你跟小媛，雖然我知道，她不明白你的心意這件事給你多大的打擊，但是你一定也不想變成現在這樣吧？」

他直盯盯望著前方，面對逸哲的問題並沒有馬上回應，沉默許久，「譚子媛因為我遭受到多少不幸，你應該也全看在眼裡。」他再度將目光轉到逸哲身上，「她說過只要我不推開她，她就不會離開，但這次是她主動離開我，所以我不會挽留。」

「她再怎麼努力想挽回，你都不打算搭理她？」

「……」李想輕輕垂下眸，看似陷入掙扎，「如果她真的需要我，一定非得要李想這個人不可，也許我會。」

逸哲輕輕嘆了口氣，不禁失笑，「我開始同情小綠學姊了，也難怪她會這麼傷心……明明是你的前女友，你對她的感情，一定也比不上小媛的一半。」

李想輕輕瞪了他一眼，逸哲無視了他渾身長刺的目光，繼續說：「小媛也很努力想挽回了，你也繼續努力看看吧？」

「你這樣在背後推我一把，不會後悔嗎？」李想停下腳步，輕輕佻起一邊眉，「我佔有慾很強喔，要是決定好獵物，就不容許有其他人跟我搶。」

逸哲有些詫異，隨後噗哧一笑，「如果真的要搶，我就會把跟你們出來的時間全騰給她了吧。」

「真是見色忘友最佳範本。」李想輕輕瞇起眼，用鄙視的眼神看向他。

「我又不像你，喜歡還怕受傷不敢行動，是不是男子漢啊？」逸哲用力勾住他的脖子，立刻遭來李想的白眼，「少囉嗦。」

逸哲展露燦爛笑容，待李想不再掙扎，逸哲才緩緩平復嘴角，輕聲細語道，「……你放心吧，就是因為覺得你們很相配，才會直接選擇棄權的。」

李想由下而上望向他，揚起的嘴角透露出一絲無奈，但是意志相當堅定，一點也不會為自己的決定後悔，這樣堅信著自己的神情，使他有些敬佩，也差點看傻了，他撇開視線，小生嘟噥。

「不需要主動棄權，對手是我，本來就不可能會贏。」

「你說什麼？」逸哲更加施力，將李想緊緊禁錮在自己手臂中，但李想卻忍不住開懷大笑，棒球隊隊員們聽見了笑聲全回過頭。

「欸，你們幹麼自己在後面玩起來啊！」

「我們也要！」發現逸哲和李想似乎在玩，所有人都衝上前加入戰局，嘻笑打鬧成一團。

要是小媛能和李想和好就好了，若是他們能永遠在一起就好了，逸哲由衷這麼希望，最喜歡的兩個人都能夠幸福，是他最樂見的。

第十四章

時光飛逝，一晃眼便迎來了暑假，在工作與棒球之間不斷奔忙，李想的日子過得非常充實忙碌，這也是唯一能讓他將煩心事忘掉的管道，因為太過忙碌，只好把煩人的事全拋諸腦後。

而也因為這樣，他差點就忘了小綠即將離開台北的事，直到近期接到了她的電話，說是希望能空一天假日和她見面，想著也許以後很難再相見，李想決定赴約。

李想先行來到約定地點，見小綠還未到，他拿出小本書籍，即使佇立在人來人往的道路旁，依然能夠全神貫注在閱讀上，直到有雙手突然出現在他眼前，將他手中的書本抽走。

「不是跟你說過了，出來玩就要好好享受？」

聽見略帶責備的柔和聲音，李想抬起頭，當小綠的模樣映入眼簾，不禁愣了半晌，她身穿襯衫、棉質長裙，外頭披了薄外套再加上短靴，並不是多花俏的搭配，在她身上卻增添不少成熟氣質。

看得出來她花心思打扮，穿薄外套大多也只是防曬，令他不禁心想，小綠就是個全身上下充滿女人味的女人，和譚子媛完全不一樣，從來也不曾看到她有做過任何防曬、保養動作，每次約出門也都隨性風格，也許直接穿了睡衣出來也不一定。

李想抬起手，準備將眼鏡拿下，立即被小綠阻止，「不用拿掉眼鏡啊，這樣看不是很吃力嗎？」見他有些詫異的神情，小綠不禁失笑，「不用那麼在乎形象，你這樣就很好了。」

小綠一直以來都是非常照顧他，凡事都替他著想，這才讓他想起當時譚子媛說過的話一點也沒錯，小綠的確給予他滿滿被愛的感受，也許她真的是世上最喜歡他的人。

所以他也曾經，非常喜歡這個人。

他輕輕搖頭，甩開這些想法，決定今天一整天要好好休息，好好迎接最後一次與小綠的約會。兩人就這麼到了鬧區，過去因為李想工作相當繁忙，兩人即使在交往，一同出遊的次數也不多，所以這次的約會充滿了新鮮。

兩人在鬧區裡到處閒逛，到了一家玩具店，小綠將帶有大鼻子的搞怪眼鏡戴在李想臉上，見李想無奈又搞笑的模樣，不禁使她捂嘴大笑，這也讓李想相當驚訝，從沒見過她如此開朗的模樣，看來他果然還是不夠了解她。

花了一整個下午時間，兩人逛遍了整個鬧區，也看完了電影，黃昏之餘，兩人一同決定最後的目的地，是附近的公園。

「好懷念啊，這裡。」小綠坐在鞦韆上，用滿懷不捨的眼神看著整個公園。這個公園距離李想的國中和現在的高中都相當近，當時李想國三、小綠高一，初次相識就是在這裡。

想起許多過往回憶，李想也走到她身旁的鞦韆坐下，兩人對望了一陣子，小綠才緩緩開口：「你還記得嗎？那時候就是像現在這樣，因為吉他社差點面臨解散，我心情不好，一個人坐在這裡吃冰淇淋，結果你就正好坐在對面長椅上。」

「想忘也忘不掉吧，我才剛下班，坐在那裡休息就突然被妳叫住。」想起當時的狀況，李想忍不住輕輕揚起嘴角。

「沒有辦法啊，當時我真的太想找人說話了，正好整個公園就只有我們兩個，只好找你當替死鬼囉。」她開朗地露齒一笑，沉浸在令人捨不得丟棄的回憶中，隨後緩緩抬起頭望向天空，「李想，你知道為什麼我會選擇和你分手嗎？」

沒有想到小綠會突然提起這件事，他輕輕垂下眸，滿滿的愧疚使他無法用言語形容，「……嗯。」

當時因為他的工作相當繁忙，幾乎沒有時間能夠陪小綠，各過各的生活，根本不像是情侶，他很清楚，小綠一直都很寂寞，但是卻還是為了他，忍了這麼久。

「那不是你的錯，我很清楚，但是，我還是很想要和你像情侶一樣，手牽手走在一起。」她望向李想，揚起的嘴角帶著一絲落寞，「就因為這個願望，我居然變得這麼可怕。」

一陣風颳起，將樹葉吹遍滿地，拂起她的髮絲，也將兩人的回憶與遺憾帶向遠方，望著眼前的人，就猶如最初認識她一樣，深深印在他腦海中的總是她憂愁的面容。

他明明就是不想見到她傷心，才會選擇靠近她，想要給她幸福，但是他不知道當時的自己沒有能力，不僅沒帶給她幸福，甚至讓她更加難受。

「我希望……你不要覺得愧疚，當初提交往的是我、提分手的是我，如今想復合的也是我，就當作我在單戀就好了。」她再度抬起頭，發自內心露出滿足的笑容，「而且今天你幫我完成願望了，這樣就夠了。」

李想有些詫異，「這樣就夠了？」

「嗯……啊！」突然想到什麼，她朝李想伸出手，「最後一個願望，我們好像還沒牽過手吧？」

眼睛直直盯著小綠伸出的手，李想愣了半晌，見他似乎在掙扎，小綠再度開口：「不然你給我一隻指頭就好。」照著她的話，李想伸出食指，她輕輕握住，忍不住露出燦爛笑容，「哈哈……這樣有像情侶嗎？」

真是笨蛋啊，這樣就那麼高興，太容易就滿足了吧……見小綠似乎是釋懷了，心滿意足的欣喜神情，使他不禁也跟著嘴角上揚，他並不是出於同情，而是打從內心想看見她笑，想看見那麼愛自己的她幸福的樣子。

即使不能在一起，他也由衷希望她能幸福。

「可以告訴我，為什麼我不行，小媛卻可以的理由嗎？」小綠輕輕放開他的手，一切都是那麼輕柔，就像害怕將兩人之間好不容易繫好的線弄斷一般。

「……」與她四目相交，看得出她努力壓抑著害怕受傷的心情，想要裝作無所謂，李想垂下頭，決定真心誠意回應她，「在我跌倒時，妳會靜靜蹲下來替我療傷，但譚子媛不是，看盡我最落魄最絕望的頹廢模樣，她一點也不在乎，甚至向我伸出手，叫我趕快站起來。」

他輕輕闔上雙眸，感覺譚子媛的聲音就近在咫尺，自己也覺得不可思議，明明很清楚她不在身邊，卻感覺只要一睜開眼便會看見她。

「只要李想你還喜歡棒球，我就不會放棄啊。」

她就站在自己的面前，為了將他勸回棒球隊而打了賭，弄得自己滿手都是傷，不管他說了多少傷害她的話，她臉上的堅定卻絲毫未減，就是不懂得放棄。

「我會在這裡，就是為了讓你不再害怕鳥瞰這個世界，我會帶著你飛。」

她朝自己的方向伸出手，要他握住她的手，緊緊抓住那股勇氣，去對抗他所畏懼的一切。一切都是那麼不可思議，所有人都覺得不可能了，擱置在那的廢棄品，就這樣被她視為最重要的寶物，甚至將它再次重生。

想起譚子媛活力十足地揮著手，燦爛的笑容，心裡就會流過一陣暖流，李想望向小綠，忍不住揚起嘴角。

「她是個力量，促使我重新爬起來，繼續向前走的力量。」

見李想輕輕笑了，小綠先是愣了幾秒，隨後露出欣慰的神情。曾經你不願敞開心胸與人交談，如今你卻大方承認自己的心意……是譚子媛將你變得，如此溫暖的，而這些都是我做不到的。

「李想……你真的變了。」她輕輕彎起眼睛笑了，再次抬起頭望向天空，「我感覺得出來，你真的很喜歡她。」

「……」見她抬起頭，他也跟著動作，橘橙色晚霞與藍紫色夜空混合在一起，一同映入眼簾，令人感到心情相當平靜，他沉默許久，輕輕道：「可能真的是這樣吧。」

那陣聲音非常輕柔，就這麼隨著風飄至空中，直到消失。

聽見樓下傳來吵雜聲，譚子媛才昏昏沉沉從睡夢中醒來，一睜開眼睛，彷彿無邊無際的天花板映入眼簾，只有自己一人處在這偌大的房間，無盡空虛開始蔓延，望向一旁窗外，發現太陽即將西下，她依然感到全身無力，躺在床上動也不想動。

從樓下傳來細碎的窸窣聲，不時參雜著嬉笑聲，她輕輕闔上眼，想逼迫自己繼續進入睡夢中，但不管她怎麼做，那些歡樂的聲音聽在她耳裡，只有刺耳。她討厭這樣的自己，明明大家笑得很開心，為什麼她會感到厭惡呢？為什麼她不能融入大家呢？

不出她所料，樓下的吵雜聲很快地消失了，她動作緩慢地起身，穿上拖鞋，不疾不徐走出房門，一打開房門便被一片黑暗壟罩，壓抑住心中的空虛寂寞，她走到走道旁將電燈打開。

「小姐妳醒了呀？」家裡的傭人正巧走來，「剛才夫人才帶著妹妹回來……」

「我知道，回來拿東西的吧。」譚子媛打斷了她的話，語調透露一絲無奈。

見譚子媛的臉色不太好，傭人就此打住，為了趕緊逃離這陣尷尬，她快速換了個話題，「晚餐已經準備好了，小姐趕緊去餐廳用餐吧？」

「好，謝謝。」她輕輕揚起笑容，「今天辛苦了，趁天色暗之前趕緊回家吧。」

「咦？可是……」傭人有些錯愕，離她下班時間還有一個小時，過往的譚子媛都會因為寂寞而請她留下來一起用餐。

「不用擔心我，我一個人可以的，趕快回家和家人一起吃飯吧！」譚子媛給予她一個燦爛笑容，傭人才勉為其難點點頭離開。

因為很清楚不管去到哪，一定還是會想和家人一同吃飯的心情，譚子媛不捨傭人將晚餐時間浪費給她，與家人一起吃飯，飯才是最好吃的不是嗎？

但即使抱著這樣的想法，又為什麼坐在餐桌前的人只有我一個？

譚子媛拉開椅子，遲遲不肯坐下，看著滿桌精緻的料理，她卻一點胃口也沒有，雖然有些對不起做飯的人，但她還不打算用餐。她將每道菜都包好保鮮膜，全部放置進冰箱裡保存。

打開冰箱的同時，她發現飲料沒了，決定動身到附近超商閒晃，快速上樓換好衣服，穿好鞋子準備出門。準備關上門之時，她向屋裡望了望，心中滿是惆悵，究竟是為什麼這間屋子這麼大、這麼豪華，但裡頭卻空空如也呢？

從有意識以來，父母就因工作繁忙而不常回家，但她不在意，因為還有奶奶陪著她，就在奶奶離開之後，她才第一次感覺到這間屋子原來這麼大、這麼空、這麼安靜，原來這間屋子……只剩她一個人。

這間屋子，已經不再是誰的家，媽媽將這裡當倉庫、爸爸將這裡當旅館，就我一個人，住在這麼大的屋子有什麼意義呢？

收起悲傷的目光，譚子媛一把將門關上，「碰」的一聲，也將她的思緒全部切斷。

到了超商，閒晃了一陣子，好不容易才將惱人的事一下子拋在腦後，買了一整袋飲料和甜食，她想著，哪天找媽咪和寧寧來家裡坐，這樣就不怕這些東西吃不完了。

心情稍微平復，她邁開腳步踏上回家路程，經過附近公園時不經意往裡頭一瞥，當目光觸及在熟悉的身影上，她頓時愣在原地。

小綠學姊和……李想？為什麼他們兩人會在這裡？他們復合了嗎？就是因為復合了，所以再也不理我了嗎？突如其來的畫面使她腦子一陣混亂，有太多問題得不到解答，一下子冒出的疑問幾乎快讓自己窒息。

就在此時，她看見小綠伸出手，李想沒有拒絕，也伸出了手讓她握住。

那一瞬間，感覺自己的心跳似乎停了一秒，譚子媛立刻撇開視線，往家的方向拔腿狂奔，她快速踏著步伐，用盡所有力氣拚命奔馳，想要甩開那些糾纏不休的負面想法，那些零碎的負面力量即將碰到她，想要將她淹沒。

到了家門口，她不顧幾乎快喘不過氣的自己，將手上的袋子甩到一旁，直接衝上樓。

再度將自己悶在房間裡，沒有開燈，黑夜即將來臨，譚子媛就這麼靜靜地坐在床上，將自己縮成一團，等著被黑暗慢慢吞噬。

我到底在做什麼……

明明在背後推他一把的是自己，明明很清楚小綠是最喜歡他的人，明明最希望李想幸福的應該是自己……我沒有資格感到難受的啊，這不就是最初我想要的結果嗎？

那為什麼我不是帶著祝福的心情呢？為什麼看見兩人坐在一起，那麼相配和諧的畫面，我會感到難受呢？為什麼我要因為害怕繼續看下去而逃走呢？為什麼，我會對當初做的決定後悔呢？

「好討厭……」她屈起膝，緊緊抱著雙腿，將頭埋進雙膝間，帶著一絲哭腔哽咽，「我好討厭這樣的自己……」

為什麼不管是對媽媽、爸爸，甚至是李想，我總是不能選擇笑著面對他們的幸福呢？

我真的……好討厭這樣的自己。

暑假結束了，原本應該要盡情玩耍或是打工的最佳長假，譚子媛什麼也沒做，每天就是渾渾噩噩地重複著同樣的動作，就和遇見大家以前是一樣的，有沒有放假其實沒有差別，她一直都是一個人窩在家裡發呆。

偶爾會和方瑀、寧寧聯絡，但是也整整兩個月未見面，寧寧回了南部外婆家、方瑀則是忙於吉他社，雖然社長的職位交替給了學弟妹，卻還是無法放心完全脫身，可能到畢業之前都還是會將時間花在經營社團上。

於是她每一天只能回憶，和大家一同出遊玩樂的那段時間，是她最美好最珍貴的記憶。

開學典禮，在冗長的開幕儀式之後，李想因獲獎年級第一而受邀到台上演講，似乎有些時間沒站到台上，他感到一點生疏，帶著平時的從容不迫，他站到麥克風前方，便聽見台下傳來窸窸窣窣的交談聲。

不認識他的新生們正在交頭接耳，他不以為意，在短暫的演講期間，視線卻不由自主往譚子媛的班級飄去，他看見方瑀和寧寧站在一起，但她們身旁卻沒有譚子媛的身影。

一開學就翹課？這傢伙真有膽。心中默默唸了一句，李想並沒有太過在意，順利將演講完美結束，在此起彼落的掌聲中，他不疾不徐下了台，走回自己班級的路上又聽見了新生們細瑣的交談聲，學妹們的目光直盯盯望著他，這使他感到很不快。

「幹麼看起來好像很不爽？」看著李想眉頭深鎖朝這裡走來，嘻哈好奇問。

「那些新生盯得我起雞皮疙瘩。」

「你真的是找死耶，可以把這句話當作自信過滿的炫耀嗎？」矮人誇張地瞪大眼，真想不到眼前的人竟這樣糟蹋自己的高人氣。

李想望向他，輕輕勾起一邊嘴角，帶著一抹邪惡，「羨慕嗎？」

「我揍你喔！」矮人作勢擺著揮拳的姿勢，逗著別人玩是李想的樂趣，見他如此激動，李想忍不住笑了出來。

就在你一言我一句的玩鬧中，開學典禮結束了，對於譚子媛沒來學校的事，李想也就這麼拋在腦後，也許只是生病或是去哪裡玩才請假，畢竟在長假出國玩而拖到開學時間的案例不足為奇，開學幾天就會回來了。

隔天，李想依然沒有見到譚子媛，但是兩人也有一陣子沒有聯絡了，本來就沒有相約，見不到也算是正常的吧？

抱著這樣的心態，李想繼續周旋於工作與棒球間，一天一天過去，距離開學已經過了一個星期，李想完全沒有見到譚子媛的身影，就好像這個人消失了一樣，偶爾會看見方瑀和寧寧走在一起，卻總是不見譚子媛，難道她們吵架了？如果是因為吵架，譚子媛就會一整天待在教室裡，所以他才會都沒看見她？

怎麼想怎麼覺得奇怪，方瑀和寧寧應該是不會因為吵架而拋棄譚子媛，因為她們都很清楚譚子媛害怕一個人，李想越想越覺得不對勁，決定下課後直接去找方瑀她們問清楚。

「李想，有人找喔！」聽見眼鏡男從教室後門傳來的叫喚，李想抬起頭朝聲音來源望去，發現他本來正打算要去找的人就在眼前，方瑀和寧寧站在教室外，臉色看起來不太好。

見李想走了過來，方瑀著急問：「你最近有和小媛聯絡嗎？」

他搖頭，「我才正想去問妳們，為什麼最近譚子媛都沒來學校。」

方瑀和寧寧互望了一眼，臉上有說不盡的擔憂，緊皺的眉頭始終無法鬆懈，寧寧先打破了這陣沉默，「暑假期間我們還有和小媛電話聯絡，但到快開學的時候就失聯了，一開始我們不以為意，但是這麼多天都沒來太奇怪了，我們試著打她的電話卻都進入語音信箱，完全找不到人。」

「之前小媛就有和我們說過，她的父母最近正籌畫要離婚，她的媽媽想要帶她去日本、爸爸想將她留在臺灣，我們在想……會不會是這段期間小媛家裡又發生什麼事？或者……她下定決心要跟著媽媽了？」

三人開始陷入一陣沉思，腦中盡是些不好的猜測，李想決定先安撫兩人，「不要那麼緊張，在這裡一直想也沒有用。」與眼前焦慮的兩人相比，他顯得冷靜沉穩，「先去問問妳們的導師，也許老師會知道，如果明天她再沒有來，就直接去她家找人。」

同意李想的判斷，兩人點點頭，決定就這麼照著他的話行動。

已經開學一個星期了，她沒有去上學，一整天都關在房間裡不肯出門，父母也拿她的任性妄為沒轍，覺得她只是在耍性子，對於她的反常行為他們也不打算過問，從來就不曾好好了解她，就連「彼得潘症候群」，他們也不認為是有原因的。

媽咪和寧寧應該都很擔心我吧……想到這，譚子媛有些鼻酸，她很想見她們，但是現在的她就像雙腳都陷入泥沼一樣，即使竭盡所能想要掙脫，依然一步也沒有向前，最後就這麼佇立在原地，聯想要掙脫的力氣都沒了。

「小姐，晚餐準備好囉。」

聽見傭人從房門外的呼喚，譚子媛輕輕應了一聲，「嗯，辛苦了，妳先回家吧。」

待傭人應了聲好，譚子媛才扶起自己沉甸甸的身體，緩緩從床上起身，她拖著有氣無力的身體，慢慢走出房門，下樓梯到一半，她聽見了從餐廳傳來的聲音，目光隨之被吸引，她停下腳步、向餐廳瞥了一眼，發現爸爸和媽媽面對面坐在餐桌前用餐。

怎麼回事？爸爸和媽媽居然會待在一塊，何況是一起坐在餐桌前吃飯……這樣的畫面，究竟有多久未見了呢？

「她最近那副模樣，該不會是那個病又犯了？」

爸爸低沉的嗓音傳進她耳裡，就像直接拿把槌子往她後腦勺猛烈一敲，令她一瞬間頭暈目眩，能夠清楚聽見自己心跳劇烈跳動，撞擊著她的意識。她知道接下來的話聽了一定會很痛苦，她一點也不想聽，卻像石化了一般無法移動腳步。

「唉，為什麼好好一個人會得那種怪病？吃藥也好不了。」媽媽無奈地長嘆了口氣，「要是以後都是那個樣子該怎麼辦？公司該給誰接手？」

「不要什麼都談到公事上，妳就是這樣，滿腦子都是公事和錢。」爸爸沙啞的聲音略帶責備，「偶爾也該花點時間在她身上吧。」

「你應該是最沒資格這麼說的人吧。」媽媽優雅地端起茶杯，神色泰若自然，卻語帶諷刺，「當初說要這間房子的人是你，結果最後還不是丟她一個人在家。」

爸爸輕輕瞇起眼，眼神變得銳利，彷彿一把利刃，有將任何東西割得殘破不堪的威力，「妳偶爾帶著妳的小孩回來，對她才是殘忍吧？既然要去日本了，在這裡的東西應該也都能趕快請人搬出去了吧。」

「嗯，今天不就是來談正事的嗎？」媽媽不疾不徐將茶杯放下，從包包裡拿出一張紙，即便距離遠得使她無法看見上頭的字，她依然很清楚，那是離婚協議書。

譚子媛從這個角度望過去，看見兩人陸續拿著筆在簽名，看起來是那麼隨意輕鬆，簽下名字的時候，甚至一副如釋重負。為什麼那麼隨便就結束了？為什麼沒有一絲不捨和難過？為什麼看起來像是等了好久的願望終於實現了？

為什麼一臉如釋重負？難道忘了還有我這個累贅嗎？終於打算拋棄我了嗎？為什麼你們明明一起吃飯……飯看起來卻一點也不好吃呢？

「小媛？」媽媽發現站在樓梯上的譚子媛，她輕輕放下原子筆，朝著她露出微笑，「妳要和媽媽一起去日本嗎？」

譚子媛感覺自己的心早已槁木死灰，像是燃燒了上千遍一樣，最後只剩下灰燼，風一吹，便全部消失殆盡。她面無表情，再也不想讓人看出她遍體鱗傷的模樣，像是沒了靈魂一樣，冷冷地丟下一句——

「我去哪裡，不都一樣嗎？」

澈底擊潰了她長久以來的希望。

之後，她不記得自己是怎麼回到房間的，也不記得爸爸媽媽還有沒有對她說話，再一次將自己關在房間裡，坐在地板上，在黑暗中，緊緊抱著自己發冷的身體，好像只要稍微鬆懈就會墜落。因為壓抑得太久太多，她感覺自己即將爆炸，努力忍住想哭的衝動，她緩緩拿起手機。

看著手機螢幕上的號碼，她腦中一片混亂，該打給誰呢？該向誰求救呢？有誰能夠拯救我呢？滑著滑著，畫面停在李想的號碼上。

李想……我好久沒有和他說話了，就因為我的任性害他受傷，也許他真的永遠不會理我了，也許他一點也不會在乎我現在是不是在哭……如果我真的向他求救，有可能得到他的回應嗎？

譚子媛壓抑著顫抖的雙手，緩慢地打出幾個字：「你在哪裡？」

經過在長久的掙扎後，按下送出，鼓起勇氣做了一個重大的決定，害怕得不到對方的回應，這陣掙扎將全身力氣都用盡，像是斷了線的木偶一樣，她無力地放下手機，靜靜闔上雙眼，回想著奶奶的模樣。

奶奶說過，爸爸媽媽只是吵架了，一定會和好的，所以她也就相信了，她明明知道奶奶只是在安慰她、只是為了不想傷害她而編織的甜蜜謊言，但是她還是一直都相信著，抱著奇蹟一定會發生的想法，一次次地去捉能夠實現願望的蝴蝶精靈。

「……我希望能再見到奶奶。」

傻子嗎？許那樣的願真的有想要實現嗎？明明全部都是不可能會發生的事，明明知道一定會失望的，為什麼還要許願呢？

「妳逃避也沒有用的，就算妳把書本闔上，裡頭該發生的故事還是會發生的。」

小綠曾說過的話在此時猶如上千根針，狠狠刺進她的心臟，這些她都很清楚的啊，沒有人會比她還要更清楚的……心裡再有幾千萬個不願意，爸爸媽媽終究還是會離開的。

大家覺得她是白癡、覺得她有病、覺得「彼得潘症候群」是假裝的。然而對爸爸媽媽來說，她是個累贅，是個急著甩開的包袱。

是不需要的廢物……

「不要有這種想法，妳跟別人不一樣，不就代表妳獨一無二嗎？」

耳邊響起了他的聲音，譚子媛的身子輕顫了一下，她倏地抬起頭望向前方。

「因為他們看見的是『怪人』，但我看見的是譚子媛。」

彷彿當時的畫面就在眼前，他就站在面前，擺著平時看不見的笑容，說著平時不會聽見的，令人感動的言語。

「妳已經不是一個人了，不需要害怕。」

只要想起那個人的溫柔語調，心裡就好像一陣暖流流過一樣，即便只是回憶中的聲音，一樣能在她最低落的時候溫暖她。

總在她最需要幫助的時候，那個人就會出現，就像英雄一樣飛過來拯救她。

「框啷——」

從一旁傳來打開窗戶時的滾輪聲，相當清晰，她嚇得向一旁望去，發現那個人就在那裡，背對著月亮，皎潔銀白的月光灑在他的髮絲上，看起來就像在發光。

這一瞬間，時間彷彿停滯了，風從窗外吹了進來，拂過譚子媛的臉龐，周遭的空氣瞬間變得清新，感覺耳邊像是掠過了一段美妙的音樂，每一個音節都悅耳動聽，一切都是那麼不可思議。

與眼前的人四目相交的同時，她不敢置信瞪大雙眼，這簡直是不可能的事……

英雄，真的來了。

「為什麼……」她驚訝得盯著眼前的人，遲遲無法完整說出一句話。

「妳不是發簡訊給我了？」李想拿起手機，將她發出訊息的畫面呈現在她眼前，「原本想說妳明天再不來學校，我就要來找妳了，結果提前了一天。」

譚子媛驚愕得語無倫次，簡直不敢相信眼前的畫面，「可是你……為什麼會知道我家？還有我的房間……」

「當然是問了知道的人啊。」他坐在窗邊，一樣是平常那副從容不迫，「她們兩個都很擔心妳，大家都是。」

她完全沒有想到李想會突然出現在眼前，如果能收到他回應的簡訊就夠高興了，結果他竟然特地來找她……滿滿的感動將她淹沒，見李想好好地出現在自己面前，不知道是因為高興還是壓抑太久，鼻子一酸，眼淚終於忍不住潰堤。

父母帶給她的絕望、李想帶來的溫暖、對李想和小綠的歉疚，在她的心中交錯不清，有太多的情感一下子湧上來，使得她百感交集，無法用言語形容的激動，只能靠大哭一場來說明。

「為什麼……」譚子媛雙手捂著臉，卻抑制不住從指縫間漏出的嗚咽聲，「我說了那麼過分的話……為什麼你還要來？」

李想沒有回應，他緩緩走到譚子媛面前蹲下，動作輕柔地將她的頭靠在自己肩上，「妳很奇怪，不就是妳叫我來的嗎？」

感受到從李想身上傳來的溫度，他的聲音靠得那麼近，就在耳邊，就在她的身邊，譚子媛小聲啜泣，她緊緊抓住李想的衣角，努力抑制顫抖的嗓音，「我以為你不會再理我了……」

就像一個無助小女孩一樣放聲大哭，令人心疼，李想輕聲問道，「我不理妳，給妳打擊很大嗎？」

見譚子媛靠在他身上，哭得泣不成聲，只是拚命點頭，李想竟感到有些高興。真的是敗給她了，明明前些陣子還那麼生她的氣，為什麼一見到她，原先的悲憤霎時間全煙消雲散了呢？

他忍不住揚起嘴角的喜悅，終於也能感受到譚子媛需要他了，他對她來說是重要的，這對他來說是多麼值得高興的一刻。原來他真的已經喜歡她，喜歡到神智不清的地步了嗎？

現在的他，竟然覺得得不到譚子媛的回應也無所謂了，只要能像這樣待在她身邊，就很心滿意足了。

自己曾說過，只要譚子媛需要他、非得要李想這個人不可，他就有可能會來到她身邊，於是在收到訊息之後，他決定奮不顧身來到這裡。

來到她的身邊，像個英雄一樣。

第十五章

李想就這麼靜靜地讓她倚靠著自己，周遭寧靜得只能聽見時鐘滴答作響的聲音，彷彿也能夠聽見彼此的心跳聲，在夜裡顯得特別清晰。月光從窗外照進來，輕柔地灑在兩人的側面，看上去就像聚光燈照著舞台劇的男女主角，正在上演一齣令人感動的羅曼史。

譚子媛的心情慢慢平復了下來，受不了這陣使人尷尬的沉默，她默默開口：「你真的嚇到我了，這裡可是二樓……我從來沒想過會有人從窗戶爬進我房間，除了小偷。」她真的很好奇他究竟如何爬進來的？

「因為想說妳家人可能會在，那樣會很麻煩。」他輕輕將她放開，站起身後退一步，「走吧，帶妳去晃晃。」

「現、現在？」她錯愕看著他逕自走回窗邊。

「妳應該不想待在家吧？」他一手撐著窗，朝著她伸出另一隻，「走吧。」

見他背對著月光、朝著這裡伸出手，我行我素的邀約一點也沒有要給人家拒絕的餘地。只是出去散一下心應該沒有關係……譚子媛默默在心裡替自己找了藉口，想起爸爸媽媽還在樓下，為了不被他們發現，她拿出藏在床底下的拖鞋。

像這樣在夜晚偷偷溜出去還是第一次，總覺得很新鮮，有些興奮又緊張。她拎著鞋子、走向李想，對上他目光的同時忍不住笑意，「明明我才是彼得潘，現在怎麼角色顛倒了？」她輕輕彎起眼睛，露出潔白的牙齒，笑得可愛，「現在的你比較像小飛俠。」

「所以妳是溫蒂？」面對譚子媛的童言童語，他半開玩笑地勾起嘴角，「那妳準備好要去永無島了嗎？」

沒有想到李想竟然不是無言以對或者嘆氣，而是好好地配合了她，從一開始的不肯與人接近一直到現在願意接納別人，甚至願意主動靠近她的世界，忍不住心中的喜悅，她不禁噗哧一笑。

如果李想真的是小飛俠，如果真的能找到永無島，一定會很幸福的吧。

——光是想著都能感到幸福洋溢，她笑了笑，毫不猶豫地伸出手握住他。

一路上兩人都沒有說話，靜靜步行在風清月朗的道路上，能夠清楚感受到微風拂過自己的臉龐，在夏夜中顯得更加清爽。譚子媛偷偷抬起視線望著李想，感到有些難受，曾經她無法忍受李想什麼也不說、總是自己承受，而現在情況卻逆轉了。

什麼也不說的是自己，不管是之前被找麻煩的事還是自己家裡的事，從來都不是她親口告訴他的，她知道被隱瞞的感覺很不好，那感覺就像自己不被接受，所以當時李想什麼也不告訴她令她很受傷，反過來說現在李想一定也是這種心情吧。

但李想也不會逼迫她，這樣靜靜地就像是在等待她主動坦白，面對他的溫柔，譚子媛下定決心，這次，她一定要親口說出來，一定要好好地傳達給他。

就在她糾結著到底要什麼樣的時機開口，李想的腳步停下了，譚子媛抬起眸望向前方，立刻被眼前的景象驚艷得目瞪口呆。一個寬闊的圓形廣場，正中央聳立著一座大噴水池，銀白色的月光灑下亮粉在水上、順著水流往下，波光粼粼，每一粒晶瑩剔透的水珠都在她眼眸中一閃一閃滾動著。

眼前的畫面太過美麗，譚子媛就這麼呆若木雞佇立在原地，直到發現李想又再度邁開腳步，她才反應過來，小跑步跟在他後頭。圓形廣場像是一個小盆地，必須走下圍繞著它的圓形階梯才能到位於正中央的水池，李想走到最後一階時停住了腳步，動作俐落大方地坐了下來。

好不容易才跑到他身旁，譚子媛原本像隻興奮的小狗朝水池狂奔，見李想突如其來地舉動，她也跟著停下腳步，低頭看著席地就坐的李想，「你不去水池看看嗎？」

「有什麼好看的，不就只有水？」他一臉不理解，澆了她滿頭冷水，真是有夠缺乏情調的人，不過能與李想相處這麼久的自己也不是省油的燈，再怎麼被澆冷水也依然能夠自燃起熱情。

譚子媛輕輕哼了一聲，打算自己去看看，準備丟下李想繼續向前走，「欸。」她才剛下一個階梯就立刻被李想叫住，譚子媛一臉疑惑地回過頭，「怎麼了？你不要想阻止我喔！」

「不是。」李想無言地半闔起眼，他伸出食指指向她的腿，「剛才一直沒注意，妳穿這樣就出來了嗎？」

譚子媛低下頭看向自己的衣著，簡單樸素的T恤和運動短褲，這是她在家裡時的穿著，不像電視劇中的女主角都會穿整套漂亮睡衣，她覺得這樣穿最舒服自在。她再度抬起頭看著眼前的人，一臉理所當然，「對啊，很奇怪嗎？」

「……不會冷嗎？」

被李想這麼一說她才想起，因為當時情況太過突然，她也忘了拿件外套披著，原來剛才一直冒出的涼意就是因為自己穿得太少了嗎……雖然現在是夏天，到了夜裡也會感到溫度明顯下降，只要一陣風吹來，譚子媛就能感覺到從雙腿蔓延上來的涼意。

見她忍不住打了個哆嗦，李想輕輕嘆了口氣，將自己身上的外套脫下遞給譚子媛。「啊，謝謝……」沒有想到李想竟會做出如此溫柔的舉動，她道了聲謝，正準備接過外套時發現李想正撇過頭，這令她感到疑惑，「你幹麼不敢看我？」

李想輕輕閉上雙眼，臉上因不好意思而泛起一絲紅暈，嗓音變得有些沙啞，「……褲子也太短了。」

原來如此，因為李想坐著、自己就站在他面前，所以他只要看向這裡，第一眼就會是自己的雙腿……不過李想未免太過純情，不就只是腿嗎？平時穿制服裙也都會露腿呀……譚子媛原本不覺得怎麼樣，見李想這樣的反應，自己也感到有些不好意思了。

譚子媛毅然決然轉過身去，將外套披上，緊緊抓著外套邊緣，能夠聞到外套上殘留李想身上的味道。還記得之前在李想的房間也有聞過，她很喜歡這個味道，甚至為了聞味道而拚命往李想身上靠，現在想起來，原來自己曾經做過這麼羞恥的行為嗎……為什麼當時完全不以為意，而現在才感到羞赧呢？

兩人之間瀰漫起一股奇妙的氣息，譚子媛想起了來到這裡的目的，應該是要向李想表達自己的心情、好好向他道謝的，她深吐一口氣，一下子打破了尷尬沉默，「今天……謝謝你帶我來這裡，其實今天我的心情真的糟糕透了。」

即使背對著李想沒有辦法看到他的表情，但能夠清楚感受到他靜靜地傾聽著，她繼續說：「我的父母今天簽離婚協議書了，這也代表他們以後不會再回來這個家，媽媽要和男朋友還有他們的孩子去日本，她數次問我要不要一起去，但是我從來沒有正面回應過她……」

因為沒有辦法在媽媽與爸爸之間做出選擇，所以她避而不談，但就如小綠說過的，她不管再怎麼逃，父母即將離婚是不會變的事實。她很清楚父母並不討厭她，如果真的嫌棄就會將她推向另一方了吧，但是即便如此……

「跟著爸爸的話會妨礙他的事業，媽媽那邊……已經有了另一個家庭了，我想我永遠無法融入他們。」她垂下哀傷的眸，「我真的不知道……我該去哪。」

「那就留在這吧。」李想的嗓音從背後傳來，那麼直率又直接地，一下子為她的迷茫畫下句點，譚子媛倏地轉過頭望向他，他的表情依舊從容不迫，眼眸中卻透露出認真，「既然他們都要離開，妳也不想走，那就繼續待在原地吧。」

站在十字路口的她迷茫不已，不知道到底該走哪裡？往哪裡走才是正確的？如果選擇了會不會後悔？因為太過害怕而導致自己無法前進，而李想這番話卻點醒了她，因為很清楚不管往哪走都不會是好結果，那何不就繼續杵在原地呢？

「如果妳真的受不了一個人在家，也可以來我家坐坐啊。」他輕輕扯開嘴角，揚起好看的弧度，「是說之前不也是這樣嗎？每天放學例行公事就是來我家吃晚餐，根本就沒變啊。」

前些日子的確天天到李想家報到，當時因為和大家在一起太過溫暖，幸福就這麼將寂寞淹沒了，而現在又可以再像以前一樣了，真的……根本就沒變嘛。想起大家在一起和樂融融的畫面和阿姨煮的超好吃晚餐，她忍不住綻放燦爛笑容，開朗地笑了，「說得也是！」

根本不需要感到悲傷，爸爸媽媽有需要他們陪伴的家人，我也會找到需要自己的人，一定會找到……自己的歸宿。

真是神奇啊……明明前些日子都悶在房間不肯出來的，為什麼李想一朝我伸出手，我無法拒絕那雙手呢？明明心情像是跌落谷底一般，不管自己怎麼掙扎都無法動彈，為什麼李想輕易就能將其拉上岸呢？

原來李想對我來說，是這麼重要的存在嗎？

譚子媛抓著外套邊緣的力道加重了，原本就只能靠單細胞思考，小小的腦袋變得更加混沌，「啊！」突然，她想起了些什麼，倏地轉過身望向李想，「你現在在這裡陪我沒關係嗎？」

面對她的問題，李想滿頭問號，「我下了班才來的啊。」

「不是！如果小綠學姊知道了怎麼辦？這樣會讓她懷疑……如果害你們吵架就不好了……」

李想沉默了幾秒，皺緊眉宇的力道加深了，「妳是不是誤會了什麼？」

「咦？我誤會了嗎？」她錯愕瞪大眼，感到有些尷尬地垂下頭，聲音漸小，「可是前陣子我在公園看見你和小綠學姊……坐在一起……還牽了手……」

看著眼前的人越說越感到難堪，開始低著頭玩起手指，李想興起了想捉弄她的念頭，「難道妳……吃醋了？」

吃醋？原來這種不愉快感是吃醋嗎？她想起之前看見方瑀和寧寧有說有笑，自己好像融入不進去時也會有同樣的感受……但這兩種感覺是一樣的嗎？譚子媛歪著頭、滿臉疑惑，李想甚至能看見她頭上有個大大的問號。

好吧，對這種人開玩笑真的一點效用也沒有，真的有夠無趣。他重重嘆了口氣，雖然被看見令他有些訝異，但最糟糕的還是眼前的人什麼都不知道，將自己推去別的女人那邊，現在還誤會自己和前女友復合……真的是受夠了這個單細胞笨蛋。

他深吐一口氣，輕輕闔上眼，竭盡所能平復自己的心情，平時都是那麼從容不迫，怎麼在這種時刻會這麼緊張呢？真的有夠遜……隨著時間流逝，待自己心情平靜下來後，他再度開口：「譚子媛。」

突然被叫到名字，譚子媛不禁立正站好，不知道李想接下來要說什麼，神色變得嚴肅認真，這令她感到期待又害怕，能夠很清楚聽見自己心跳加快的聲音，等待的這段時間就像過了一個世紀一樣漫長。

周遭瞬間變得寧靜，只能聽見水池的潺潺流水聲輕柔地拂過耳邊，令人感到放鬆，這陣靜默也使得他的聲音變得更加清晰，李想抬起清澈的眼眸與譚子媛視線交錯，就這麼直接地將感情傳達給她——

「我喜歡的是妳。」

這一刻，一陣風襲來，徐徐微風猶如輕柔的紗拂過她臉龐，帶來了李想濃厚的情感，她能夠很清楚地感受到、能夠很清楚地聞到，他身上的味道。

「我知道妳很笨，只要我不說清楚，妳就永遠都不會知道。」與她四目相交只有短短幾秒，他立刻撇開視線，「我和小綠沒有在一起，那次在公園，我們都很清楚告訴對方自己的心情，對於復合這件事，我不可能、她也已經放棄了。」

漸漸找回了平時的從容，他泰若自然抬起眸看向眼前的人，「所以妳也不用再費心……」話還未落，當譚子媛的表情映入眼簾，李想愣住了。

譚子媛白皙的臉頰浮上紅暈，連帶耳朵也抹了些嫣紅，因驚訝而睜大著圓滾滾的杏眼，雙唇微啟，像洋娃娃一般，整個人僵直著佇立在原地，似乎就連呼吸也忘了。

李想就如她一樣訝異，作夢也沒有想到她竟然會有這樣的表情，一直以來都是自己被她玩弄於股掌之間，隨便一個笑容或是無意的靠近，都會讓他不知所措，然而現在就在自己的面前，譚子媛竟然因為自己的話而臉紅了……

就像按下停止鍵一樣，兩人都沒有動作，時間彷彿靜止在這一刻，譚子媛清楚聽見自己心臟大幅跳動，激烈得幾乎快要跳出身體，還未整理好混亂的思緒，也還未將李想方才的話好好消化完畢，她愣了半晌，決定先逃離這陣尷尬的沉默。

「我……要回家了。」譚子媛動作僵硬地將外套脫下，緩步走到李想面前，低下頭避開了他的視線，將外套遞給他，「外套，還你。」

眼前的女孩低著頭不敢直視自己，臉紅得像一顆剛成熟的蘋果，他直盯盯看著譚子媛半晌，深不可測的眼眸黯淡了下來，最後他決定伸出手，抓住的卻不是外套，而是譚子媛纖細的手，就這麼一把將她拉向自己。

被一股強而有力的力量拉扯，譚子媛向前踉蹌了幾步，事情發生得太快，她還來不及反應，只見自己與李想的距離在一瞬間拉近，下一秒，嘴唇碰上柔軟的觸感，有點冰冷，慢慢從唇上開始蔓延。

譚子媛的思緒瞬間斷在這一刻，太過震驚導致無法好好思考現在發生的事，她倒抽一口氣、睜大著雙眼，手中的外套緩緩掉落在地上。

李想突然拉住我，現在他的臉就近在咫尺，身上的香味越來越濃厚，然後……嘴唇，碰到軟軟的……

不知何時，噴水池周遭的燈發出七彩光芒，照映著整個噴泉，替水池上了顏色，五彩繽紛、絢爛奪目。

李想緩緩將唇移開，與譚子媛的不知所措形成對比，視線依然毫不畏懼地直直盯著她，譚子媛一臉震驚，與李想四目相交，她一愣一愣開口：「你……做什麼……」

他理直氣壯，還是平時那副從容不迫的模樣，「誰叫妳要擺出那種表情。」

「還……還不是你突然說什麼喜歡……！」譚子媛滿腦子混亂，被親吻完還如此近距離的對視實在太不好意思，她滿臉通紅，急著想將手抽離，他越是施力不讓她逃走。

「妳不是只把我當朋友嗎？為什麼要這麼動搖？」李想緊緊錮住她的手，目光猶如一把箭，毫不掩飾地直直射進她的心，「現在才意識到我是男人也太遲了吧。」

「你今天好奇怪！突然說什麼喜歡，明明是朋友……」她緊皺著眉頭，一臉感到困擾，「不要跟我開玩笑了……」

「沒有開玩笑，是真的。」他放輕音量，語調變得平和溫柔，堅定的眼眸彷彿黑洞，只要一個不小心就會被吞噬，「我已經忍很久了。」

他的視線太過直接、太過炙熱，使譚子媛無法招架，輕聲細語迴盪在她耳邊，不停搔弄著她的耳膜，她緊閉雙眼、用力抽開手，什麼話也沒說便拔腿逃離現場。

李想還獨自坐在階梯上，低頭望著方才緊抓著譚子媛的手，輕輕嘆了口氣。

本來不打算要說的，本來想說就這樣一直當朋友也無所謂的，結果最後還是忍不住了……

想起方才譚子媛整個人傻住、臉紅害羞的模樣，他舉起雙手摀著通紅的臉，卻遮不住耳根子上的羞澀嫣紅。

「誰叫妳要擺出那種表情……」

昨夜發生了一連串混亂的事件，譚子媛感到身心俱疲，回到家一躺在床上很快地就進入夢境了，但是醒來後就必須繼續面對那些事了……

李想跟我告白，然後吻了我。

究竟是哪裡出了問題？李想那麼十全十美，明明身後就有一卡車的異性倒追著他，他偏要找上一個對戀愛毫無興趣的人，氣質溫柔又成熟的小綠學姊也被他拒絕了，反倒跟一個一無是處的人告白。

而那個對戀愛毫無興趣又一無是處的人就是我，到底要用什麼表情去面對李想呢？如果拒絕了，我們會不會就不再是朋友了呢？明明知道李想喜歡自己，卻還要裝作若無其事真的太難了啊……

譚子媛簡直快被自己的混亂思緒給逼瘋，她決定暫時拋開這些想法，努力裝作若無其事到李想家門口等他，見大門打開了，李想就站在自己面前，與他四目相對的同時，譚子媛僵硬地舉起手打招呼，「嗨，早安。」

面對譚子媛不自然的態度，李想輕輕蹙起眉，上下打量她，「妳幹麼？沒睡飽？」他一臉泰若自然，輕輕將門闔上，逕自往外走去。

嗯？為什麼他感覺好像……超自然的？覺得緊張尷尬的只有我嗎？所以現在我也可以當作什麼事都沒發生，像往常一樣嗎？

「你昨天……」追上李想的步伐，譚子媛扭捏開口：「果然是在開玩笑吧？」

「你是指什麼？」他停下腳步，轉過頭望向她，嘴角勾起一絲邪意，「告白？還是接吻？」

譚子媛愣在原地，望著李想得意離去的背影，她才後知後覺，李想是故意的，故意要她意識到他，從現在開始他會不停提醒她，站在她身旁的他是個男人、是喜歡她的人。

不知道是因為已經告白了還是怎麼樣，李想彷彿如釋重負，不再像以往那般青澀害羞，他變得能夠很自然地靠近她，甚至時不時就會刻意提醒她，自己喜歡她這件事，就像是深怕她會有一刻忘記一樣。

搞得原本就有些尷尬的譚子媛更加疲憊，因為李想太過清楚地傳遞自己的心意，對於李想的心情，她已經沒有一絲懷疑。

與李想的從容不迫相較之下，譚子媛顯得不知所措，在緊張與尷尬下到了教室，終於暫時與李想分開一陣子，而且有方瑀和寧寧的陪伴也令她安心許多。至於因為自己失聯了好一陣子，一見到方瑀和寧寧，立刻被劈頭斥責了一番，譚子媛只好低著頭拚命道歉，面對她們因擔心而生氣，心裡卻感受到一股暖意。

三人走在往合作社的走廊上，譚子媛將最近的事全數攤牌，包括昨晚被李想告白甚至被吻了的事，雖然方瑀和寧寧有些訝異，但卻沒有太大的反應，寧寧甚至只雲淡風輕說了一句：「李想終於受不了了嗎？」

「妳們都不驚訝嗎？」對於兩人的冷漠反應，就好像一副早就知道一樣，譚子媛感到不可思議。

「他突然親妳，這個是有點嚇到，因為沒想到他會受不了成這樣。」方瑀嘆了口氣，「李想喜歡妳這件事全世界只有妳這個當事人不知道了吧，他真的是忍了夠久，才會一夕之間爆發，不能怪他。」

所以沒有早點發現李想的心情，是我的錯嗎？但這也是沒辦法的事啊，我一直將李想當作好朋友看待，哪有人會整天懷疑自己的朋友，隨便一個舉動就認為對方是不是喜歡自己？又不是自戀狂……

「原來你只要被女生靠近就會臉紅嗎？」
「不是每個人都會。」
「但是對我就會啊？」
「所以說妳比較不一樣啊。」

突然想起與李想的對話，像是被冰水往頭上澆一般瞬間清醒，原來當時李想就已經抱持著超乎朋友的心情在說這些話了嗎？而她竟然還傻傻地以為李想只是出自於對於朋友的佔有慾。

一直沒有好好正視他，認為他說的喜歡是開玩笑的、認為他的吻不是認真的，從來沒有在乎過他的心情……

原來，錯的真的是我嗎……

聽見從一旁傳來高亢的吵雜聲，打斷了譚子媛的沉思，她轉過頭一瞥，發現一群學生圍成一圈不知道在圍觀什麼，尤其女學生佔了大多數，她定睛一瞧，發現佇立在中間的人竟然是李想，李想身後護著一名女學生，他面無表情，正用冷酷到能殺死人的眼神面對兩名男學生。

「發生什麼事了？怎麼這麼多人……」被眼前壯觀的景象嚇得瞪大眼，譚子媛開始有不好的猜測，「李想惹事了？打架了？」

「不是啦！我們班有白目男生到處亂掀女生裙子，李想學長正好經過，阻止了他。」身旁的女學生好心做了解釋。

「學長直接走過去抓住他的手，只說了一句：『這樣很好玩嗎？』，明明他沒有任何表情，馬上嚇得那兩個人都不敢說話。」她身旁的朋友接著說，雙手托腮，整個臉蛋泛紅，眼神中閃爍著愛慕的光芒，「和那些幼稚的臭男生完全相反，學長成熟穩重，真的好帥……」

譚子媛睜大著雙眼，依然搞不清楚眼前的狀況，直到寧寧靠近她耳邊，輕聲細語道：「一開學就這個樣子了，妳沒來學校的這一個禮拜幾乎都是這樣，李想走到哪，都能看見一群學妹跟在他後頭，還會有人拿手機偷拍他，超級誇張。」

「連在棒球隊練習時，都有壯觀的龐大啦啦隊，李想跟逸哲都滿辛苦的……」方瑀悄悄補充。「啊……這麼說來，我們已經是校園內最大年級的學生，所以才會突然多出這麼多仰慕他的學妹啊！總覺得只是一個禮拜沒有來學校，卻發生了很多我不知道的事。

還有，因為總是跟在李想身邊，都忘了他異性緣超級好的男生，長得帥、頭腦聰明，還是棒球隊隊員……果然只要是普通女生，很難不迷上他吧？

但是這個人居然是喜歡我，感覺就像是一道超頂級豪華的龍蝦餐送上桌，而我卻一個揮手拍開它，真的是糟蹋啊……總覺得很對不起學妹們。

不知道李想對那兩位男同學做了什麼，男同學不停低頭道歉，沒多久後嚇得拔腿狂奔逃離現場，原本還在與一旁學妹調情的眼鏡男被吸引目光，看著兩位男同學邊高喊：「對不起——」邊使勁全身力氣逃走，眼鏡男不禁皺起眉，疑惑地問：「你對他們做了什麼？」

「……我什麼事也沒做。」

「這個人什麼話都不用說，只要擺著這副臉一分鐘，大家都會被嚇跑。」嘻哈勾搭住李想的肩，仔細端詳李想的表情，立刻迎來眼鏡男的同意，「嗯，真的是你的錯。」

李想相當無奈，臉上似乎冒出了幾滴汗，他知道自己面無表情的樣子看起來很嚴肅嚇人、能夠使氣氛瞬間降到零點，但是那樣像是看到鬼一樣逃走也太誇張……

李想與其他三人邊鬥著嘴，準備離開現場，才剛踏出一步，感覺到一股力量拉著自己，李想轉過頭，沿著自己的衣角往上瞧，發現是方才的女學生，正滿臉通紅地輕輕抓住他的衣角。

「學、學長，謝謝你……」女學生看起來相當緊張，她的嗓音聽起來有些顫抖，一張白皙的臉蛋更是紅潤到了極點，「原本真的很困擾的，一直不知道要怎麼反抗那些男生，幸好有學長幫忙……」

李想停頓了一下，所有人想著他應該會隨便應一聲就直接離開，沒想到李想竟伸出手，下一秒將大掌覆在女學生頭上，嘴角輕輕揚起迷人的角度，「不會。」

不只有譚子媛目瞪口呆，在場所有認識李想的人全愣住了，以前的李想是絕對不會做出這樣的事，頂多說個「沒什麼。」就會轉身離開，沒有人料到他竟然會如此溫柔地對待女孩子……

女學生不敢置信地睜大眼，小小臉蛋快速竄紅，似乎能夠看得見她整個人害羞地幾乎快要冒煙，從來沒想到最仰慕的學長會替自己擺脫困境，甚至就站在自己的面前，溫柔語調配上好看的笑容，一下子便能使人神魂顛倒。

她抬起濕潤的眸與李想視線交錯，眨著水汪汪的大眼睛，浮上紅暈的臉頰看起來相當嬌媚，輕輕抓著衣角的手，有種想碰卻不敢碰的青澀感，更加增添了她的魅力，令人憐愛。

好可愛的女生，如果是我的話完全做不來……譚子媛不禁感嘆，聲音有些嗲聲嗲氣的嬌柔、容易害羞臉紅，甚至做出由下往上看的撒嬌舉動，連我都覺得可愛了，男生們一定更加受不了像這樣的女孩子……

或許就連李想也是？

「學長……我……」女學生緊閉著雙眼，將所有力量凝聚於此時，決定豁出去告白。

「喔？看來要告白囉。」方瑀雙手抱胸，準備看好戲。
「我、我一直都喜歡……！」女學生話還沒說完，原本覆蓋在頭上的暖度消失了，她不明所以地抬起頭查看，發現譚子媛站在一旁，一把抓住李想的手，將原本覆在女學生頭上的手帶離那裡。
「小媛？」方瑀一愣，她就這麼看著譚子媛突然逕自向前走，還來不及問她要做什麼，譚子媛便快速穿過人群，下一秒就做出驚人之舉。面對譚子媛突如其來的舉動，圍觀的學生一片鴉雀無聲，原先還像菜市場般吵雜的現場瞬間一片寂靜，所有人都目瞪口呆，屏氣凝神看著事態發展。
「咦？」譚子媛突然回過神，沿著自己的手臂看，發現自己緊抓著李想的手腕，再往上一瞧，李想有些詫異的神情映入眼簾……
咦——?!這是我的手嗎？譚子媛一臉驚愕，甚至差點喊出聲，當事人比圍觀民眾都還要訝異。我在做什麼?!為什麼我要突然走過來參一腳還抓住李想的手？那女孩才正要告白呀，這樣不就好像是我刻意去打斷他們的嗎？我明明就沒有這個意圖啊，在旁邊好好看戲不就好了嗎？
李想變得溫柔和善、變得能與人親近不是很好嗎？為什麼我……一聽到媽咪說了這女孩要告白，身體就不由自主動了起來？
譚子媛自己也相當錯愕，腦子一片混亂，只好靈機一動，趕緊打圓場，「你、你不要一直摸著人家的頭，人家是女孩子，會覺得困擾，所以不可以！」
譚子媛急忙解釋，慌張神情表露無遺，看著手足無措的她緊緊抓著自己的手，李想輕輕垂下眸，纖長睫毛微微覆蓋住他深不可測的眼神，沒有人看得出他現在的想法。
「我並沒有覺得困擾……」女學生輕輕蹙起眉，反倒準備告白卻被阻止這件事才令她感到困擾，原本大好的機會就這麼被中斷了，何況眼前這個人是誰？開學一個禮拜了，從來沒見過……她瞇起眼，用有些厭惡鄙視的眼神上下打量譚子媛，「請問妳是……？」

被用嫌棄的眼光掃過，譚子媛感受到濃烈的惡意，她有些尷尬困窘，明明就沒有資格還突然跑出來打斷人家的告白，她究竟是以什麼身分站在這裡丟臉呢？

譚子媛原本緊抓著李想的手力道漸輕，發現她準備鬆手，李想反握住她的手，緊緊將她的小手包覆在自己的大掌中，譚子媛不明所以地望向他，他直盯著女學生，一副泰若自然，「我喜歡這個人，所以不用再對我有期望了。」

話一出，在場所有人都倒抽一口氣，方瑀和寧寧不敢置信地捂著無法再張大的嘴，就連跟在李想身邊的三人也快把眼珠子瞪了出來，更不用說譚子媛究竟有多驚訝了。他們沒有想到，李想竟然會在眾人面前直接告白，也許是藉機示意那些學妹不要再纏著自己，但是這未免太大膽了，完全不像是李想會做的事！

「如果是要告白什麼的，就不用浪費心力了。」面對瞠目結舌的女學生，李想淡然點頭示意。

「你……」譚子媛震驚地腦中一片空白，她睜大著圓滾的眼望著李想，不明白他到底想做什麼，李想瞥了她一眼，緊握著她的手力道加重，牽著她逕自往一旁走去。

「咦？等等……！」譚子媛還來不及反應，就這麼被李想帶離現場。

現場一陣譁然，看著李想強硬拉著譚子媛，快速穿過人群離去的帥氣背影，原本仰慕李想的學妹們忍不住爆出尖叫聲，像是偶像劇般的情節就在眼前上映，看著這樣的畫面不禁使人怦然心跳。

跟在李想的身後，譚子媛的腳步幾乎快跟不上，「等一下……」

無法看清楚他的表情，卻能感受到從他身上發出的低氣壓，還有他緊緊抓著自己的手力道越來越深，從手背上傳來的疼痛漸漸蔓延，譚子媛這才忍不住喊出聲：「等一下啦……！」

李想停下腳步，鬆開她的手，見眼前的人緩步靠近自己，譚子媛不敢抬頭與他四目相對，李想向前一步、她便後退一步，直到自己的背已經貼在牆上，無處可逃。

李想突然伸出手，重重壓在她身後的牆上，譚子媛嚇得瞪大圓滾滾的眼看向他。

為……為什麼要離得這麼近？她緊張地僵直身子，感覺空氣在這一刻變得稀薄。

「為什麼要這麼做？」李想的嗓音低沉微啞，強硬的態度令她感到畏懼，兩人距離近得能夠感受到對方的氣息，「妳不想要我碰她？」

李想的視線相當炙熱，彷彿只要直接對上他的目光就會被燙傷，譚子媛撇開視線，努力抑制慌張的情緒，裝作若無其事，「我……只是覺得她可能很困擾……」

「她看起來有很困擾嗎？有眼睛的人都看得出來她接下來想做什麼吧。」

為什麼要這麼激動？一副氣勢洶洶的樣子，像要把她吞了一樣，難道打擾他們讓他不開心了？看不出李想的情緒，深怕他不高興，譚子媛小心翼翼抬起眸問：「你……生氣了？」

李想沉默了幾秒，略帶沙啞的嗓音從他口中傳出：「不要讓我誤會。」他的眼眸一暗，「如果妳不想被做跟昨天一樣的事。」

跟昨天一樣的事……是指……譚子媛盡可能不讓自己多想，清楚聽見自己心跳大幅跳動，無法抑制內心波濤洶湧的激動，她緊張得幾乎快無法呼吸。

李想微微朝她俯身，無法預測他下一秒會做出什麼舉動，譚子媛嚇得緊閉雙眼，不自覺鑽緊雙拳，整個背貼在牆上已經無處可躲。

李想慢慢靠近她的臉，貼在她耳邊輕語：「我說過，我已經忍很久了。」

低沉的嗓音輕輕拂過耳畔，帶來一陣酥麻，耳根子不禁漲紅，譚子媛急忙捂住耳朵，無法抑制漸漸傳來的溫熱，她不敢置信地瞪著眼前的人，甚至還邪惡地揚起嘴角，以示勝利。

「昨天的事……就慢慢來吧，反正還有很長的時間。」李想似乎是玩夠了，終於願意拉開距離。

「回去吧，大家都在等。」丟下一句話，他從容不迫地轉過身，逕自走起自己的。

譚子媛不明白他的意思，腦袋還跟不上李想的速度，呆呆愣在原地。

見她沒有動靜，李想回過頭，不疾不徐問：「怎麼？要牽妳的手才會走？」

「不不！我自己來！」她慌張跟上李想的腳步。

走在他身後，她小心翼翼抬眸望向李想的背影，仔細端詳才發現他的耳根子有些泛紅。

看來他也並不是那麼游刃有餘，說出這些話，純情的他比任何人都還要害羞。

她是第一次被告白，對談戀愛這件事並不了解，也沒有想去嘗試的心情，可李想對她說了「喜歡」二字，其實她也是一樣的。

喜歡和李想在一起的感覺，和其他男生比起來特別自在，面對李想，她可以當個孩子，可以完全做自己，他甚至願意接納她的全部。

那也許不是戀愛，她不是很明白。

兩人走得近，偶爾不小心碰到對方的手，幾次擦過慢慢產生了勇氣，李想伸手向她靠近，大掌包覆住她的小手，動作輕柔，像是害怕將她弄傷。

「怎麼了？」她先是看向被握住的手，再看向李想。

「妳手很冰……只是替妳取個暖而已。」不像樣的藉口說著都令人害臊了。

看著李想難為情地找著藉口，卻又不知在心裡掙扎幾番才鼓起勇氣，耳根子上的紅潤一覽無遺。她原先還害怕，李想告白後兩人會當不成朋友，可如今恐怕是無須擔心了。

這樣的李想、這樣的感覺，她並不討厭，就如同他說的，暖暖的。

「嗯……真的滿冰的。」她輕笑，「但要一直牽著回去嗎？」

「見到大家就會放開了。」

「不要啦，這樣很溫暖，就這樣牽著嘛。」

「我才不想被他們揶揄。」話雖如此，李想的手卻握得更緊，令人忍不住會心一笑。

有李想在身邊的日子過久了，會分開這種事想都沒想過。

不將「我是彼得潘，我會帶著你飛。」這種孩子般的話當作笑話，甚至視為希望，對她來說是多麼幸福，多麼難能可貴的事。

她也只不過就是個普通的女孩，一個不會飛的彼得潘，卻為了他而想要長一雙翅膀，這也代表李想在她心中有多重要。

李想喜歡她，她也喜歡李想，無論他們的「喜歡」是否相同，無論他們是何種關係。

她永遠會是李想的彼得潘，而李想永遠是她的英雄。

做一個不會飛的彼得潘、找不到永無島也無所謂。

未來的事就留給未來，也許他們的故事現在才正要開始，現在的她，只想要大家都在，朋友們、家人們、自己……還有李想，能夠一直在彼此身邊便足夠美滿，她的幸福就在這……能永遠在一起就好了，大家一定都是這麼想的。

【完】

要青春27　PG1975

要有光
FIAT LUX

不會飛的彼得潘・青草苗

作　　者	眡　眡
責任編輯	林昕平
圖文排版	周妤靜
封面繪圖	鱷魚王
封面完稿	楊廣榕

出版策劃	要有光
發 行 人	宋政坤
法律顧問	毛國樑　律師
印製發行	秀威資訊科技股份有限公司 114台北市內湖區瑞光路76巷65號1樓 電話：+886-2-2796-3638　傳真：+886-2-2796-1377 http://www.showwe.com.tw
劃撥帳號	19563868　戶名：秀威資訊科技股份有限公司 讀者服務信箱：service@showwe.com.tw
展售門市	國家書店（松江門市） 104台北市中山區松江路209號1樓 電話：+886-2-2518-0207　傳真：+886-2-2518-0778
網路訂購	秀威網路書店：https://store.showwe.tw 國家網路書店：https://www.govbooks.com.tw
總 經 銷	聯合發行股份有限公司 231新北市新店區寶橋路235巷6弄6號4F 電話：+886-2-2917-8022　傳真：+886-2-2915-6275

出版日期	2018年5月　BOD一版
定　　價	250元

國家圖書館出版品預行編目

不會飛的彼得潘.青草苗 / 眠眠著. -- 一版.
-- 臺北市 : 要有光, 2018.05
面； 公分. -- (要青春 ; 27)
BOD版
ISBN 978-986-96013-5-1(平裝)

857.7 107002556

讀者回函卡

感謝您購買本書，為提升服務品質，請填妥以下資料，將讀者回函卡直接寄回或傳真本公司，收到您的寶貴意見後，我們會收藏記錄及檢討，謝謝！
如您需要了解本公司最新出版書目、購書優惠或企劃活動，歡迎您上網查詢或下載相關資料：http:// www.showwe.com.tw

您購買的書名：____________________

出生日期：________年________月________日

學歷：□高中（含）以下　□大專　□研究所（含）以上

職業：□製造業　□金融業　□資訊業　□軍警　□傳播業　□自由業
□服務業　□公務員　□教職　□學生　□家管　□其它_____

購書地點：□網路書店　□實體書店　□書展　□郵購　□贈閱　□其他

您從何得知本書的消息？

□網路書店　□實體書店　□網路搜尋　□電子報　□書訊　□雜誌
□傳播媒體　□親友推薦　□網站推薦　□部落格　□其他__________

您對本書的評價：（請填代號　1.非常滿意　2.滿意　3.尚可　4.再改進）

封面設計____　版面編排____　內容____　文／譯筆____　價格____

讀完書後您覺得：

□很有收穫　□有收穫　□收穫不多　□沒收穫

對我們的建議：____________________

____

____

____

請貼
郵票

11466
台北市內湖區瑞光路 76 巷 65 號 1 樓
秀威資訊科技股份有限公司 收
BOD 數位出版事業部

（請沿線對折寄回，謝謝！）

姓　名：＿＿＿＿＿＿＿＿　年齡：＿＿＿＿　性別：□女　□男

郵遞區號：□□□□□

地　址：＿＿＿＿＿＿＿＿＿＿＿＿＿＿＿＿＿＿＿＿

聯絡電話：(日)＿＿＿＿＿＿＿＿　(夜)＿＿＿＿＿＿＿＿

E-mail：＿＿＿＿＿＿＿＿＿＿＿＿＿＿＿＿＿＿＿＿